Alexander Hartung

Die Erinnerung so kalt

EDITION M

Das Buch

Der vierte Fall für Jan Tommen und sein Team.

Eine bis zur Unkenntlichkeit verbrannte Leiche unter dem Brandenburger Tor stellt die Berliner Kripo um Kommissar Tommen vor ein Rätsel. Wer steckt hinter dieser brutalen Tat? Und wieso hat der Täter das Risiko auf sich genommen, das Opfer an einem öffentlichen Platz abzulegen? Es gibt keine verwertbaren Spuren.

Die Identifikation der Leiche bestätigt Jans schlimmste Befürchtungen, dass dies erst der Anfang ist.

Der Autor

Alexander Hartung wurde 1970 in Mannheim geboren. Schon während seines Volkswirtschaftsstudiums begann er mit dem Schreiben und entdeckte seine Liebe zu Krimis. Mit den ersten drei Bänden der Jan-Tommen-Serie eroberte er die Kindle-Bestsellerliste. Nun liefert er mit »Die Erinnerung so kalt« (Band 4) neuen Stoff für Fans der Reihe.

Aktuell lebt Alexander Hartung mit Frau, Kind und Hund in seiner Geburtsstadt Mannheim.

ALEXANDER HARTUNG

DIE ERINNERUNG SO KALT

EIN JAN-TOMMEN-THRILLER

EDITION M

Deutsche Erstveröffentlichung bei
Edition M, Amazon Media EU S.à r.l.
38, avenue John F. Kennedy, L-1855 Luxembourg
Februar 2020

Umschlaggestaltung: bürosüd° München, www.buerosued.de
Umschlagmotiv: © Jes2u.photo / Shutterstock; © FedBul / Shutterstock;
© Gluiki / Shutterstock; © Prostock-studio/ Shutterstock;
© d1sk / Shutterstock
1. Lektorat: Kanut Kirches
Lektorat, Korrektorat und Satz: Verlag Lutz Garnies, Haar bei München,
www.vlg.de
Gedruckt durch:
Amazon Distribution GmbH, Amazonstraße 1, 04347 Leipzig /
Canon Deutschland Business Services GmbH, Ferdinand-Jühlke-Str. 7,
99095 Erfurt /
CPI books GmbH, Birkstraße 10, 25917 Leck

ISBN 978-2-49670-462-4

www.edition-m-verlag.de

Für meine Großeltern Karl und Lina Fallmann,
die ich nie kennenlernen durfte.

Und für Frank Wirsching.

Ich weiß, irgendwo gibt es einen Ort, an dem
wir uns alle wiedersehen.

PROLOG

Es war nicht der erste Mord in diesem Jahr, nicht die erste unbekannte Leiche und nicht der erste Tatort, zu dem Kommissar Jan Tommen gerufen wurde, aber es war noch nie hier geschehen, am Brandenburger Tor, wenige Meter vom Bundestag entfernt, in Sichtweite der amerikanischen Botschaft.

Kaum eine Stelle in Berlin wurde schärfer überwacht, öfter kontrolliert und war so stark frequentiert wie die weltberühmte Sehenswürdigkeit am Pariser Platz, und doch hatte der Mörder ausgerechnet diesen Ort gewählt.

Jan hatte die Kapuze seiner Winterjacke tief ins Gesicht gezogen. Der eisige Wind trieb die Flocken vor sich her. Es schneite seit sechs Tagen, nicht viel, manchmal ruhte der weiße Regen, doch es war genug, dass Jans Sneaker bis zu den Knöcheln einsanken. Die Kälte ließ die Stromleitungen summen, die Straßen waren glatt, und selbst der pausenlos im Einsatz befindliche Räumdienst konnte die unzähligen Blechschäden nicht verhindern.

Die Leiche lag wie auf ein weißes Tuch gebettet, bis zur Unkenntlichkeit entstellt, ein schwarzer Klumpen, der kaum noch etwas Menschliches an sich hatte. Das Gesicht eine dunkle Masse, ohne Nase und Ohren, mit klaffend offenem

Mund, aufgerissen wie in einem letzten Schrei der Qual. Der Schädel haar- und hautlos, mit Löchern, in denen früher die Augen gewesen waren. Die Arme nur noch Stümpfe, ohne Hände und Finger, bis zu den Ellenbogen zu Asche verbrannt. Die Füße bildeten zwei klebrige Klumpen mit den Schuhen, deren Marke nicht mehr zu erahnen war.

Der Anblick der Leiche war schon schwer zu ertragen, aber über dem Fundort lag der Gestank verbrannten Fleisches, den selbst das stärkste Parfüm nicht überdecken könnte, beißend und alles beherrschend. Jan war dankbar, dass er keine Zeit zum Frühstücken gehabt hatte, denn er spürte, wie sich sein Magen aufbäumte. Er hatte schon viele Brandopfer gesehen, und doch konnte er sich nicht daran gewöhnen.

Einzig Zoe, die führende Rechtsmedizinerin der Kripo Berlin, wirkte so unbeteiligt wie bei einer Stadtführung und beobachtete die Arbeit der Tatortermittler, die jeden Zentimeter um die Leiche nach Spuren absuchten, Fotos machten und jeden noch so kleinen Stein in sterile Beutel verpackten. Die Männer arbeiteten routiniert, redeten nur das Nötigste, einzig vom Rascheln ihrer Overalls begleitet. Erst wenn sie den Tatort freigegeben hatten, durfte Zoe die Leiche betrachten.

Es war drei Uhr morgens an diesem kalten Januartag. Zoe war ein über die Grenzen der Polizei hinaus berüchtigter Morgenmuffel, aber trotz der frühen Zeit war sie perfekt gestylt. Sie trug ein langes, dunkles Wollkleid mit einem schräg über die Vorderseite genähten Reißverschluss. Farblich passend dazu schwarze Nylonstrümpfe und einen fein gewebten Schal, der mehrfach um ihren Hals geschlungen war. Darüber einen grauen Kaschmirmantel, leicht geöffnet, als sei es nicht zehn Grad unter null. Einzig ihre roten Stilettos wollten nicht in die winterliche Umgebung passen. Ihre sonst offen über die Schultern reichenden blonden Haare waren streng zurückgekämmt und von einem Band am Nacken zusammengehalten.

Sie lehnte an einer Säule, eine filterlose Gauloise in der Hand, und trippelte unruhig mit der Fußspitze.

Für jemanden, der Zoe kannte, war ihre Stimmung leicht einzuschätzen. Entließ sie kleine Rauchkringel in die Luft, war sie guter Laune. Ein leichtes Herausblasen durch den Mund war noch akzeptabel, doch es wurde gefährlich, wenn der Rauch durch ihre Nase floss. Momentan presste sie den Rauch durch Mund und Nase, eine Warnung für alle, auf Distanz zu bleiben. Sie war entweder nicht ausgeschlafen oder hatte zu wenig Kaffee getrunken, oder die Croissants an der Tankstelle waren ausverkauft gewesen. Oder alles drei zusammen. Und doch war sie die Beste ihres Fachs. Jan setzte sich lieber tagelang ihrer schlechten Laune aus, als auf ihre Expertise zu verzichten.

»Verbrannt«, sagte Zoe, als sich Jan zu ihr gesellte.

»Verbrannt?«, wunderte er sich über Zoes Begrüßung.

»Die Todesursache«, erklärte Zoe. »Das fragst du immer zuerst.«

»Wäre ich wahrscheinlich selbst drauf gekommen«, bemerkte Jan, »wobei es nicht das erste Mordopfer wäre, das angezündet worden ist, um die wahre Todesursache zu verschleiern.«

»Das Brikett gibt nicht mehr viel her.« Sie deutete mit dem Kopf zur Leiche. »Ein Einschussloch könnte ich vielleicht noch finden. Bei Einstichen, die nicht auf Knochen getroffen sind, wird es schwerer. Außerdem ist kaum etwas übrig, mit dem ich nach Drogen oder Giften suchen kann. Keine Glaskörperflüssigkeit, kein Blut oder Haare. Leber, Niere und Magen hat das Barbecue auch nicht gutgetan. Schließlich kann ich an der Leiche keine ungewöhnlichen Verfärbungen oder inneren Verätzungen mehr feststellen. Weil die Lunge und die Luftröhre voller Asche sind, werde ich nicht sagen können, ob das Opfer lebendig verbrannt ist oder schon tot war.«

»Kannst du die DNA noch bestimmen?«

»Dazu brauche ich nur etwas Knochenmark. Das wird sich finden.«

»Ich habe noch nie eine derart verbrannte Leiche gesehen. Ist das Opfer mit Benzin übergossen worden?«

»Das reicht nicht«, sagte Zoe zwischen zwei Zügen. »Hier müssen über einen längeren Zeitraum mindestens eintausend Grad Celsius geherrscht haben. Das passiert nicht beim Würstchengrillen über dem Lagerfeuer.«

»Gibt es einen Hinweis auf die Identität?«, fragte Bergman.

Jan zuckte erschrocken zusammen. Wieder einmal hatte es der Kripochef geschafft, sich unbemerkt anzuschleichen. Wenn Bergman nicht so humorlos wäre, würde Jan schwören, dass er das absichtlich machte.

»Fingerabdrücke werden schwierig«, bemerkte Zoe und schnippte ihre Zigarette weg.

»Ich dachte eher an eine Tasche, die in der Nähe gefunden wurde, oder ein abgestelltes Auto.«

»Nichts«, sagte Jan.

»Wie ist deine erste Einschätzung?«

»Die Leiche wurde hier abgelegt, nicht hier verbrannt.« Jan leuchtete mit seiner Taschenlampe den Boden und die nahen Säulen ab. »Keine Rauch- oder Rußflecken. Der Schnee ist kaum geschmolzen.«

»Warum an einer solch exponierten Stelle?«

»Der Mörder wollte ein Zeichen setzen.«

»Ein Zeichen?«

»Der Täter ist dieses Risiko bewusst eingegangen. Der Tiergarten ist fünfzig Meter entfernt. Dort wäre er ungestört gewesen.«

»Also ist der Mörder sehr dumm oder sehr klug.«

»Ich befürchte Letzteres.«

Bergman runzelte die Stirn.

»Die Abdrücke im Schnee deuten auf profillose Gummistiefel hin. Nicht zuzuordnen. Selbst die Schuhgröße ist kaum zu schätzen. Dann hat der Mörder die Leiche zwischen die enger zusammenstehenden Außensäulen gelegt, die schwerer einzusehen sind.« Jan leuchtete auf den Boden hinter der Leiche. »Er ist mit einem Auto direkt an das Torhaus gefahren. Das Profil ist unauffällig. Der Täter wird eine verbreitete Automarke benutzt haben, mit Winterreifen, die es tausendfach in Berlin gibt. Schließlich ist der Zeitpunkt günstig gewählt. Es ist Montag früh, inzwischen erst drei Uhr, und es schneit. Kaum Verkehr und fast keine Nachtschwärmer. Das Risiko war kalkuliert. Unser Täter hat den Ort aus einem speziellen Grund gewählt.«

»Es ist etwas Persönliches«, bemerkte Bergman.

Jan nickte. »Und gut geplant. Entweder hat das Brandenburger Tor eine besondere Bedeutung, oder der Mörder wollte, dass die Welt vom Tod des Opfers erfährt. Wir haben die Leiche nur so schnell gefunden, weil eine Streife ein paar Kiddies vor der amerikanischen Botschaft vertrieben hat, die dort gegen die NSA-Überwachung demonstrieren wollten. Ansonsten wären Pendler oder Touristen darüber gestolpert. Dann wären Fotos der Leiche schon bei der Presse gelandet, bevor wir davon erfahren hätten.«

Bergman deutete zum Absperrgitter an der Ebertstraße. Kameraleute kämpften um die besten Plätze. Dazwischen drängten sich Fotografen mit großen Objektiven, während Schaulustige mit gereckten Armen ihre Handys über die Köpfe der Reporter hielten. Keiner von ihnen wusste, was hier passiert war, aber die Absperrung und das große Polizeiaufgebot an prominenter Stelle waren genug, dass es die Morgenmagazine beherrschen würde.

»Wenn es dem Täter um Aufmerksamkeit ging, hat er sein Ziel erreicht«, bemerkte der Kripochef.

»Ich habe keine Ahnung, wer der Tote ist und warum er hier abgelegt wurde«, sagte Jan, »doch dieser Fall wird den üblichen Rahmen sprengen. Der Mörder will uns etwas sagen, und wir sollten herausfinden, was das ist, bevor er uns eine weitere Nachricht schickt.«

KAPITEL 1

Zoe gähnte ausgiebig und nippte an ihrem Kaffee, den sie mit zwei Espressos gestreckt hatte. Wenn es einen Vorteil hatte, dass sie vor drei Uhr aufgestanden war, dann den, dass die Rechtsmedizin zu dieser nachtschlafenden Zeit wie ausgestorben war. Keine schwatzenden Kollegen, keine Schlange an der Kaffeemaschine und kein Walter, der mit seinen Birkenstock-Schlappen durch die Gänge schlurfte und ihr auf den Hintern glotzte.

Die Überreste der Brandleiche lagen auf dem polierten Chromtisch, hell beleuchtet, als könnte das grelle Licht die Geheimnisse aufdecken, die das Feuer mit sich genommen hatte. Die letzten Stunden hatten ihre Befürchtungen bestätigt, dass die Leiche ihr nicht viel erzählen konnte, dazu waren die Verbrennungen zu stark. Das Gebiss war zu zerstört, um noch aussagefähige Abdrücke nehmen zu können. Sie musste andere Wege beschreiten.

Während Zoe darüber sinnierte, ob man im Stehen einschlafen konnte, erwachte der Massenspektrometer zum Leben und spuckte die Ergebnisse ihrer Proben aus. Zoe überflog die chemischen Formeln und Diagramme, als ihr Handy klingelte.

»Ja«, meldete sie sich und schaltete auf Lautsprecher.

»Ja, was?«, fragte Jan verwirrt.

»Ich habe etwas gefunden.« Zoe legte die Ausdrucke der chemischen Analyse auf den Tisch. »Ich bestehe aus Ruß, Kreide, Harz, Schwefel, Zinkoxid sowie Polyester und Nylon, vermischt mit einer ordentlichen Portion Kautschuk. Also, Kommissar Superermittler, wer bin ich?«

»Äh, kann ich das Publikum befragen?«

»Was lernt ihr eigentlich auf der Polizeischule?«, murrte Zoe. »Das sind Bestandteile eines Autoreifens.«

»Woher stammen die Spuren?«

»Von der Leiche. Überwiegend im Bereich der Schultern und um die Hüften.«

»Oh, scheiße«, sagte Jan.

»Genau. Necklacing.«

»Eine schlimme Todesart.«

»Es geht kaum qualvoller. Im äußersten Fall kann es zwanzig Minuten dauern, bis das Opfer an den Brandfolgen stirbt.«

»Das kenne ich nur aus Ländern wie Südafrika oder Kongo. Aber in Berlin?«

»Es erklärt die unterschiedliche Stärke der Verbrennungen.« Zoe trank einen Schluck Kaffee. »Dem Opfer wurde ein Reifen um die Schultern und einer um die Hüften gelegt, dann wurde er mit Brandbeschleuniger übergossen und angezündet. Die Hände waren unter dem Reifen eingeklemmt, daher sind sie vollständig weggebrannt, und die Füße haben es besser überstanden.«

»War das die Todesursache, oder diente es der Verschleierung?«

»Es gibt keine Indikatoren auf eine andere Todesart als den Feuertod. In den Resten der Luftröhre und der Lunge habe ich Rußeinatmungen gefunden, normalerweise ein Zeichen, dass das Opfer während des Feuers noch gelebt hat, aber die

Intensität der Verbrennungen macht eine sichere Bestimmung unmöglich.«

»Todeszeitpunkt?«

»Ist schwierig, die Lebertemperatur zu messen«, bemerkte Zoe stirnrunzelnd. »Ich schätze, gestern Abend.«

»Irgendwas zur Identität?«

»Ich schmelze gerade die DNA. Die Bestimmung dauert noch etwas. Heute Mittag weiß ich mehr.«

»Irgendein äußerliches Merkmal?«

»Aufgrund der Verknöcherung der Schädelnähte und der wenigen Knochenfugen, die noch vorhanden sind, war das Opfer Ende dreißig. Der ausladende Beckenbereich lässt eindeutig auf eine Frau schließen.«

»Eine Frau?«

»Yup.«

»Damit hätte ich nicht gerechnet.«

»Ich helfe gerne«, sagte Zoe und beendete das Gespräch.

Die Uhr an der Wand zeigte 7.53 Uhr. Gleich würde der Spießer Walter zur Arbeit kommen, fasziniert auf ihren neuen Gast schauen und sie mit Fragen löchern. Ohne einen weiteren Kaffee konnte sie das nicht ertragen. Seufzend nahm sie ihre Tasse und machte sich auf den Weg zum Pausenraum. Dann würde sie die DNA-Analyse abschließen, damit die Tote endlich einen Namen bekäme.

Sie hatten den Meuchelmörder tagelang beschattet und kaum geschlafen, in der ständigen Angst, seine Spur zu verlieren, aber jetzt war es endlich so weit. Sie hatten ihn in einer dunklen Gasse gestellt. Der Moment der Abrechnung war gekommen.

»Als Cerdar realisiert, dass er nicht mehr flüchten kann, zieht er seinen magischen Dolch und dreht sich mit einem tückischen Grinsen zu euch um.« In dem Raum war es still. Vergessen waren die Chipstüten, die Colaflaschen und die

Pizzareste. Keiner der Anwesenden störte sich an der schlechten Luft oder ließ sich von der düsteren Musikuntermalung im Hintergrund ablenken. Sie hatten die ganze Nacht durchgespielt, ohne dass auch nur ansatzweise Müdigkeit aufgekommen war. Max und seine beiden Freunde lauschten gebannt der Beschreibung des Spielleiters. »In seinen Augen vermeint ihr den Wahnsinn zu erkennen, der typisch für die Diener des Chaosgottes Kelghu ist.«

Max sprang von seinem Stuhl hoch. »Ich nutze einen Kraftpunkt und leihe mir die Zauberfertigkeit *Feuer* von meinem Sphärenbruder Reginald.« Er knallte einen roten Stein auf den Tisch. »Dann zaubere ich einen Feuerball und grille Cerdars Hintern, bevor er sich auf uns stürzen kann.«

Max nahm einen eigenartig geformten Würfel in die Hand, schloss die Finger darum und atmete hörbar aus. »Alles oder nichts, Leute«, sagte Max. »Der Zauber macht ordentlich Schaden, dafür muss ich aber mindestens eine Vierzehn würfeln.« Er schüttelte den Würfel in seiner Hand und ließ ihn über den Tisch rollen. Vier Augenpaare folgten dem kleinen Plastikding, bis es zum Liegen kam.

»Zwanzig!«, brüllte Max und riss die Arme hoch. Die Reste des italienischen Salats flogen vom Tisch, dicht gefolgt von einer Kaffeetasse, die Max' Freund Becker im Jubel umgeworfen hatte.

»Doppelter Schaden!«, brüllten die drei im Chor.

Während sich die Gruppe über den gelungenen Zauber und das wahrscheinliche Ende des Meisterassassinen Cerdar freute, gab Max' Handy ein leises *Ping* von sich.

Der junge Hacker sah auf das Display und erkannte Jans Nummer. Sein Freund brauchte Hilfe.

Das Whiteboard des Konferenzraums war noch mit der Verdächtigenliste des letzten Falls vollgeschrieben, als Jan seine

Kollegen zur ersten Besprechung empfing. Wie immer kam Patrick auf die Sekunde pünktlich und Bergman fünf Minuten zu spät, weil er wusste, dass Max so lange brauchen würde, den Beamer mit seinem Laptop zu verbinden, die Leinwand zu richten und die ersten Bilder hochzuladen. Ihnen allen war das frühe Aufstehen anzusehen, sie liefen langsamer, sprachen leiser und saßen in ihren Stühlen, als wollten sie darauf einschlafen.

Jan unterdrückte ein Gähnen und stand auf. Um Zeit zu sparen, begann er ohne die üblichen Begrüßungsfloskeln. »Um 2.31 Uhr fand eine Streife das Opfer am Brandenburger Tor im Durchgang des nördlichen Torhauses.« Er nickte Max zu, der eine Aufnahme der Leiche an die Wand projizierte. Mit einem Weitwinkel aufgenommen, sah man die Tote in dem Durchgang liegen, nicht weit von der Statue der Minerva entfernt. »Der bis zur Unkenntlichkeit verbrannte Körper macht eine Identifizierung unmöglich. Aufgrund der Anatomie ist das Opfer Ende dreißig und weiblich. Da uns weder Finger- noch Zahnabdrücke zur Verfügung stehen, müssen wir auf den DNA-Abgleich warten und hoffen, dass sich diese in unserer Datenbank befindet. Ich rechne bis heute Mittag mit einem Ergebnis.«

Jan ging an die Wand und deutete auf Brust und Hüften der Toten.

»Zoe hat hier Reste von Plastik gefunden, daher vermuten wir, dass die Frau durch sogenanntes Necklacing bei lebendigem Leib verbrannt wurde, ein langsamer, schmerzhafter Tod, bei dem Reifen um den Oberkörper des Opfers gelegt werden, was die Brennintensität verstärkt und die Dauer verlängert.«

Eine Großaufnahme des Reifenabdrucks im Schnee erschien.

»Der Fundort war nicht der Tatort. Ausgehend vom ungefähren Zeitpunkt des Todes, hat der Mörder ein paar Stunden gewartet, bis die Leiche abgekühlt war, diese in den Kofferraum eines Autos verfrachtet und zum Brandenburger Tor gefahren. Da es die ganze Nacht geschneit hat, können wir mit den Reifenabdrücken nicht viel anfangen, aber dank der modernen Überwachungstechnik haben wir eine erste Spur.«

Jan nickte Max zu.

»Es hat ein paar … freundliche Anrufe des Chefs der Kripo Berlin gebraucht, bis ich die Aufnahmen aller Kameras um das Brandenburger Tor bekommen habe«, sagte Max.

»Freundlich ist gut«, murmelte Bergman. »Ich bin jetzt noch heiser, weil sich die Botschaften vor Ort auf das *Wiener Übereinkommen diplomatischer Beziehungen* berufen haben und die Videos nicht herausgeben wollten.«

»Das Schneetreiben hat viele Aufnahmen verschwommen gemacht«, fuhr Max fort, »da aber kaum ein Fahrzeug in dieser Nacht unterwegs war, habe ich unseren Lieferanten schnell gefunden.«

Max drückte eine Taste, und ein kleiner Film begann zu laufen. Er war krisselig und dunkel, aber man hatte einen guten Blick auf die große Kreuzung hinter dem Brandenburger Tor. Am Rand des Bilds waren die Bäume des Tiergartens zu sehen.

»Um 1.54 Uhr fuhr ein Wagen der Berliner Stadtbetriebe über die Straße des 17. Juni in Richtung Unter den Linden.« Max fror das Bild ein. Das Auto war im Orangeton der Müllfahrzeuge lackiert. Bis auf die beiden Vordertüren war der ganze Pkw in einer Art Tigerlook mit schwarzen Streifen verziert.

»So ein Auto habe ich noch nie gesehen«, bemerkte Jan.

»Das ist ein sogenannter BSR-Scout, ein Fahrzeug der Berliner Stadtreinigung«, erklärte der junge Hacker. »Sie sind speziell zur Schmutzbeseitigung in Fußgängerzonen und Plätzen gedacht, damit stark frequentierte Orte auch zwischen den üblichen Reinigungszeiten sauber bleiben.«

Max ließ den Film weiterlaufen. »Statt auf die Ebertstraße fährt das Auto weiter auf den Fußgängerweg zum Brandenburger Tor«, erklärte er. »Dort wird es von der Kamera nicht mehr erfasst, aber nur zwei Minuten später fädelt es sich wieder in den Verkehr ein und fährt in westliche Richtung zurück.«

Max stoppte den Film und zoomte näher an das Fahrzeug heran. Die Auflösung des Bilds war schlecht und ließ viele Details nur erahnen.

»Das ist die beste Aufnahme.« Max drückte eine Taste, und die Konturen schärften sich. Der Fahrer wurde sichtbar.

Jan ging näher an die Leinwand. »Trägt er eine Maske?«

Max nickte. »Sieht nach einer Skimütze aus.«

»Wäre auch zu schön gewesen«, bemerkte Jan. »Weder Statur noch irgendein anderes Merkmal sind sichtbar. Nicht einmal die Augenfarbe lässt sich bei der Bildqualität feststellen.«

»Hast du das Kennzeichen?«, wandte sich Patrick an Max.

Nach zwei Klicks erschien ein neues Bild, auf dem die Buchstaben und Ziffern klar zu erkennen waren. »Wenigstens das haben wir.«

»Ich gebe eine Fahndung heraus«, sagte Jan, »glaube aber nicht an einen Erfolg.«

»Warum so pessimistisch?«, fragte Bergman.

»Es gibt keine unauffälligeren Fahrzeuge als die der Stadtreinigung«, begann Jan. »Egal, wo sie stehen, niemand stört sich daran, und niemanden interessiert es. Selbst Sonntagnacht erregen sie keinen Verdacht. Ich wette mein Monatsgehalt darauf, dass die Kollegen vom Diebstahldezernat heute Morgen einen gestohlenen BSR-Scout gemeldet bekommen haben. Auch der Fahrweg zum Brandenburger Tor ist überlegt gewählt«, fuhr Jan fort. »Aus Richtung Unter den Linden wäre er an gefühlt hundert Kameras vorbeigekommen. Am Pariser Platz befinden sich die Botschaften der USA, von Frankreich und Ungarn, dazu eine Bank, das Adlon und ein Taxistand.

Das alles bestätigt meine erste Befürchtung, dass der Mord gut geplant war. Das Opfer sollte qualvoll sterben, und die Welt sollte davon erfahren.«

»Die Spurenlage bietet nicht viel Ansatzpunkte für Ermittlungen«, bemerkte Bergman.

»Solange Zoe noch keine DNA-Ergebnisse hat, kümmere ich mich um den BSR-Scout«, sagte Jan. »Der Mörder wird das Fahrzeug nicht bei den Stadtwerken geliehen haben. Er hat es irgendwo gestohlen und irgendwo wieder abgestellt.«

»Ich beschaffe mir die Aufnahmen aller Kameras westlich vom Brandenburger Tor«, sagte Max. »Vielleicht kann ich feststellen, woher er gekommen ist.«

»Ich arbeite mich in die Geschichte der Sehenswürdigkeit ein«, sagte Patrick, »auch wenn es dem Mörder wohl nur um Publicity ging, hat der Ablageort vielleicht doch eine tiefere Bedeutung.«

»Und ich telefoniere mit dem regierenden Bürgermeister«, sagte Bergman. »Er muss in dreißig Minuten eine Pressemitteilung herausgeben.« Der Kripochef stand auf. »Holt euch den Mörder, bevor er uns eine weitere Botschaft schickt.«

Lukas konnte sich nicht erinnern, jemals solche Angst gehabt zu haben. Als er vor drei Monaten in der Rechtsmedizin angefangen hatte, war er glücklich gewesen, den Weg eines Pathologen gegangen zu sein. Mit jedem Fall, bei dem er assistieren durfte, gab es etwas Neues zu entdecken, als öffnete sich eine unbekannte Welt, die ihm während seines Medizinstudiums verwehrt geblieben war.

Seine Kollegen waren freundlich, die Arbeitszeiten ohne Nachtschicht, einzig die Bezahlung könnte besser sein. In den ruhigen Momenten im Pausenraum gaben die Rechtsmediziner der Kripo Geschichten von ihrer ehemaligen Kollegin Zoe Diek zum Besten. Manche waren erheiternd, andere wiederum so absurd, dass er sie nicht glauben konnte. Er zweifelte daran, dass eine promovierte Medizinerin und Biologin Death Metal hört und eine Dartscheibe an die Wand gehängt hat, um ihre Wurffertigkeit mit Skalpellen zu trainieren. Auch war es schwer zu glauben, dass sich diese Frau über alle Hygienevorschriften hinweggesetzt hatte und mit High Heels zur Arbeit erschienen war oder den Rauchwarnmelder im Gang mit einem Hammer zertrümmert hatte, damit sie im Winter nicht zum Rauchen vor die Tür musste.

Nette Geschichten, hatte Lukas gedacht, bis Dr. Diek Anfang Januar ihre Stelle in der Rechtsmedizin wieder angetreten hatte. Keiner hatte gewusst, warum sie über Nacht verschwunden war, und erfahren, wo sie die letzten Monate gewesen war, doch niemand hatte sich getraut zu fragen. Das wäre noch nicht schlimm gewesen, aber je länger er Dr. Diek bei der Arbeit beobachtet hatte, umso mehr war Lukas bewusst geworden, dass alle Geschichten wahr waren. Der Rauchmelder war immer noch kaputt, und die Dartscheibe befand sich an der Wand neben den Kühlfächern. Neben ihrem Computer hing ein Plakat der Band *Dismember*, auf dem sich zwei blaue Totenköpfe herausfordernd anstarrten. Lukas wusste nicht, ob Dr. Diek diese Musik wirklich hörte oder ob sie als Rechtsmedizinerin den Bandnamen *zerstückeln* witzig fand.

Die letzten Wochen hatte Lukas stets einen Bogen um die kleine blonde Frau gemacht und hatte sich Arbeit weit von ihr entfernt gesucht, doch heute war der schlimmste anzunehmende Fall eingetreten: Er war mit Dr. Diek alleine. Nachdem die ersten Untersuchungen abgeschlossen waren und sie die DNA-Probe durch das System hatte laufen lassen, war es nur eine Frage der Zeit, bis sie seine Hilfe einfordern würde.

Wie auf ein Stichwort flog eine Nierenschale scheppernd durch den Raum. Der darauf folgende nicht jugendfreie Fluch ließ Lukas vor Schreck zusammenfahren. Er überlegte, ob er

Deckung hinter einem Seziertisch suchen sollte, als sie um die Ecke gelaufen kam und den Ausdruck einer Chromatogrammsequenzierung auf den Tisch knallte.

»Kein Treffer.« Dr. Dieks Lippen waren aufeinandergepresst und die Augen zusammengekniffen. Ihre rot lackierten Nägel trommelten auf dem Chromtisch. Lukas wusste nicht, was die Rechtsmedizinerin von ihm erwartete. Er schielte vorsichtig auf den Ausdruck mit der Überschrift *Unbekannte Tote.* Schließlich siegte sein berufliches Interesse über seine Angst. »Ist das die Leiche vom Brandenburger Tor?«, fragte er leise.

Dr. Diek nickte. Sie machte keine Anstalten, ihm an den Hals zu springen, und da sie kein Skalpell in der Hand hatte, wagte sich Lukas weiter vor. »Vielleicht war die DNA für die Polymerasekettenreaktion beschädigt und …«

»Ich habe drei verschiedene Proben genommen«, unterbrach sie. »Das Ergebnis war immer gleich, aber die DNA ist nicht in der Datenbank.« Sie zog ihr Handy aus der Tasche und tippte eine SMS. »Das wird Jan nicht gefallen.«

»Bei der Stärke der Verbrennungen und ohne DNA-Treffer wird es schwer, die Identität festzustellen«, sagte Lukas.

»Haben wir einen großen Metallbehälter?«

»Äh, im Lager findet sich bestimmt …«

»Ist er groß genug für einen Kopf?«

»Für einen Kopf? Was haben Sie denn …?«

»Frag nicht. Mach das Ding halb voll mit Wasser, und erhitze es.« Sie griff sich die Handsäge vom Tisch und ging mit grimmigem Gesichtsausdruck zurück zu der Brandleiche. »Wenn es kocht, rufst du mich.«

Lukas nickte und lief ins Lager. Er wollte nicht wissen, was Dr. Diek vorhatte, aber er würde alle ihre Anweisungen befolgen, solange sie die Säge in der Hand hielt.

Der Weg zum Recyclinghof war von einer mit Graffiti übersäten bröckeligen Mauer gesäumt. Büsche wuchsen über den Rand, als suchten sie ihren Weg zum geräumten Bürgersteig. Der Fahrradweg war von Fahrzeugen mit Anhängern, SUVs und kleinen Transportern verstopft, die an der Ampel im Recyclinghof warteten, bis sie einfahren durften. Am großen Hoftor lehnte ein Mann in orangefarbener Arbeitskleidung und vertrieb sich die Kälte mit einer Zigarette. Jan stellte das Auto auf einen nahen Parkplatz und überquerte das vermatschte Zwischenstück vor dem Recyclinghof, dem zu seinem Bedauern der Schnee der letzten Tage erhalten geblieben war. Mit einem kurzen Gebet an die Frühlingsgöttin, den Winter früher als sonst zu beenden, schlängelte er sich an den Autos vorbei zu dem Torwächter.

Bevor er Tipps zur richtigen Müllentsorgung bekam, zückte Jan seine Marke. »Kripo Berlin.« Die Vorstellung hatte den gewünschten Effekt. Die Lethargie fiel von dem Mann ab. Er schnippte seine Zigarette weg und nahm sofort Haltung an, als wäre Jan ein Offizier bei der Stubenkontrolle.

»Entspannen, Mann. Ich suche den Verantwortlichen hier.«

»Stefan Scholz.« Der Torwächter deutete auf eine gelb gestrichene Halle neben den Müllcontainern. »Er sitzt in einem kleinen Kabuff neben der Tür.«

Jan deutete ein Nicken an und ging die Straße bis zur Halle entlang, vorbei an zwei jungen Männern, die eine große Küchenplatte in einen Container hievten. Trotz der Kälte hatten sie ihre Jacken ausgezogen und trugen nur dünne Pullover über ihren T-Shirts. Bei der Menge an Möbeln auf ihrem Anhänger würden sie schnell ins Schwitzen kommen.

In der großen Halle war es nicht wärmer. Ein abgestelltes Müllfahrzeug wirkte in der weiträumigen Garage regelrecht verloren. Wie der Torwächter beschrieben hatte, saß ein Mann in einem kleinen Nebenraum und tippte etwas in den Computer. Mit seinem grauen Vollbart, seinem beeindruckenden Bauch und seiner langsamen Art zu tippen schien ihn nichts aus der Ruhe bringen zu können.

Jan klopfte an und trat in das winzige Zimmer ein. Eine angenehme Wärme empfing ihn, gepaart mit dem Duft nach Kaffee. Eine kleine Topfpflanze und eine Glasschale mit Schokolade boten einen angenehmen Kontrast zum kalten Winter vor der Tür.

»Was kann ich für Sie tun?«, fragte Scholz mit tiefer Stimme.

»Kripo Berlin, Tommen mein Name«, sagte Jan. »Ich komme wegen des gestohlenen BSR-Scouts.«

»Das ging aber schnell.« Scholz deutete auf einen Stuhl. »Das letzte Mal haben wir zwei Wochen warten müssen.«

»Heute ist die Sache anders.« Jan nahm Platz. »Das Auto wurde bei einem Mord verwendet.«

»Doch nicht die Leiche am Brandenburger Tor?«

»Leider.«

Scholz lehnte sich zurück und stöhnte. »Mein Chef wird mir den Hintern aufreißen.« Er griff abwesend in die Glasschale und nahm ein Stück Schokolade heraus. »Ich sage schon seit Jahren, dass eine Kamera am Eingang zu wenig ist und dass die Mauer mit Stacheldraht, Glasscherben oder Metallspitzen gesichert gehört, aber alle Anträge wurden wegen Geldmangels abgelehnt.«

»Wann haben Sie den Diebstahl bemerkt?«

»Gegen halb sechs Uhr heute Morgen«, sagte Scholz. »Das Hoftor und die Tür zur Garage waren aufgebrochen. Ich habe sofort die Fahrzeuge kontrolliert und bemerkt, dass eines fehlt.«

»Wie ist der Dieb vom Grundstück gekommen?«

»Er muss den Wagen kurzgeschlossen haben, denn die Schlüssel sind noch im Safe. Ist man in der Garage, ist es kein Problem mehr rauszufahren. Es gibt innen einen Öffnungsmechanismus, und jedes Fahrzeug hat einen Fernauslöser für das große Tor, damit die Fahrer nicht ständig ein- und aussteigen müssen.«

»Haben Sie die Kamerabilder vom Eingang?«

»Die Kamera zeichnet nicht auf. Sie dient nur der Überwachung, dass sich kein Externer während der Annahmezeiten auf das Gelände schleicht.«

»Wo kommen die Bilder an?«

Scholz deutete auf einen Monitor neben seinem Schreibtisch. »Als der Wagen gestohlen wurde, war niemand hier.«

»Gibt es einen Sicherheitsdienst?«

Scholz schüttelte den Kopf. »Eine externe Firma. Die machen einen Kontrollrundgang in der Nacht und gehen wieder. Den wird der Dieb abgewartet haben.«

»Haben die Fahrzeuge GPS an Bord?«

»Die haben nicht einmal ein Navi.« Scholz lachte kurz. »Auch hier wurde gespart. Irgendwann schafft die Stadt noch die Scheibenwischer ab, damit sie mehr Geld für den neuen Flughafen hat.« Scholz zuckte die Achseln. »Es tut mir leid, Herr Tommen. Ich wünschte, ich könnte Ihnen behilflich sein. Ich habe heute Morgen schon alle Kollegen befragt, ob ihnen die letzten Tage etwas aufgefallen ist, aber niemand hat eine verdächtige Person auf dem Gelände gesehen.«

Jan stand auf und schüttelte dem Mann die Hand. »Ich danke Ihnen für die Zeit.«

»Gerne.« Scholz erhob sich aus seinem Stuhl.

Jan winkte beim Hinausgehen, holte sein Handy aus der Tasche und wählte Patricks Nummer. Sein Kollege nahm sofort ab.

»Ich bin bei Max«, begann er. »Ich stelle dich auf Lautsprecher.«

»Der Recyclinghof ist eine Sackgasse«, sagte Jan. »Keine Kameraaufnahmen und keine Zeugen. Sicher ist nur, dass der BSR-Scout von hier gestohlen wurde.«

»Die Fahndung ist ebenfalls erfolglos«, ergänzte Patrick. »Wir haben noch keine Spur zu dem Fahrzeug.«

»Max, hast du herausfinden können, wohin der Mörder nach der Tat gefahren ist?«, fragte Jan.

»Es war einfacher als gedacht«, begann der junge Hacker. »Dank der Verkehrskameras konnte ich den Weg nachvollziehen. Nachdem er die Leiche abgelegt hat, ist unser Täter die Straße des 17. Juni wieder zurückgefahren. Dann weiter zur Technischen Universität, an der Deutschen Oper vorbei, über den Stadtring zum Theodor-Heuss-Platz, über Olympiastadion und Wilhelmstadt bis zum Autobahnkreuz Spandau. Ab da habe ich keine Bilder mehr.«

»Von dort kann er überall hinkommen«, sagte Jan.

»Eine Region mit kilometerweit Wald und unzähligen Seen«, ergänzte Patrick. »Wahrscheinlich hat er das Auto dort entsorgt.«

»Lass dir von Bergman einen Helikopter genehmigen«, sagte Jan. »Der soll Luftaufnahmen von der Gegend machen. Wenn wir den BSR-Scout finden, genügt uns ein Haar, um die Identität des Mörders zu bestimmen.«

»Apropos Identität«, sagte Patrick. »Hat sich Zoe zu unserem Opfer gemeldet?«

»Die DNA ist nicht in der Datenbank«, sagte Jan. »Ich habe nur eine kurze SMS von ihr bekommen, aber sie hat wohl noch eine andere Idee, wie sie die Tote identifizieren kann.«

»Dann lasst uns hoffen, dass Zoe erfolgreich ist«, sagte Patrick. »Im Moment haben wir nichts, und wenn wir den BSR-Scout nicht finden, kann der Mörder weitermorden, und wir begraben eine Unbekannte.«

Zoe hob den Schädel mit einem zufriedenen Grinsen aus dem kochenden Wasser. Die Hautreste waren entfernt. Nur der Knochen war zurückgeblieben. Das Schläfenbein war rissig, das Gaumenbein gebrochen, aber wenn man das Feuer bedachte, war der Kopf in erstaunlich gutem Zustand.

Zoe legte ihn auf einen Tisch und trocknete ihn vorsichtig ab.

»Was siehst du?«, wandte sie sich an Lukas.

»Einen Schädel?«, fragte er unsicher.

Mit einem Hochziehen der Augenbraue drückte Zoe ihr Missfallen aus. »Von einem angehenden Rechtsmediziner erwarte ich mehr.«

Lukas kam näher und setzte seine Brille auf. »Bis auf die Risse im Schläfenbein und das gebrochene Gaumenbein sehe ich keine Anzeichen für stumpfe Gewalt. Das Opfer wurde weder durch einen Kopftreffer betäubt noch erschlagen. Es gibt keine Indizien, von der Todesursache durch Verbrennen abzurücken.«

»Geht doch«, murmelte Zoe und scheuchte ihn vom Schädel weg. »Hast du das Plastilin besorgt?«

Lukas nickte und stellte eine Schale mit einer knetfähigen Masse auf den Tisch.

»Und die Marker?«

Er holte eine Schachtel mit kleinen Röhrchen hervor, die an Zigarettenstummel erinnerten.

»Hier die Regeln«, begann Zoe. »Ich kann es nicht leiden, wenn man mich bei der Arbeit stört, daher stell dich an die andere Seite des Tisches und nerve mich nicht mit Fragen.« Sie öffnete die Schachtel und nahm einige Marker heraus. »Da du ganz brauchbar zu sein scheinst, werde ich ab und zu eine Bemerkung fallen lassen, damit du was lernst. Was wird das hier?«

»Eine Gesichtsrekonstruktion?«

»Macht ihr so etwas an der Uni?«

»Nein.«

»Wundert mich nicht.« Zoe platzierte den ersten Marker auf der Stirn. »Der knöcherne Schädel ist ebenso einzigartig wie das menschliche Gesicht. Hieraus können wir die Gesichtsform, die Nasengröße oder die Stellung der Augen herauslesen.« Zoe klebte drei Stummel unter das rechte Auge. »Insgesamt setze ich vierundzwanzig Marker. Je nach forensischem Anthropologen schwankt diese Zahl. Damit kann ich später die Dicke der Weichteilbedeckung besser wiedergeben. Fällt dir was an den Markern auf?«

»Sie sind unterschiedlich lang.«

»Ich orientiere mich dabei an statistischen Werten, die typisch für Mitteleuropäer sind. Die Daten sind so exakt, dass die Marker bis auf einen Zehntelmillimeter genau zugeschnitten sind.«

Zoe klebte weitere Stummel an den Kopf. Manche ans Kinn, andere an die Schläfen oder die Schädeldecke. »Dann schätze ich das Gewicht der Person. Zusammen mit dem Alter kann ich auf die Dicke des Gewebes schließen.« Sie deutete auf das Plastilin. »Somit kann ich sehen, wie viel Knetmasse ich für die Haut auftragen muss, nachdem ich die Muskeln modelliert habe. Das bringe ich in eine anatomisch ansprechende Form, bevor ich mich an die Feinausarbeitung des Gesichts mache. Dazu gehören altersbedingte Falten, Straffheit der Haut oder Narben.«

Zoes Blick ging zu Lukas. Der junge Mann hörte ihr aufmerksam zu. Er hatte die Lippen zusammengepresst und trippelte unruhig auf der Stelle, als gingen ihm tausend Fragen durch den Kopf.

»Also gut, eine Frage«, sagte Zoe.

»Und die Ohren?«, platzte es aus ihm heraus. »Bei der Nase haben wir Knochenansätze, aber wie kann man sehen, wie groß die Ohren sein müssen und ob die Ohrläppchen frei hängen oder angewachsen sind?«

Sie deutete auf den Schädel. »Die Ohren sind bei jedem Menschen zwischen der oberen Augenbogenlinie und dem unteren Nasenansatz. Ob das Ohr abstehend oder anliegend ist, sieht man am Ohrloch und am umgebenden Ohrenmaterial. Das garantiert keine hundertprozentige Übereinstimmung, aber es ist exakt genug für die Vermisstendatenbank.«

Zoe setzte einen weiteren Marker an die Wange. »Schließlich müssen wir uns für eine Augen- und Haarfarbe entscheiden«, fuhr sie fort. »Das ist reine Willkür, aber dann wird unsere Unbekannte ein Gesicht haben.«

Sie drehte den Schädel und setzte einen Marker am linken Kiefergelenk. »Die Rekonstruktion wird bis morgen Abend dauern, und das nur, wenn wir schnell sind, also deck dich ordentlich mit Kaffee ein. An Schlaf ist nicht zu denken. Unsere Kollegen von der Kripo haben kaum Spuren, daher müssen wir den Durchbruch schaffen.«

Chandu cruiste in einem AMG durch die Friedrichstraße und nickte im Takt der Musik. Der ursprüngliche Besitzer des Autos schuldete ihm noch Geld, daher war es nur fair, dass er sich dessen Wagen auslieh. Trotz des kalten Winters hatte er das Fenster heruntergekurbelt. Er kompensierte die eisige Luft, indem er die Heizung auf Maximum gestellt hatte. Das Auto war eine Meisterleistung deutscher Ingenieurskunst. Es reagierte auf die kleinsten Bewegungen des Lenkrads, die Stoßdämpfer machten den schlechten Zustand der Berliner Straßen vergessen, und die Beschleunigung war selbst im untertourigen Bereich beeindruckend.

Für einen Montagabend waren die Straßen überraschend leer, was wohl mit dem Wetter zusammenhing. Es hatte erst vor zwei Stunden aufgehört zu schneien, daher ließen die Menschen ihre Autos stehen.

Chandu bog nach rechts in die Mohrenstraße, vorbei am Deutschen Dom, als ein Fahrzeug hinter ihm einscherte und das Blaulicht anmachte.

Er stöhnte. Wenn er mit fremden Autos unterwegs war, hielt er sich an die Verkehrsregeln, damit er nicht angehalten wurde. Die Fahrzeugpapiere lagen im Handschuhfach, und er hatte seinen Führerschein eingesteckt. Jetzt musste er sich nur eine gute Geschichte einfallen lassen, warum das Auto auf einen anderen zugelassen war. Würde die Polizei bei dem eigentlichen Besitzer nachfragen, wäre er geliefert.

Eine Frau in blauer Uniform kam an die Fahrerseite. Ihre schwarzen Haare waren zu einem Zopf geflochten, der unter der Mütze hervorschaute. Sie hatte ein ebenmäßiges Gesicht mit einer schmalen Nase und dunklen Augen. Die wenige Schminke brachte ihre feinen Züge zur Geltung. Chandu glaubte, sie von irgendwoher zu kennen. Ihre Stiefel knirschten auf dem dünnen Schnee.

»Ein wenig schnell unterwegs«, sagte sie und hakte ihre Finger in den Gürtel.

»Wie bitte? Ich bin nicht einmal fünfzig …«

»Leugnen hilft nichts«, unterbrach die Frau. »Haben Sie was getrunken?«

»Keinen Schluck. Ich trinke nie, wenn …«

»Das sagen alle. Steigen Sie bitte aus.«

Chandu verließ das Auto. Für einen Moment vermeinte er den Blick der Polizistin auf seinem Hintern zu spüren, aber wahrscheinlich irrte er sich.

»Stellen Sie sich bitte gerade hin und heben Sie den rechten Fuß.«

»Was ist das für eine Alkoholkontrolle? Muss ich nicht in so ein Gerät reinpusten?«

»Wollen Sie mir meinen Job erklären?«, fragte die Polizistin streng.

»Natürlich nicht.« Chandu hob abwehrend die Hände.

»Fuß hoch.« Der große Mann tat, wie ihm geheißen. »Und jetzt schließen Sie die Augen, strecken die Arme aus und versuchen mit dem rechten Zeigefinger Ihre Nasenspitze zu erreichen.«

Chandu hatte Probleme, das Gleichgewicht zu halten, konnte die Übung aber erfolgreich bewältigen.

»Können Sie den *Radetzky-Marsch* pfeifen?«, fragte die Polizistin.

»Bitte, was?« Chandu riss überrascht die Augen auf.

»War nur ein Scherz.« Die Frau schrieb etwas auf einen Block. »Eigentlich müsste ich Ihnen einen Strafzettel ausstellen, aber wenn Sie mich Mittwochabend ins Bocca di Bacco hier um die Ecke ausführen, werde ich ein Auge zudrücken.« Sie reichte ihm das Papier. »Sagen wir um acht.«

Die Polizistin tippte sich an die Mütze und ging zurück zu ihrem Auto. »Grüße an Jan.«

Chandu sah ihr auf einem Fuß stehend und mit offenem Mund nach, den Zettel mit einer Handynummer und der Initiale M. in der Hand.

Um sieben Uhr morgens hatte der Schneefall eine Pause eingelegt. Stattdessen trieb ein leichter Wind die Kälte des Winters mit sich. Jeder, der konnte, blieb zu Hause, einzig die vielen Journalisten, Fotografen und Kameraleute vor der Polizeiwache schienen sich von der Witterung nicht beeindrucken zu lassen. Jan fühlte sich an eine Belagerung erinnert. Ein weiteres Mal wünschte er sich einen Geheimgang in das Gebäude, um sich nicht durch die Reporter drängen zu müssen. Die letzten Fälle hatten Jan zu einer Berühmtheit gemacht, eine Auszeichnung, auf die er gerne verzichtet hätte. Obwohl er seine Strickmütze bis zu den Augenbrauen heruntergezogen hatte und den Kopf gesenkt hielt, erkannten ihn die Journalisten der Lokalpresse sofort. Kameras wurden angeschaltet und Mikrofone in seine Richtung geschwenkt. Die Blitzlichter der Fotoapparate blendeten ihn. Er wurde angerempelt, und Fragen wurden ihm nachgerufen, aber er drängte sich unvermindert weiter, schüttelte den Kopf und sagte mindestens zehn Mal »kein Kommentar«, bis er den rettenden Eingang erreicht hatte, der von Kollegen gesichert wurde. Diese schoben die Reporter wieder zurück hinter die Absperrung, während Jan die Kripo betrat.

Einen Atemzug später stand Bergman neben ihm. »Um acht habe ich eine Besprechung mit dem Senator für Justiz und dem Polizeichef«, begann er. »Momentan kann ich wenig bieten.«

»Ist die letzten Stunden nicht besser geworden.« Jan rieb sich die Augen. »Kein Treffer in der DNA-Datenbank und keine Zeugen am Brandenburger Tor. Wir wissen weder, wo die Leiche verbrannt wurde, noch, wo der gestohlene BSR-Scout ist, von der Identität des Mörders ganz zu schweigen.«

»Das sind ja tolle Nachrichten«, murrte Bergman.

»Wir haben die Suche nach dem Fahrzeug ausgeweitet. Vielleicht bringt der Einsatz der Wärmebildkamera aus der Luft etwas. Ansonsten macht Zoe eine Gesichtsrekonstruktion, aber die wird noch bis heute Abend dauern.«

»Dann krame ich das Buch mit Durchhaltefloskeln aus meinem Schreibtisch«, sagte Bergman. »Meine … Freunde werden sich höchstens noch einen Tag hinhalten lassen. Wenn wir der Öffentlichkeit bis heute Abend keinen Fortschritt präsentieren, wird die Presse nicht nett mit uns umgehen. Spätestens bei der Morgenausgabe wird mein Telefon nicht mehr stillstehen, was meine Laune verschlechtern wird. Und wenn meine Laune schlecht ist, suche ich ein Ventil, und da dein Büro direkt neben meinem ist …« Bergmans klingelndes Handy beendete das Gespräch.

Jan salutierte müde und schlurfte zur Kaffeemaschine. Auf dem Weg dorthin begegnete er Patrick, der wie immer wie aus dem Ei gepellt aussah, obwohl er nicht mehr als Jan geschlafen haben konnte. Anzug und Haare saßen perfekt, er hatte keine

Ringe unter den Augen und wirkte erholt, wie nach einem Urlaub.

»Wie macht er das bloß«, murmelte Jan, als er den Gruß müde erwiderte. Manchmal glaubte er, dass Patrick einen eineiigen Zwilling hatte, mit dem er sich bei stressigen Ermittlungen abwechselte, ohne dass es jemand merkte.

Mit einem Gähnen ließ sich Jan einen Espresso aus der Maschine und süßte ihn mit einem Löffel Zucker. Ohne Koffein bekam er den Schlafmangel nicht aufgefangen.

Die Leiche am Brandenburger Tor war das Stadtgespräch und hatte es sogar in die überregionalen Nachrichten geschafft. Wenn sie heute Abend nichts vorzuweisen hätten, würde der Druck immens werden. Bergmans schlechte Laune wäre dann sein kleinstes Problem.

Von der Fahndung des BSR-Scouts erwartete er nichts. Er setzte seine ganze Hoffnung auf Zoes Gesichtsrekonstruktion. »17.00 Uhr«, hatte in ihrer letzten SMS gestanden, »vielleicht auch früher.«

Zoe stülpte dem Kopf eine blonde Perücke über und zog die Augenbrauen nach. Dann ging sie einen Schritt zurück und betrachtete ihre Arbeit.

Die blauen Augen der Frau waren leicht mandelförmig. Sie hatte eine kräftige Nase, schmale Lippen und hohe Wangenknochen. Das Kinn hatte ein Grübchen, das sie mädchenhafter wirken ließ, als sie mit über dreißig wahrscheinlich gewesen war.

»Unglaublich«, sagte Lukas. Der Schlafmangel machte ihm zu schaffen. Er konnte kaum die Augen offen halten. Einmal war er sogar mit dem Kopf auf dem Chromtisch liegend eingeschlafen, aber die Aussicht auf das Ergebnis der Gesichtsrekonstruktion hatte ihm noch mal einen Schub gegeben. Er wirkte aufgeregt und euphorisiert.

»Sie haben mit Knete, einer Perücke und Glasaugen die Tote wieder erweckt.«

Zoe zuckte die Achseln. »Habe ich doch gesagt.«

»Ich habe schon viel über Gesichtsrekonstruktion gelesen, aber einem Profi bei der Anwendung dieses Verfahrens zu assistieren ist etwas anderes.« Er fuhr die Konturen der Frau vorsichtig mit seinen Handschuhen nach, als könnte eine sanfte Berührung sie zerstören. »Sie war attraktiv.«

»Kennst du sie?«

Lukas schüttelte den Kopf.

»Dann hol die Kamera und mach ein Bild, während ich meinen Nikotinspiegel auf Normalnull bringe.« Sie nahm die Zigaretten aus ihrer Jacke. »Vielleicht weiß Jan, wer die Frau ist.«

»Wir haben ein Foto!«, rief Jan in den Gang. Er öffnete Zoes Mail und lud den Anhang herunter, was bei seinem langsamen Computer eine gefühlte Ewigkeit dauerte. Er hatte noch nie mit einer Gesichtsrekonstruktion gearbeitet, aber in Kripokreisen hatte diese Methode oft zum Erfolg geführt. Er brauchte endlich eine Spur, daher war er für diesen Hinweis dankbar.

Patrick kam mit Max ins Büro gelaufen. Einen Augenblick später folgte Bergman. »Na, endlich«, murmelte der Kripochef, als er sich zu Patrick und Max gesellte, die sich erwartungsfroh hinter Jans Stuhl drängten.

Jan öffnete die Datei. Eine Aufnahme des modellierten Kopfs erschien.

»Oh, nein«, entfuhr es Jan und Patrick gleichzeitig.

»Sagt mir bitte, dass das nicht die Frau ist, von der ich glaube, dass sie es ist«, bemerkte Bergman.

»Ich fürchte, doch«, antwortete Jan.

»Kann mich jemand aufklären?«, bat Max verwirrt. »Wer

ist das?«

»Dana Wolf«, erklärte Jan.

»Das größte Miststück von Berlin«, ergänzte Patrick.

Jan schlug die Hände vors Gesicht. »Warum bekomme immer ich solche Fälle?«

»Ich informiere den Senator für Justiz«, sagte Bergman. »Außerdem verhänge ich einen Urlaubsstopp. Wenn die Öffentlichkeit von der Identität des Opfers erfährt, brennt meine Telefonleitung durch.«

KAPITEL 2

Es war eine Rückkehr in alte Zeiten, als Jan die Wohnung betrat. Zoe hatte es sich auf der großen Couch bequem gemacht und blies Rauchkringel in die Luft. Max tippte auf seinem Laptop, während Chandu in der Küche das Abendessen zubereitete. Jan hätte den Duft von Lasagne aus hundert anderen Gerüchen herausriechen können. Er schloss die Tür, nahm neben Zoe auf der Couch Platz und legte seine Akten auf den Tisch. Die Gauloise brachte die Erinnerungen an frühere Fälle zurück. Hier hatten sie stundenlang diskutiert, sich über die neuesten Entwicklungen informiert und manchmal gestritten, aber jedes Mal waren sie dem Mörder näher gekommen.

Als Zoe über Nacht aus Berlin verschwunden war und Chandu der Unterwelt den Rücken zugekehrt hatte, hatte Jan nicht mehr damit gerechnet, dass sie je wieder hier zusammenkommen würden. Eine wohlige Wärme machte sich in seinem Herzen breit.

»Musst du die Lasagne noch erlegen?« Zoe drückte ihre Zigarette im Aschenbecher aus.

»Jammer nicht, Prinzessin«, antwortete Chandu. »Ich habe sechs Schichten gemacht. Das dauert seine Zeit.« Er kam mit einem Brotkorb aus der Küche gelaufen. »Da ich dich kenne, gibt es Bruschetta als Vorspeise. Das wird den ersten Hunger vertreiben.«

Zoe ging zum Tisch, belud einen Teller mit dem mit Tomaten garnierten gerösteten Weißbrot und nahm wieder auf der Couch Platz.

»Da die Lasagne erst zum Frühstück fertig ist«, begann sie kauend, »kann uns Jan die Wartezeit mit Anekdoten von der ominösen Dana Wolf verkürzen.«

»Interessiert mich auch«, sagte Max. »So aufgeregt habe ich die Kollegen in der Kripo schon lange nicht mehr erlebt, als sie die Identität des Opfers erfahren haben.«

Jan nahm ein Stück Bruschetta. »Dana Wolf war eine Privatdetektivin«, begann er. »Das ist noch nicht schlimm, aber sie hatte eine sehr exklusive Kundschaft.«

»Kannst du dich an den Senator erinnern, der seine Frau mit seinem Assistenten und dessen Freund betrogen hat?«, fragte Chandu.

»Dem konnte man sich schlecht entziehen«, sagte Zoe. »Das hat wochenlang die Klatschpresse beherrscht.«

»Den Journalisten wurden anonym Fotos zugespielt. Jetzt rate, wen man dafür verantwortlich gemacht hat.«

»Dana Wolf.«

»Der Senator hat bei seiner Scheidung ordentlich bluten müssen«, ergänzte Jan. »Da Wolf nicht aus eigenem Antrieb gehandelt hatte, vermutete man dessen Frau dahinter.«

»Damit haben wir schon einen Tatverdächtigen«, bemerkte Max.

»Dann wäre da noch der Bischof, der sich seinen Hawaiiurlaub von der Kirchensteuer hat bezahlen lassen«, sagte Chandu.

»Und die Schulrektorin, die nebenher ein SM-Studio betrieben hat«, ergänzte Jan.

»Nicht zu vergessen der Bankmanager, der betrunken mit

seinem Auto in einen Marktstand gefahren ist und dessen Unfallunterlagen drei Tage später verschwunden sind.«

»In all diesen Sachen hatte Wolf ihre Finger drin?«, fragte Max.

»Höchstwahrscheinlich«, sagte Jan.

»Wie oft habt ihr sie verhaftet?«

»Es gab Zeiten, da wurde Wolf fast täglich zum Verhör geladen. Sie hatte ein riesiges Netz an Zuarbeitern, sodass sie selbst nicht in Erscheinung treten musste. Außerdem waren ihre Anwälte verschlagene Typen, daher konnten wir ihr nie eine Beteiligung nachweisen.«

»Kein einziges Mal?«

»Vor zwei Jahren wurde sogar eine Task Force mit ihrem Namen gebildet.« Jan zuckte die Achseln. »Ohne Ergebnis. Wir konnten nicht einmal eine DNA-Probe nehmen.«

»Bei ihrem Beruf musste sie mit einem Anschlag auf ihr Leben rechnen«, sagte Zoe.

Jan nickte. »Ein Amateur wäre nicht an sie herangekommen, dazu war sie zu vorsichtig, aber Wolf hat viele einflussreiche Leute verärgert. Einer von denen könnte einen Profi engagiert haben.« Jan nahm ein weiteres Stück Bruschetta und biss hinein. »Wir müssen die Arbeit aufteilen. Chandu und ich gehen morgen in Wolfs Büro. Wir befragen ihren Assistenten, ob es konkrete Morddrohungen gegeben hat, und schauen uns die Unterlagen ihrer neuesten Fälle an. Vielleicht finden wir etwas.«

»Eine Vergleichsprobe für DNA wäre nicht schlecht«, sagte Zoe. »Wir sollten sicher sein, dass die Tote Dana Wolf ist.«

»Ist schon in Arbeit. Vor einer Stunde habe ich eine Streife beauftragt, in Wolfs Wohnung zu gehen und eine Haarbürste mitzunehmen. Die wird auf dich warten, wenn du morgen zur Arbeit kommst.«

»Habt ihr schon mehr zum Täter?«, fragte Max.

»Nicht wirklich«, antwortete Jan. »Wenn die Identität des Opfers nicht bekannt ist, kümmert man sich zuerst um den Tatort. Da der Mörder das Brandenburger Tor gewählt hat, haben wir die Hintergründe dieses Bauwerks erforscht.«

»Mit welchem Ergebnis?«, fragte Chandu aus der Küche.

»Kaum Verwertbares«, sagte Jan. »Gebaut Ende des 18. Jahrhunderts im Auftrag von König Friedrich Wilhelm II. Hat in der Nazizeit durch den Fackelzug der SA traurige Berühmtheit erlangt. Nach dem Bau der Berliner Mauer nicht mehr in Benutzung, weil das Brandenburger Tor mitten im Sperrgebiet gestanden hat. Dann die Rede von Reagan, der Mauerfall, die Restaurierung in den Neunzigern ...« Jan zuckte die Achseln. »Selbst mit viel Fantasie findet sich keine Verknüpfung zu Wolf. Wir können davon ausgehen, dass das Brandenburger Tor wegen seiner Popularität als Ablageplatz gewählt wurde und in keinem Zusammenhang zum Mord steht.«

»Habt ihr ein Profil des Mörders?«, fragte Chandu.

»Dazu sind die Informationen noch zu spärlich.« Jan biss in sein Stück Bruschetta. »Die Tat war sehr gut geplant. Der Täter wusste von den Überwachungskameras sowohl am Pariser Platz als auch auf der Strecke zum Brandenburger Tor, daher war es kein spontaner Mord. Ich bin noch unsicher, ob das Necklacing eine Bedeutung hat oder ob der Mörder diese Todesart gewählt hat, um Wolf leiden zu lassen. Schließlich lässt die Brutalität des Mords auf einen Mann schließen. Frauen töten anders.«

»Also suchen wir einen kaltblütigen, intelligenten Mann mit einer Beziehung zu Dana Wolf«, sagte Max.

»Ich kann euch nicht helfen«, winkte Zoe ab. »Ich kenne keine intelligenten Männer.«

»Da sich der Mörder und Dana Wolf kannten, brauche ich ein Handyprofil von der Detektivin.« Jan deutete auf Max. »Vielleicht finden wir den Tatort, wenn wir den Platz ihres letzten Anrufs kennen. Und wenn du dabei bist, dann nimm dir auch das Telefon von ihrem Partner Henning Plath vor.«

Der junge Hacker nickte.

»Wer ist Henning Plath?«, fragte Zoe.

Max drückte eine Taste und drehte den Bildschirm seines Laptops zu Zoe.

»Ein ganzer Kerl – dank Anabolika«, bemerkte die Rechtsmedizinerin. Plaths Kopf ging übergangslos in seine Schultern über. Er hatte eine eingedrückte Nase, abstehende Ohren und kurz geschorene Haare. Mit seinen zusammengekniffenen Augen und seiner hellen Haut erinnerte er an Schweinchen Dick aus den Zeichentrickfilmen.

»In jungen Jahren war Plath ein erfolgreicher Schwergewichtsringer«, erklärte Jan. »Nach seiner Karriere hat er sich in der Sicherheitsbranche selbstständig gemacht und arbeitet seither für Wolf.«

»Kennst du ihn?«, fragte Zoe in die Küche.

»Ich hatte zweimal mit ihm zu tun«, antwortete Chandu vom Ofen aus. »Er hat sich in den letzten Jahren gehen lassen und mehr Fett als Muskeln angesetzt. Er ist süchtig nach italienischer Pasta und trinkt gerne einen über den Durst. Wegen seiner Ringererfahrung nicht zu unterschätzen, aber kein Problem für mich, sollte es darauf ankommen.«

»Diese Undiszipliniertheiten haben ihm Anzeigen wegen Fahrens unter Alkoholeinfluss und Körperverletzung eingebracht«, ergänzte Jan. »Letztes Jahr haben wir ihm einen Deal angeboten, wenn er uns Details über Wolf liefert, doch Plath hat lieber eine Geldstrafe bezahlt und seinen Führerschein abgegeben.«

»Gibt es keine Spur von ihm?«, fragte Zoe.

»Vor seiner Ringerkarriere war er in einer Gang in Wedding. Wir vermuten, dass er bei Freunden untergetaucht ist, bis Gras über die Sache gewachsen ist.«

Chandu kam mit der Lasagne in seinen behandschuhten

Händen aus der Küche. »Zeit für eine Pause«, sagte der große Mann. »Wenn die Presse mitbekommt, dass die Tote am Brandenburger Tor Dana Wolf war, werden wir kaum noch zum Essen kommen.«

Jan nahm Platz und öffnete den Barolo, den sein Freund auf den Tisch gestellt hatte. Die Lasagne sah perfekt aus. Der Käse hatte eine leicht bräunliche Färbung. Durch das Glas der Schale konnte man das saftige Hackfleisch sehen, das sich zwischen den Teigplatten mit der Béchamelsauce vermischt hatte.

Jan bekam ein schlechtes Gewissen, weil Patrick noch im Büro saß und eine Liste mit möglichen Mordverdächtigen erstellte. Sein Kollege würde heute Nacht wenig Schlaf bekommen.

Patricks Jackett hing über dem Stuhl, er hatte seine Krawatte gelockert und die Ärmel seines weißen Hemds hochgekrempelt. Auf seinem Schreibtisch ragte ein Stapel Akten einen halben Meter hoch, manche staubig und rissig, andere nur Wochen alt. Patrick nahm sich einen weiteren Ordner, blätterte zur ersten Seite und überflog die Zusammenfassung.

Der Fall war ein Jahr alt. Der Bauunternehmer Utz Fromm war mit einem Baseballschläger in Dana Wolfs Büro erschienen, um der Detektivin eine Abreibung zu verpassen. Da sich Wolf in ihrem Büro verschanzt hatte, hatte sich Fromm an der Einrichtung des Empfangsraums abreagiert. Ein Glastisch, vier Stühle, ein Computer samt Monitor und eine Replik eines Neo-Rauch-Gemäldes waren reif für den Sperrmüll gewesen, als der Sicherheitsdienst eingeschritten war. Selbst vor Gericht hatte Fromm der Detektivin noch mit einem qualvollen Tod gedroht, daher wurde er zu einem Jahr auf Bewährung verurteilt, ein mildes Urteil, wenn man bedachte, dass der Bauunternehmer nicht zum ersten Mal straffällig geworden war.

Laut seiner Aussage hatte die Baubehörde des Berliner

Flughafens Fromm über Nacht gekündigt, weil ihnen Unregelmäßigkeiten bei der Abrechnung von Materialien aufgefallen waren. Fromm hatte Hunderttausende Euro verloren und die Schuld einem Konkurrenten gegeben, der ein enges Verhältnis zu Dana Wolf gepflegt haben sollte. Zum Beweis hatte er Fotos von einem Ball vorgelegt, welche die beiden in fröhlicher Stimmung zeigten. Auch sei Wolfs Assistent Henning Plath mehrfach auf der Baustelle am Flughafen gesehen worden. Schließlich hatte der Richter Fromms magere Beweise abgeschmettert und ihn wegen schwerer Sachbeschädigung verurteilt.

Wie in den Fällen zuvor, war Wolf davongekommen.

Patrick trug Utz Fromms Namen in die Liste der möglichen Verdächtigen ein, begründete seinen Eintrag in ein paar Sätzen und legte die Unterlagen zur Seite. Mit einem Seufzen nahm er die nächste Akte vom Stapel.

Die Liste potenzieller Täter würde im Mordfall Dana Wolf alles in den Schatten stellen. Bisher hatte er acht Einträge, und bis morgen früh würden es mindestens zwanzig werden.

Jedes Opfer seiner Mordfälle schien besser zu wohnen oder einen schöneren Arbeitsplatz zu haben als Jan. Ihrem Kundenstamm entsprechend hatte Dana Wolf ein Büro im fünften Stock der TwinTowers, eines großen Glasbaus, von dem man einen guten Blick auf die Spree und Friedrichshain hatte. Vom Fahrstuhl aus gelangte man über einen gepflegten hellen Teppichboden zur Detektei, bei deren Einrichtung nicht gespart worden war. Der Glastisch mit gebogenen Chromfüßen überstieg Jans Monatsgehalt, ebenso wie die vier Lederstühle, die kreisförmig darum angeordnet waren. Das Gemälde von einem knienden Mann vor einem riesigen Pilz harmonierte mit der hellblauen Wandtäfelung.

Der Empfang wurde von einem jungen Dandy besetzt, der offensichtlich viel Wert auf Körperpflege legte. Sein dunkler

Bart war aufwendig gestutzt, seine schwarzen Haare sorgsam aufgeföhnt und seine Finger perfekt manikürt. Ein feiner Duft von Eau de Toilette umgab seinen viel zu hageren Körper. Er lehnte gelangweilt an einem Tresen aus Kirschholz und spielte mit seinem Handy.

»Haben Sie einen Termin?«, fragte er, ohne das Telefon zur Seite zu legen.

»Yup.« Jan legte seinen Kripoausweis auf den Tresen. »Und zwar mit Ihnen.«

»Ich habe mich schon gefragt, wann Sie kommen.« Das Handy verschwand in seiner Tasche. »Schlimm genug, dass ich den Tod meiner Chefin aus einem Schmierblatt erfahren muss, aber seitdem steht das Telefon nicht mehr still, wobei die Presse noch mein kleinstes Problem ist. Mir blieb nichts anderes übrig, als den Stecker aus der Wand zu ziehen.«

»Fangen wir von vorne an. Mein Name ist Jan Tommen, und ich bin der leitende Ermittler in dem Fall. Das ist mein … Kollege Chandu Bitangaro. Dürfte ich Ihren Namen erfahren?«

»Thierry.«

»Und weiter.«

»Nur Thierry.«

»Wie, nur Thierry«, wunderte sich Jan. »Sie müssen doch einen Nachnamen haben.«

Der junge Mann seufzte hörbar. »Krause.«

»Okay. Thierry Krause.«

»Nein, Ingo.«

»Wie jetzt? Thierry Ingo?«

»Nein.« Er warf genervt die Hände in die Höhe. »Thierry ist mein Künstlername, Ingo Krause mein richtiger Name.«

»Was für ein Künstler sind Sie?«

»Wollen Sie nicht wissen«, sagte Thierry. »Es geht hier um Dana Wolf und nicht um meine Leidenschaft.«

»Was für die Befragung relevant ist, sollten Sie mir überlassen.«

»Kommen Sie mir nicht so, Kommissar Tommen.« Er hob einen Finger drohend in die Höhe. »Ich habe in den letzten Jahren zu oft mit der Polizei zu tun gehabt, als dass Sie mich noch einschüchtern könnten. Entweder lassen wir mein Privatleben außen vor, oder ich verweigere die Aussage.«

»Wir können dich auch mit auf die Wache nehmen, Bürschchen.« Chandu legte seine Arme auf die Theke.

»Das wird meine Bereitschaft zur Aussage nicht verbessern, mein muskulöser schwarzer Freund.« Thierry zwinkerte ihm zu.

Jan schlug auf den Tresen. »Schluss mit dem Quatsch.« Er reichte Thierry einen Briefumschlag. »Das ist ein Durchsuchungsbefehl für diese Räumlichkeiten. Setzen Sie sich auf Ihren Stuhl, und stehen Sie uns nicht im Weg rum, sonst verhafte ich Sie wegen Behinderung der Justiz.«

»Danas Büro ist da drüben.« Er deutete auf eine Bürotür links vom Tresen. »Nehmen Sie, was Sie brauchen.«

Die luxuriöse Ausstattung setzte sich in Dana Wolfs Büro fort. Der Schreibtisch war eine hufeisenförmig gegossene Glasplatte mit Chromfüßen und einem gemütlichen Schreibtischstuhl. Von einer weißen Stoffcouch hatte man einen guten Blick entweder auf die Spree oder auf den LED-Fernseher an der Wand. In der Mitte des Raums stand eine große Vase mit einem Strauß rötlicher Tulpen, deren Geruch Jan an einen Frühlingsspaziergang durch den Britzer Garten erinnerte.

Chandu war am Eingang stehen geblieben. »Auf den ersten Blick wirkt sie wie eine normale Bürotür, aber zwischen den Holzabdeckungen ist massiver Stahl verbaut.« Er ließ sie hin und her schwingen. »Der Rahmen ist verstärkt, und die Tür lässt sich mit einem Handgriff von dieser Seite verriegeln. Der Schließzylinder ist innen verschraubt, und sechs Kreiszungen greifen in den Rahmen. Die Tür hat mindestens Widerstandsklasse vier. Es gibt Juweliere, die weniger haben.«

»Das passt zu der Kamera über dem Empfang.« Jan deutete auf einen Bildschirm auf dem Schreibtisch, der den Eingangsbereich zeigte. »Von ihrem Platz konnte Wolf jeden Besucher beobachten. Wenn es nach Ärger aussah, verschloss sie die Tür und wartete auf den Sicherheitsdienst.«

Chandu ging in das Büro und drehte sich einmal um die eigene Achse. »Fällt dir was auf?«

»Keine Aktenschränke«, sagte Jan. Er tastete die Wände nach verborgenen Regalen ab. »Entweder lebte Wolf das papierlose Büro in Perfektion, oder sie hat ihre Unterlagen woanders untergebracht.«

»Ist keine Überraschung«, sagte Chandu. »Sie musste täglich mit einer Durchsuchung rechnen. Wenn ihre Akten in die Hände der Polizei gefallen wären, wäre ihr Ruf ruiniert gewesen.«

»Sie wird ihre Notizen und Beweise nicht ausgelagert haben, wahrscheinlich hat sie alles gescannt und auf Festplatte gespeichert.« Jan ging zum Schreibtisch. Der Monitor, mit dem man den Eingang beobachten konnte, war nicht an einen Computer angeschlossen. Jan öffnete die Schubladen, die überraschenderweise nicht verschlossen waren. Er wühlte sich durch Papier, Stifte und eine Packung Kopfschmerztabletten, aber nirgends war nur eine handschriftliche Notiz zu finden. Von Fallakten keine Spur.

Chandu blätterte sich durch Bücher in einem Regal. »Nur Fachliteratur«, murmelte er. »Arbeitsrecht, Strafrecht, ein paar technische Anleitungen zu Kameras und Richtmikrofonen, aber nichts über Kunden oder Aufträge.«

Jan ging zurück zum Empfang. »Wo ist Dana Wolfs Computer?«

»Sie hat keinen.«

»Dann muss sie einen Laptop oder ein Tablet gehabt haben.«

Thierry schüttelte den Kopf. »Ich habe sie nie mit so etwas gesehen.«

»Sie muss doch irgendwo ihre Notizen gespeichert haben, entweder auf Papier oder auf einem Computer.«

»Sie hatte manchmal Ausdrucke und Fotos unter dem Arm, aber außer dem Handy kein technisches Gerät.«

»Was hat sie den ganzen Tag im Büro gemacht?«

»Sie war kaum hier«, antwortete Thierry. »Und wenn, hatte sie die Tür geschlossen. Die meiste Zeit war sie unterwegs.«

»Terminkalender?«

»Hatte sie nicht.«

»Haben Sie die Termine gemacht?«

»Nein, da durfte ich mich nicht einmischen.«

»Woher wussten Sie, wo sie war?«

»Wusste ich nicht. In ihrer Abwesenheit habe ich Telefonanrufe angenommen und auf einem Post-IT notiert. Einmal am Tag hat sie diese eingesammelt und durchgearbeitet.«

»Hatte Ihre Chefin eine E-Mail-Adresse?«

»Mehrere.«

»Und wie hat sie diese abgerufen?«

Der junge Mann zuckte die Achseln. »Vielleicht über ihr Handy.«

Jan stöhnte. Aus dem Assistenten war nichts herauszukriegen. Entweder war er der perfekte Schauspieler, oder Wolf hatte ihn absichtlich im Ungewissen gelassen.

»Was ist auf dem Computer neben dem Eingangstresen gespeichert?«

»Nichts«, sagte Thierry. »Der war nur zum Herausfinden von Telefonnummern oder zum Runterladen von Straßenkarten.«

»Irgendwo muss es doch Unterlagen geben. Im Büro stehen nur Gesetzestexte.«

»Und die ›Bibel der Todfeinde‹.«

»Was für eine Bibel?«, fragte Chandu.

Thierry seufzte theatralisch und ging in Danas Büro. Neben dem Lichtschalter drückte er einen Knopf. Mit einem leisen Klick öffnete sich ein Wandpaneel. Darin lag ein großes Buch mit einem aufwendig gestalteten ledernen Einband, das Jan an eine Gutenberg-Bibel erinnerte. Er blätterte auf die erste Seite zu einem laminierten Brief auf kariertem Papier, in dem der Autor Wolf drohte, sie zu erschießen, sollte sie noch einmal in seine Gegend kommen. Mit einem wasserfesten Stift war der Name ›Frederik Onnen‹ daneben notiert. Jan blätterte weiter. Brief um Brief. Einige waren hingeschmiert, andere aufwendig geschrieben, manchmal war es nur der Ausdruck einer Mail.

»Das müssen an die hundert sein«, bemerkte Chandu.

»Und die meisten sind mit Namen versehen.«

»Wie hat sie diese herausbekommen?«

Jan deutete auf einen Brief, dessen Rand mit schwarzem Pulver bestreut war. »Fingerabdrücke.«

»Und wie konnte Wolf dem Abdruck einen Namen zuordnen? Dazu hätte sie Zugang zur AFIS-Datenbank benötigt. Das kann nur die Polizei.«

»Das bestätigt unsere Vermutung, dass Wolf einen Kontakt bei der Polizei hatte.«

»Und der Rest?«, fragte Chandu. »Nicht jeder ist so dumm und hinterlässt Fingerabdrücke auf einem Drohbrief.«

»Bei den älteren Anschreiben lässt sich viel über Handschriftanalyse machen. Wenn du den Fall kennst, auf den sich der Drohende bezieht, musst du nur die Geschädigten durchgehen, und du hast deinen Mann. Bei Mails lässt sich die IP-Adresse herausbekommen. Ich gehe davon aus, dass Wolf auch bei den Providern Kontakte hatte.«

»Warum hat sie das alles in einem Buch aufbewahrt?«

»Das ist ihre Trophäensammlung. Jeder Brief ist eine Bestätigung, dass sie ihren Job gut gemacht hat.«

»Man muss ein breites Kreuz haben, wenn man diese Menge an Morddrohungen mit einem Achselzucken abtut.«

»Das hatte Wolf«, sagte Jan. »Wenn sie nicht so ein skrupelloses, selbstsüchtiges Miststück gewesen wäre, hätte ich sie bewundert, aber sie schien eine sadistische Freude daran zu haben, Leute zu ruinieren.«

»Brauchen Sie mich noch?«, unterbrach Thierry.

»Natürlich.« Jan drehte sich zu dem jungen Mann um. »Wo finden wir Henning Plath?«

»Weiß ich nicht.«

»Für jemanden, der hier arbeitet, wissen Sie erstaunlich wenig«, bemerkte Chandu.

»Ich habe ihn seit einer Woche nicht mehr gesehen.«

»Das ist eine lange Zeit.«

»Wie Sie vielleicht bemerkt haben, hat Henning keinen eigenen Arbeitsplatz. Er kam nur zu Besprechungen mit Dana.«

»Haben Sie versucht, ihn zu erreichen?«

»Ja, seit Montagmorgen ist Hennings Handy aus«, sagte Thierry. »Seit ich von Danas Tod erfahren habe, habe ich ihm schon zehn Mal auf die Mailbox gesprochen und ihm Nachrichten geschrieben, aber er meldet sich nicht.«

»Dann schreiben Sie uns doch die Handynummer und die E-Mail-Adresse von Henning Plath auf«, sagte Jan. »Vielleicht haben wir mehr Glück.«

»Die von Dana Wolf nicht zu vergessen«, ergänzte Chandu.

Thierry rollte mit den Augen. »Sonst noch etwas?« Er gab sich keine Mühe, seine Gereiztheit zu verbergen, und begann, etwas auf einen Block zu kritzeln.

»Ja.« Jan zeigte ein strahlendes Lächeln. »Wo waren Sie am Sonntagabend?«

Ein Handyprofil eines Verdächtigen zu erstellen war kein Problem. Man musste sich nur beim Provider einhacken, um alles auf einem Silbertablett präsentiert zu bekommen. Für jeden Anruf erhielt man die sekundengenaue Dauer und den Gesprächspartner, dessen Name nur einen Klick entfernt war, sollte er beim selben Anbieter sein. Im schlimmsten Fall dauerte eine Auflistung dreißig Minuten. Max hatte Jan die Informationen für zehn Uhr versprochen. Es war fast elf, und er war noch immer nicht fertig. Er nahm sein Handy und drückte auf die Kurzwahltaste mit Max' Nummer. Sein Freund nahm nach dem dritten Klingeln ab.

»Hi, Max.«

»Die Liste wird noch dauern«, begann der junge Hacker.

»Länger als eine Stunde hast du noch nie gebraucht. Was ist das Problem?«

»Wolf war entweder wahnsinnig oder sehr clever. Oder beides.«

»Das lässt sich an der Anrufliste erkennen?«

»Wolf hat ein Handy maximal drei Monate benutzt, selbst wenn der Vertrag noch aktiv war«, erklärte Max. »Die kürzeste Zeit waren zwei Wochen.«

»Wahrscheinlich hat sie für jeden Auftrag einen neuen Vertrag abgeschlossen«, erklärte Jan. »Teuer, aber keine dumme Idee, da Wolf somit viel schwerer aufzuspüren war. Durch die Wechsel hatten nur sehr wenige Leute ihre Nummer. Alle anderen mussten in der Detektei anrufen, wo ihr Assistent Thierry ihr eine Notiz hinterlassen hat.«

»Ich habe bisher sieben Handys entdeckt«, fuhr Max fort. »Zwei weitere liefen auf ihren Assistenten Henning Plath. Trotzdem habe ich noch Lücken in den Jahren 2013 und 2014. Ich vermute, dass sie bei ausländischen Providern einen Vertrag abgeschlossen hatte. Dank Internet nur eine Sache von Minuten. Wenn ihr eine Übersicht der Kunden habt, kann ich deren Anrufe zurückverfolgen und so hinter Wolfs Nummern kommen.«

»Das wird schwierig«, sagte Jan. »Im Büro gibt es keine Unterlagen und keinen Computer. Ich kann dir sagen, wer Wolf gehasst hat, aber ich bezweifle, dass wir so weiterkommen.«

Max stöhnte. »Wahrscheinlich hat sie alle Unterlagen irgendwo in einer Cloud gespeichert. Selbst wenn du ihren Laptop hättest, würden wir darauf keine Daten finden. Wir brauchen den Anbieter und das Passwort.«

»Wir sind auf dem Weg zu Wolfs Wohnung, aber nach dem Reinfall im Büro bin ich nicht optimistisch, dass wir dort Fallakten finden. Wie aktuell sind die Handydaten?«

»Der letzte von mir entdeckte Anruf war am 7. Januar. In den letzten drei Wochen wurde das Gerät nicht mehr benutzt, daher vermute ich, dass sie wieder ein neues Handy hatte, dessen Vertrag nicht bei einem deutschen Provider abgeschlossen wurde.«

»Ich achte darauf, wenn wir die Wohnung durchsuchen.«

»Bei der Zulassungsstelle habe ich zwei Autos auf ihren Namen gefunden«, sagte Max. »Ich schicke dir die Nummern per SMS. Wenn du eine Fahndung herausgibst, finden wir vielleicht in den Pkws etwas.«

»Vielen Dank soweit. Wenn sich etwas ergibt, melde ich mich.«

Max beendete das Gespräch. Mit einem Seufzen suchte er nach Angeboten ausländischer Provider. Ohne Hinweise aus Wolfs Wohnung würde er Wochen brauchen, bis er sich in alle eingehackt hatte. Hoffentlich war Jan erfolgreich.

Das kleine Haus war erstaunlich unauffällig, wenn man Dana Wolfs exzentrischen Lebensstil kannte. Kaum eine große Veranstaltung, bei der sie nicht präsent war. Für jeden Auftritt hatte sie eine Limousine gebucht und ein neues Designerkleid gekauft. Selbst ihre Schuhe und den Schmuck hatte sie nie zweimal getragen.

»Du wirkst überrascht«, holte ihn Chandu aus seinen Grübeleien.

»Ich hatte … mehr erwartet«, sagte Jan.

»Was gefällt dir an dem Haus nicht? Ein kleines Grundstück mit Garten, allein stehend und mit genug Platz für eine Person.«

»Wolf war exzentrisch. Ich hätte mit einer Verrücktheit gerechnet. Vielleicht ein rosa Anstrich, ein goldener Briefkasten oder eine Vollverglasung. Kein Haus mit Spitzdach, weißer Wandfarbe und Vorhängen an den Fenstern, die sich harmonisch in das Bild des Vororts einfügen.«

»Völlig normal ist es nicht.« Chandu deutete auf zwei Kameras neben der Haustür. »Neueste Technologie. Die haben einen Hundertachtzig-Grad-Winkel und liefern gestochen scharfe Bilder selbst in der Nacht und bei Starkregen. Die Fenster sind aus Sicherheitsglas, die Tür ist einbruchssicher und wahrscheinlich kugelfest. Weder am Briefkasten noch an der Klingel sind Namensschilder, die auf Wolf hinweisen, nur ihre Initialen.«

»Das Schloss war ebenfalls hochwertig. Die Streife hat gestern eine Stunde gewartet, bis sie in die Wohnung konnte. Der Schlüsseldienst hat einen Diamantbohrer für den Zylinder benötigt.«

Jan entfernte das Kriposiegel von der Tür und betrat das Haus. Statt in einem Gang stand er im Wohnzimmer, das fast das ganze Erdgeschoss umfasste. Der Raum war ein Sammelsurium unterschiedlicher Stile. Eine Ledercouch auf einem hellen Perserteppich, daneben ein dunkler Holztisch mit einer Sammlung kleiner Porzellanvasen voll vertrockneter Rosen, die zu der abgestandenen Luft passten. An der Wand das Bild einer brennenden Giraffe neben einem Marilyn-Monroe-Porträt von Andy Warhol. Im Raum verteilt lagen Bücher, Zeitungen, Broschüren und Hefte, teils gelesen, andere noch in der Plastikverpackung. Neben der Couch standen ein halb volles Rotweinglas und eine Schüssel mit Salzstangen.

»Ich hoffe, sie war mit ihren Unterlagen genauso unordentlich, dann haben wir eine Chance, etwas zu finden«, sagte Jan.

»Wo fangen wir an?«

»Ich nehme mir das Erdgeschoss und die Garage vor. Da die Tatortermittler schon Fingerabdrücke und andere Spuren gesichert haben, müssen wir keine Rücksicht nehmen. Wenn bei der Durchsuchung eine Wandverkleidung beschädigt wird, kann ich damit leben.«

»Ich bin dann mal oben«, sagte Chandu und ging über eine Wendeltreppe in den ersten Stock.

Jan verschaffte sich einen schnellen Überblick über das Wohnzimmer. Kein Aktenschrank, kein sichtbarer Safe und kein Computer. Wenn Wolf etwas versteckt hatte, dann nicht hier, wo ein Einbrecher es am ehesten erwartete. Jan durchquerte das Wohnzimmer zu einer stabilen Metalltür, die auf dieser Seite mit Tapete beklebt war. Selbst der Griff war weiß gestrichen. Er hatte einen zweiten Blick benötigt, um diese zu erkennen. Von hier gelangte man in die Garage zu einem alten Opel Ascona. Das Auto war mindestens zwanzig Jahre alt, hatte Kratzer an der Seite und abgefahrene, verdreckte Reifen. Jan überprüfte das Kennzeichen mit der SMS, die ihm Max geschickt hatte. Sie stimmten überein. Wahrscheinlich hatte Wolf den Opel für Überwachungen benutzt, wenn sie in weniger feinen Gegenden unterwegs war. Von der Mercedes-G-Klasse, ihrem zweiten Auto, fehlte jede Spur. Neben dem Opel wäre genug Platz dafür gewesen. In der Tiefgarage der TwinTowers war der Wagen auch nicht, daher würde Jan danach fahnden lassen, sobald sie mit der Durchsuchung fertig waren.

Die Garage war ebenfalls gut gesichert. Betonwände ohne

Fenster und ein stabiles ferngesteuertes Tor, das es einem Einbrecher schwer machen würde. Es roch nach Diesel und Altöl. In der Ecke lagen vier Reifen aufeinandergestapelt neben einem kleinen Werkzeugkasten und einem rostigen Wagenheber.

Wolf war nicht der Typ, der Geld sparte und seine Winterreifen eigenhändig aufzog, selbst bei einem alten Opel, daher schob Jan die Reifen zur Seite und betrachtete die Holzverkleidung dahinter. Erst jetzt fiel ihm auf, dass die anderen Wände unverputzt waren. Einzig auf dieser Seite hatte Wolf Wert auf eine Verschönerung gelegt. Jan klopfte das Holz ab und suchte nach Vertiefungen. Er konnte nichts Ungewöhnliches feststellen, aber in Wolfs Büro hatte er das Versteck ihrer »Bibel der Todfeinde« auch übersehen. Schließlich nahm er einen Schraubenzieher aus dem Werkzeugkasten, schlug ihn in die Lücke zweier Holzlatten und brach eine davon heraus.

Statt der zu erwartenden Betonwand blickte Jan in ein verborgenes Regal.

»Oh, Scheiße«, sagte er, als er sah, was dort lag. Er ließ den Schraubenzieher fallen und rannte ins Wohnzimmer.

»Chandu, komm in die Garage!«, rief er aufgeregt. »Ich habe was gefunden.«

KAPITEL 3

Patrick kam mit sechs Akten unter dem Arm in Bergmans Büro und ließ sich erleichtert in einen Sessel fallen. Er konnte sich an keinen Fall erinnern, bei dem er so viele Verdächtige hatte durchleuchten müssen. Die Datenbank der Kripo war hilfreich gewesen, aber er hatte auch Tageszeitungen und die Klatschpresse sichten müssen. Sechzehn Stunden Recherche. Nur unterbrochen von Kaffeepausen und Toilettengängen. Er brauchte dringend eine Dusche und einen Kleiderwechsel, doch das Ergebnis konnte sich sehen lassen.

»Wir können mit der Befragung der Verdächtigen beginnen.«

»Wie viele sind in der letzten Runde?«, fragte Bergman. Auf seinem Schreibtisch stapelten sich die Zeitungen mit Schlagzeilen über die Tote am Brandenburger Tor. Der Mord hatte es berlinweit auf das Titelblatt geschafft.

»Von den anfänglichen einundzwanzig Verdächtigen habe ich sechs ausgewählt, denen Wolf besonders übel mitgespielt hat.«

»Was unterscheidet diese von den anderen fünfzehn?«

»Zuerst das Potenzial zur Gewalt. Meine sechs Kandidaten sind Wolf gegenüber handgreiflich geworden, jeder auf seine

Art. Weiterhin haben die Verdächtigen entweder den Charakter, eigenhändig einen Mord zu begehen, oder die finanziellen Möglichkeiten, einen Profi anzuheuern. Schließlich sind die Anfeindungen über einen längeren Zeitraum erfolgt. Viele Geschädigte haben Wolf bedroht und sich dann nie mehr gemeldet. Bei diesen sechs war das anders.«

Patrick legte eine Akte auf den Schreibtisch.

»Mein erster Verdächtiger ist Thilo Jänsch, ein Biobauer aus Brandenburg. Er ist in seiner Branche ziemlich gefürchtet, weil er jeden und alles verklagt, von Zulieferern, Konkurrenten bis hin zu Kunden. Die Presse hat ihn ›Irrer Thilo‹ getauft, weil er die Gerichte beschäftigt hat wie kein anderer. Vor zwei Jahren hat Wolf aufgedeckt, dass er seinem Vieh Billigfutter verabreichte, das mit Genmais gestreckt war. Dass die Presse einen reißerischen Artikel geschrieben hat, war nicht das Problem, aber der Untersuchungsbericht wurde öffentlich gemacht und ist in den einschlägigen Foren der Biobranche herumgereicht worden. Jänsch war ruiniert. Er musste seinen Hof schließen und seine Mitarbeiter entlassen. Am folgenden Tag kam er in Wolfs Büro und warf mit Eiern um sich, bis ihn der Sicherheitsdienst aus dem Gebäude getragen hat. Jänsch hat Wolf wegen Rufmords verklagt und Schadensersatz verlangt, aber die Klage wurde vor vier Wochen in letzter Instanz abgewiesen. Als er den Gerichtssaal verlassen hat, hat er seinen Schwur auf Rache noch mal erneuert. ›Dieses Mal wird es nicht bei den Eiern bleiben‹, waren seine letzten Worte gewesen.«

»Wer war der Auftraggeber für die Überprüfung von Jänschs Hof? Wolf wird das nicht aus Verantwortung gegenüber der Gesellschaft gemacht haben.«

»Ist unbekannt. Vielleicht wissen wir mehr, wenn Jan Unterlagen in Wolfs Wohnung findet, ansonsten tippe ich auf einen Konkurrenten von Jänsch.«

»Ein würdiger Verdächtiger«, bemerkte Bergman und blätterte durch die Akte.

»Ebenso wie Marissa Colak«, fuhr Patrick fort. »Ein ehemaliges Model, das mit dem bettlägerigen alten Millionär Quentin Colak verheiratet war. Sie hätte sich auf ein großes Stück des Erbes freuen können, hätte Wolf ihr vor drei Jahren nicht eine Affäre mit einem Schauspieler nachgewiesen. Da im Ehevertrag stand, dass sie keinen Cent bekommt, sollte sie fremdgehen, wurden ihre Mühen nicht belohnt. Während sie ihren Verlust in einer Schönheitsfarm in Frankreich auskurierte, wurden Colaks Anwalt und der Testamentsverwalter von Schlägern verprügelt. Der Anwalt ist eingeknickt und hat gestanden, dass die pikanten Bilder von Wolf gekommen sind. Wäre an dem Tag nicht ihr Partner Henning Plath bei ihr gewesen, wäre Wolf das nächste Opfer geworden. Die Schläger konnten überwältigt werden und gaben zu, dass sie von Colaks Exfrau engagiert worden waren.«

»Daran kann ich mich erinnern«, sagte Bergman. »Bei dem Einsatz sind zwei Polizisten verletzt worden.«

»Ähnlich wie der Biobauer Jänsch ist Marissa den Weg durch die Gerichtsinstanzen gegangen. Am Ende wurde sie mit einem besseren Trinkgeld aus dem Erbe ihres Exmannes abgespeist, das nicht einmal die Anwaltskosten gedeckt hat. Als sie auf einer Benefizveranstaltung Wolf begegnet ist, ist sie wie eine Furie auf die Detektivin los. In dem Gerangel hat Wolf ihr die Nase gebrochen, was sich nicht gut auf Marissas Modelkarriere ausgewirkt hat.«

»Mit dieser Frau sollten wir reden«, sagte Bergman.

»Utz Fromm.« Patrick legte die dritte Akte auf den Tisch. Sie war deutlich dicker als die anderen. »Er hatte eine Baufirma, die am Berliner Flughafen mitgearbeitet hat, und musste 2008 sogar Leute einstellen, um die anfallenden Projekte zu stemmen, wurde aber 2010 über Nacht von seinen Aufgaben entbunden, weil es Ungereimtheiten in der Abrechnung gegeben hat. Er hat schlecht bezahlte illegale Arbeiter beschäftigt und diese als Fachkräfte abgerechnet. Das wäre keinem aufgefallen, wenn der Bauleiter nicht die entsprechenden Unterlagen samt Filmbeweisen zugespielt bekommen hätte.«

»Woher wusste Fromm, dass Wolf daran beteiligt war?«

»Er hat ihren Partner Henning Plath zweimal beim Spionieren erwischt. Ihm lastet er auch einen Einbruch in den Bauwagen an, bei dem ein Ordner mit Rechnungen gestohlen worden war.«

»Dann ist es nicht schade, dass er den Auftrag verloren hat«, bemerkte Bergman.

»Utz Fromm hat diverse Vorstrafen wegen Körperverletzung, Bestechung und Betrugs. Das ist der Grund, warum die Akte so dick ist. Sein explosiver Charakter ist selbst in der rauen Baubranche gefürchtet. Nach dem Vorfall am Berliner Flughafen hatte der Richter kein Einsehen mehr und verurteilte ihn zu einer neunmonatigen Gefängnisstrafe ohne Bewährung. Als Fromm 2011 entlassen wurde, war sein Unternehmen pleite und er hochverschuldet. Noch am selben Tag ist er in Wolfs Büro und hat die Inneneinrichtung zerlegt, was ihm sechs Monate Knast eingebracht hat. Heute arbeitet er als gewöhnlicher Bauarbeiter bei Hochtief und steckt in einer Privatinsolvenz.«

»Ein gutes Mordmotiv«, sagte Bergman.

»Das hat auch unsere Nummer vier, Rainer Bormeier.«

»Der ehemalige Berliner Innensenator Bormeier?«

»Ja.« Patrick reichte Bergman die Akte.

»Nach seinem Rücktritt ging alles in seinem Leben schief«, sagte der Kripochef. »Ich habe in verschiedenen Gremien mit ihm gesessen. Er war gut strukturiert, aber mit der Menge der Arbeit manchmal überfordert, doch wie ein kaltblütiger Mörder ist er mir nicht vorgekommen.«

»Was wissen Sie über Bormeier?«, fragte Patrick.

»Ein klassisches Opfer einer Medienhetze. Der Boulevardpresse wurden Fotos zugespielt, die Bormeier mit einer Hure zeigten, und das kurz bevor er ein Gesetz verabschieden wollte, welches die Prostitution in Berlin eindämmen sollte. Nach einer medialen Schlammschlacht musste er eine Woche später von seinem Posten als Innensenator zurücktreten. Im selben Jahr hat seine Frau die Scheidung eingereicht. Er wurde drogenabhängig und baute zwei Unfälle unter Alkoholeinfluss. Mit dem ruinierten Ruf konnte er als Steuerberater nicht mehr Fuß fassen.« Bergman zuckte die Achseln. »Ein tiefer Fall. Mir hat er leidgetan.«

»Kennen Sie Details zu den Unfällen?«, fragte Patrick.

»Kaum. Einmal hat er eine rote Ampel übersehen, das andere Mal ist er von der Straße abgekommen, hat drei Autos beschädigt und ist an einem Parkscheinautomaten gelandet.«

»Tatsächlich ist er nicht von der Straße abgekommen. Er ist bewusst auf den Gehweg gefahren, weil dort Dana Wolf und Henning Plath gelaufen sind.«

»Ein Mordversuch?« Bergman runzelte die Stirn. »Warum wurde das nicht angezeigt?«

»Bormeier war zu dem Zeitpunkt am Boden. Vielleicht hatte Wolf Mitleid mit ihm.«

»Wolf?« Bergman lachte. »Die Frau kannte weder Mitleid noch Reue oder Skrupel.«

»Ein anderer Grund fällt mir nicht ein.«

»Ist Bormeier noch in der gleichen Verfassung wie damals?«

»Er hat eine Entziehungskur gemacht und eine Anstellung bei einem Steuerberater gefunden, wenn auch nur als Sachbearbeiter. Worauf wollen Sie hinaus?«

»Ich frage mich, ob er noch genug Wut in sich hat, um es ein zweites Mal zu versuchen.«

»Ich denke schon.«

Bergman nickte. »Wir sollten ihn befragen.«

»Der Vorletzte auf unserer Liste ist Bertrand Moke«, sagte Patrick.

»Der Anführer dieser kongolesischen Drogenbande?«

»Ebender.«

»Moke traue ich einen Mord zu, doch wie ist sein Verhältnis zu Wolf?«

»Das weiß ich noch nicht«, sagte Patrick. »Aber es gibt eine Anzeige gegen ihn, weil er sich vor ein paar Monaten bei der Eröffnung einer exklusiven Boutique in der Friedrichstraße rüde durch die Anwesenden geschoben hat, um Wolf zu verprügeln. Auch hier haben die Sicherheitskräfte Schlimmeres verhindert. Was immer zwischen den beiden vorgefallen ist, Moke vergisst nichts.«

»Gegen ihn ist ein Haftbefehl wegen Drogenhandels offen. Er wird nicht leicht zu finden sein.«

»Da arbeite ich mit dem Drogendezernat zusammen, aber Moke ist kein großer Fisch, sodass die Prioritäten bei anderen liegen. Nun, die Kollegen geben mir, was sie haben.«

»Dann sind wir fast durch«, sagte Bergman.

»Der letzte Kandidat ist Henning Plath.«

»Als Partner von Wolf ein logischer Mordverdächtiger.«

»Ich habe mit Jan telefoniert. In der Detektei ist er nicht, und der Assistent kennt seinen Aufenthaltsort nicht. Plaths Handy ist ausgeschaltet.«

»Er wird ebenso untergetaucht sein wie Moke.«

»Eigentlich liegt nichts gegen ihn vor«, erklärte Patrick. »Wenn er nichts mit dem Mord zu tun hat, könnte er mit uns zusammenarbeiten, und er wäre schnell entlastet.«

»So denkt Plath nicht«, sagte Bergman. »Bei seiner Vergangenheit traut er der Polizei nicht.«

»Oder er hat Angst.«

»Vor wem?«

»Vor dem Mörder.«

Bergman lehnte sich auf dem Stuhl zurück und faltete die Hände. »Kein abwegiger Gedanke. Wenn wir davon ausgehen, dass Plath seine Partnerin nicht getötet hat, dann war es eine sehr gut durchgeführte Tat. Wer Wolf töten kann, kann auch eine Gefahr für ihn sein.«

»Oder Plath ist schon tot.«

»Das wäre auch möglich«, sagte Bergman.

»Ich lasse ihn und sein Auto auf die Fahndungsliste schreiben. Egal, ob wir Moke oder Plath zu fassen bekommen, noch heute fangen Jan und ich mit den Verhören an«, sagte Patrick. »Und Utz Fromm wird mein erster Gesprächspartner sein.«

»Alles was man zum Untertauchen benötigt«, sagte Chandu, als er Wolfs Versteck hinter der Holzwand betrachtete. Er nahm eine Pistole aus der Wandhalterung. »Eine Browning 9 mm, Halbautomatik. Die Seriennummer ist entfernt. Nicht nachzuverfolgen.«

»Dazu noch Bargeld und ein falscher Reisepass. Ausgestellt auf eine Erika Lambert.« Jan blätterte durch den Ausweis. »Die Papiere sind gute Arbeit. Das Lichtbild und die maschinenlesbare Zone sind holografisch versetzt, und der Bundesadler wirkt authentisch. Das reicht für jeden Grenzübertritt.«

»Ich habe im Schlafzimmer eine gepackte Tasche mit Kleidung gefunden«, sagte Chandu. »Wolf hätte eine Minute benötigt, um unterzutauchen. Ich wette, wir finden noch einen Schlüssel für eine Zweitwohnung, die auf Erika Lambert läuft. Sie war auf alles vorbereitet. In dem Versteck liegt sogar Kleingeld für die U-Bahn.«

»Wolf war clever«, sagte Jan. »Sonst wäre sie in dem Geschäft nicht die Nummer eins gewesen.«

»Und doch ist sie dem Mörder in die Falle gegangen.«

»Das verstehe ich noch nicht. Viele ihrer Feinde haben versucht, ihr zu schaden, aber Wolf hat kaum einen Kratzer abbekommen. Was ist dieses Mal schiefgelaufen?«

»Keine Ahnung«, sagte Chandu. »Dazu haben wir zu wenig.«

»Dann wird es Zeit, dass wir es herausfinden.« Jan holte sein Handy aus der Tasche und wählte die Nummer der Spurensicherung. »Lass uns die Bude auseinandernehmen. Mal sehen, was Wolf noch alles versteckt hat.«

Vielleicht konnte sie sich an diesen Praktikanten gewöhnen, dachte Zoe, als Lukas ihr das Croissant brachte. Er folgte allen ihren Anweisungen, nervte nicht mit Fragen und blieb immer in Rufweite.

»Hast du schon einmal einen DNA-Abgleich gemacht?« Zoe biss in das Croissant.

»Theoretisch.« Lukas wich ihrem Blick aus. »Ich habe einen Lehrfilm darüber gesehen und in einem Buch …«

»Also nein«, unterbrach Zoe kauend. »Bring mir die Haarbürste von Dana Wolf.« Lukas lief zu einem Schrank, entnahm einen Plastikbeutel mit einer Bürste und gab ihn Zoe.

»Fangen wir mit den Bestandteilen des DNA-Moleküls an. Wie heißen die vier DNA-Basen?«

»Adenin, Guanin, Cytosin und Thymin«, schoss es aus Lukas hervor.

»Und woraus bestehen die Holme des DNA-Moleküls?«

»Zucker und Phosphat.«

Zoe nahm mit einer Pinzette ein Haar aus der Bürste. »Die DNA-Menge in dieser Probe ist zu gering, um ein verwertbares Ergebnis zu erhalten, daher müssen wir das Erbgut vermehren. Dafür geben wir alle Bestandteile des DNA-Moleküls hinzu, also Zucker, Phosphat und die vier DNA-Basen. Das ergänze ich mit dem Reaktionsmix.« Sie hob ein kleines Plastikfläschchen mit einer lila Flüssigkeit hoch. »Was ist da drin?«

»Die Primer«, antwortete Lukas.

»Und was noch?«

»Das Enzym Polymerase.«

»Warum brauchen wir die beiden?«

»Das Enzym katalysiert die Polymerisation von Nukleotiden. Ohne ist eine DNA-Vermehrung nicht möglich. Aber die Polymerasen benötigen zuerst eine Hydroxygruppe als Startpunkt für ihre erste Verknüpfungsreaktion, und die Primer stellen diese zur Verfügung.«

Zoe schnitt die Haarwurzel ab, legte sie in ein kleines Plastikröhrchen und gab mit einer Pipette die Flüssigkeit hinzu. Dann stellte sie das Röhrchen in ein Gerät, das ein Außenstehender für einen alten Computer halten konnte.

»Das ist unsere Kopiermaschine.« Sie schloss den Deckel und machte ein paar Einstellungen auf dem Display. »Die Probe wird auf 95 Grad Celsius erhitzt. Du kannst mir sicher sagen, warum.«

»Bei dieser Temperatur trennen sich die Doppelstränge der DNA«, antwortete Lukas.

Zoe nickte. »Dann folgt eine Abkühlung auf 65 Grad, bei der die Primer andocken. Mit der abschließenden Temperaturerhöhung auf 72 Grad wird die Polymerase aktiv. Die Einzelstränge werden wieder zu Doppelsträngen ergänzt. Aus eins mach zwei. Das führt die Maschine dreißig Mal durch, und wir haben aus einem Doppelstrang eine Milliarde gemacht.«

Zoe lehnte sich an die DNA-Kopiermaschine. »Eine Milliarde ist genug für eine Analyse, aber wie vergleichen wir die beiden Proben miteinander?«

»Mit der Gelelektrophorese?«, antwortete Lukas unsicher. Es war mehr eine Frage als eine Antwort, aber Zoe nickte und deutete auf ein Gerät, das an ein kleines Plastikaquarium erinnerte. »Ich gebe die Probe auf die Oberseite der Gelelektrophorese-Apparatur und setze sie unter Spannung. Durch die

Ladung werden die Moleküle durch die Gelmaschen nach unten gezogen, wobei sich die kleineren Moleküle schneller bewegen. Aufgrund des Farbstoffs im Gel erhalten wir ein unverwechselbares Bild der DNA, die sich mit allen anderen Proben vergleichen lässt.« Zoe zuckte die Achseln. »Keine große Sache. Noch Fragen?«

Lukas schüttelte den Kopf. »Ich bin auf das Ergebnis gespannt.«

»Das wird noch dauern.« Zoe durchsuchte ihren Kittel nach Zigaretten. »So lange bin ich im Gang. Ruf mich, wenn die Kopiermaschine piepst.«

Lukas nickte, stellte sich neben das Gerät und starrte auf das Display. Beim Hinausgehen sah Zoe auf ihre Uhr. Heute Abend wussten sie mit Sicherheit, ob die Brandleiche wirklich Dana Wolf war.

Es war achtzehn Uhr, und Jan hatte erst ein Verhör hinter sich. Thilo Jänsch war der aalglatte Mistkerl gewesen, den er erwartet hatte. Er hatte den Biobauern zwei Stunden in die Mangel genommen und kaum etwas aus ihm herausbekommen. Man hatte ihm seine Erfahrung mit der Justiz angemerkt. Zu dem Bericht würde er allerdings erst später kommen, denn im zweiten Verhörraum wartete schon Rainer Bormeier auf ihn. Auch wenn seine politische Karriere längst am Ende war, hatte er als ehemaliger Innensenator immer noch eine besondere Position. Jan musste vorsichtig und diplomatisch vorgehen. Keine Drohungen, keine harten Bandagen.

Er leerte die Kaffeetasse in einem Zug und verzog das Gesicht ob des metallischen Nachgeschmacks. Er schüttelte sich kurz, stellte das Gefäß ab und ging in den Verhörraum.

Zu seiner Zeit als Innensenator hatte er Rainer Bormeier bewundert. Damals hatte er eine Polizeireform auf den Weg gebracht, um die Kriminalität in Berlin zu bekämpfen, und

Geld für Maßnahmen zur Gewaltprävention an Schulen bereitgestellt. Viele verfallene Sportstätten waren renoviert worden, und er hatte sich für eine bessere Bezahlung der Feuerwehr eingesetzt. In dieser Zeit war er beliebter als der Regierende Bürgermeister gewesen. Ein brillanter Redner, der seine Zuhörer in den Bann ziehen konnte.

Der Mann im Verhörzimmer hatte nichts mehr mit diesem Rainer Bormeier gemein. Sein Gesicht war hager, mit Tränensäcken unter den Augen und einer geröteten Nase. Sein Blick war zu Boden gerichtet, und er presste die Hände an seinen Oberkörper, als wollte er sich instinktiv vor etwas schützen. Sein Anzug glänzte speckig und hing lose an seinen schmalen Schultern herunter. Das dünne Haar war ungleich geschnitten und an den Seiten zu lang. Mit seinem Dreitagebart wirkte er ungepflegt.

Als sich Jan an den Tisch setzte, zuckte Bormeier zusammen, als erwarte er, geschlagen zu werden. Der ehemalige Innensenator roch nach Schweiß und Schnaps. Jan legte seine Akten auf den Tisch und nahm einen Kuli in die Hand.

»Herr Bormeier, mein Name ist Kommissar Tommen«, begann Jan das Verhör. »Wissen Sie, warum Sie hier sind?«

»Wegen der Toten am Brandenburger Tor«, sagte der Mann. Seine Stimme war leise.

»Wir vermuten, dass es sich dabei um Dana Wolf handelt.«

Bormeiers Kopf ruckte hoch. Er kniff die Augen zusammen, als wollte er abwägen, ob Jan die Wahrheit sagte. »Nicht schade um das Miststück«, murmelte er und senkte den Blick wieder.

»Haben Sie bitte Verständnis dafür, dass wir Sie zu den Verdächtigen zählen. Schließlich haben Sie einmal versucht, Dana Wolf und ihren Assistenten Henning Plath zu überfahren.«

»Ich hätte den Bürgern einen Gefallen getan, hätte ich

sie erwischt.« Er hob seine Hand und gestikulierte wild. Erst jetzt fiel Jan das fehlende Daumenglied der rechten Hand auf. Am Ringfinger trug er einen breiten, protzigen Goldring, auf der *University of Texas* eingraviert war. »Dana Wolf war eine abscheuliche Frau«, fuhr Bormeier fort. »Sie hat das Leben vieler Menschen ruiniert und dabei noch Geld verdient. Nicht schade um das Miststück.« Er zog seine Hand zurück, als schämte er sich für seine Verstümmelung.

»Ein weiteres Indiz für Ihre mögliche Tatbeteiligung ist ein Drohbrief, den sie Tage nach dem Mordversuch Dana Wolf geschickt haben. Darin schreiben Sie, dass Sie Frau Wolf lange brennen lassen werden, bevor Sie sie löschen.« Jan legte eine Kopie des Briefs auf den Tisch. »Können Sie mir das erklären?«

»Ist doch logisch«, sagte Bormeier. »Zuerst zünde ich die Schlampe an, lasse sie brennen, und dann lösche ich sie, bevor sie stirbt.«

»Wieso löschen, wenn Sie ihren Tod wollen?«

»Das ist schmerzhafter«, fuhr Bormeier auf. »Wenn sie aussieht wie ein Brathähnchen, hält sie ihr Dekolleté nicht mehr in die Kameras der Klatschpresse. Dann schreit sie beim kleinsten Windzug und kann nur noch mit Schmerzmitteln schlafen.« Er knackte mit den Fingerknöcheln. »Am Tag, als die Bilder von meinem Seitensprung in der Presse erschienen, hat Wolf eine Party im Borchardt geschmissen. Sie hat Freunde eingeladen und sich im schwarzen Kleid mit Champagner betrunken. Keine Ahnung, was sie für meinen Fall bekommen hat, aber es war genug, um eine fünfstellige Rechnung begleichen zu können.«

»Das hat Sie gekränkt?«

Bormeier kicherte. »Gekränkt, sagen Sie? Mein Leben war binnen eines Moments zerstört. Alles, was ich mir aufgebaut habe, all die Ärsche, die ich küssen musste, um Innensenator zu werden. Die Bürgertreffen in den verrauchten Hinterhofkneipen, die Wahlkämpfe und die endlosen Parteisitzungen. All die Mühe umsonst, wegen eines Fehltritts, und als wäre das noch nicht genug, feiert Wolf mein politisches Begräbnis wie einen Oscar-Gewinn.«

»Wo waren Sie in der Nacht vom 26. Januar?«

»Was für ein Tag war das?«

»Sonntag auf Montag.«

»Im Bett«, sagte Bormeier. »Ich muss montags um sieben Uhr aus dem Haus. Ich habe eine Anstellung bei einem Steuerbüro. Da kümmere ich mich um die Abrechnungen von Sportvereinen, Kleintierzüchtern und Kioskbetreibern.« Seine Stimme klang verbittert. »Früher habe ich Unternehmen beraten und Großverdienern geholfen, Steuern zu sparen. Aber das war vor Dana Wolf.«

»Bevor sie Fotos von Ihnen und einer Prostituierten gemacht hat«, sagte Jan.

»Ich wusste nicht, dass sie eine verdammte Nutte ist«, fuhr Bormeier auf. »Meine Frau beschäftigte sich lieber mit ihrem Kochklub, war frigide wie ein Ampelmast und redete kaum noch mit mir. Dann wartete eines Abends diese wunderschöne Frau auf mich. Sie hatte nichts von einer Prostituierten an sich, war elegant gekleidet und klug. Sie hat über meine Witze gelacht und sich für meine Arbeit interessiert. Nach ein paar Drinks sind wir schließlich im Hotel gelandet. Ich habe mir eingebildet, sie mag mich. Doch Wolf hat schon auf der anderen Straßenseite gewartet und Fotos von meinem Schäferstündchen gemacht.« Seine Stimme wurde wieder leiser. »Nicht schade um das Miststück.«

»Kommen wir zu dem Sonntag zurück«, sagte Jan. »Was haben Sie den ganzen Tag gemacht, bis Sie ins Bett gegangen sind?«

»Ich war zu Hause«, antwortete Bormeier. »Wie jeden Sonntag.«

»Haben Sie Freunde oder Nachbarn, die das bezeugen können?«

»Freunde?« Bormeier lachte. »Ich wurde öffentlich gekreuzigt, bin pleite und habe ein Alkoholproblem. Meine Frau hat mich verlassen, und meine Kinder wollen nichts mehr mit mir zu tun haben. In meiner Situation hat man keine Freunde mehr.« Er klopfte mit einem Finger hektisch auf den Tisch. »Liebe, Beziehungen und Freundschaft: Das sind nur Illusionen, die sich als große Scheißhaufen herausstellen, wenn man nicht mehr so funktioniert, wie es die Gesellschaft von einem erwartet.« Er zog die Hand zurück. »Am Ende, Kommissar Tommen, sind wir alleine, bis wir in einer Pfütze getrockneter Pisse gefunden werden, weil sich die Nachbarn vom Gestank unserer Leiche belästigt fühlen.«

Jan seufzte. Er wusste nicht, ob Bormeier auf Drogen oder auf Entzug war, aber in dieser Verfassung machte ein Verhör wenig Sinn. Dem ehemaligen Innensenator lief Schweiß die Stirn hinunter, während er versuchte, seine zitternden Hände zu beruhigen. Ab und zu zuckte sein Mundwinkel, und er zwinkerte, als hätte er die Kontrolle über seine Gesichtsmuskeln verloren.

Jan stand auf und nickte Bormeier zu. Auf das Händeschütteln würde er heute verzichten. »Vielen Dank für Ihre Zeit.« Er packte seine Akten zusammen. »Ein Kollege wird Sie nach Hause bringen.«

»Nicht schade um das Miststück«, murmelte Bormeier noch, als Jan den Verhörraum verließ.

Zoe legte die beiden Ausdrucke nebeneinander. Die erste Linie begann mit einem leichten Grau, ging über zu mehreren schwarzen Strichen, ab und zu von Weiß unterbrochen, bis sie am Ende wieder grau wurde. Die zweite Linie war mit der ersten identisch.

»Die Tote ist Dana Wolf.« Lukas starrte ehrfürchtig auf das Ergebnis des DNA-Vergleichs. Die erste Probe war dem Knochenmark der Leiche entnommen worden. Die zweite stammte aus den Haarwurzeln.

»Jetzt haben wir Gewissheit.« Sie tippte eine SMS an Jan. Die Nachricht bestand nur aus einem Wort: »Treffer«. Dann steckte sie das Handy wieder in ihre Tasche.

»Was machen wir als Nächstes?« Lukas' Augen leuchteten vor Begeisterung.

»Jetzt kommt ein wichtiger Teil unserer Arbeit«, sagte sie verschwörerisch. »Bist du dazu bereit?«

Lukas nickte.

»Säubere die Gelelektrophorese-Apparatur und such die Leichenteile von Wolf zusammen. Bis der Fall abgeschlossen ist, kommen sie ins Kühlfach.«

»Und was machen Sie?«

»Ich gehe zum Asiaten auf der anderen Straßenseite. Heute ist ›All you can eat‹, und das möchte ich nicht verpassen.« Zoe winkte, ohne sich noch einmal umzudrehen, und zog die Zigarettenschachtel aus dem Mantel.

Praktikanten sind nützlich. Sie würde sich noch welche bestellen.

»Ich verklage euch alle, ihr Scheißer!«, brüllte Utz Fromm, als er mit erhobenem Mittelfinger die Wache verließ.

»Mach das«, sagte Patrick und genehmigte sich noch ein Winken. Er schloss die Augen und atmete tief durch, doch sein Puls beruhigte sich nur langsam. Der cholerische Bauunternehmer hatte ihn an seine Grenzen gebracht. Einzig die Menge an Beamtenbeleidigungen, zu denen sich Fromm hatte hinreißen lassen, würde Patrick Befriedigung verschaffen. Da alles auf Video aufgezeichnet war, stand Fromm eine saftige Strafe ins Haus.

Patrick ging in sein Büro, legte die Akten von Fromm auf seinen Schreibtisch und nahm einen Stapel, der mit *Marissa Colak* beschriftet war. Das Exmodel wartete schon auf ihn. Er trank einen Schluck bitteren Schwarztees, der schon seit heute Mittag auf dem Tassenwärmer stand, richtete seine Krawatte und ging in den Verhörraum.

Marissa Colak war so attraktiv, wie es das Foto vermuten ließ. Sie wirkte jünger als einundvierzig. Ihre kurzen blonden Haare waren zur Seite gekämmt. Sie hatte ein ebenmäßiges Gesicht und schmale Lippen, die der rote Lippenstift gut zur Geltung brachte. Die feine, leicht geschwungene Nase zeigte keine Spuren mehr von Wolfs Angriff. Colak war dezent geschminkt, ihre Haut war makellos, und ein feiner Parfümduft umgab sie. Sie trug einen dunklen Rock mit schwarzen Nylonstrümpfen. Ein schwarzes Top schien durch das weiße Hemd, das leicht aufgeknöpft war. Zusammen mit ihrer silbernen Uhr und ihren Perlenohrringen war sie die perfekte Businessfrau. Als sich Patrick ihr gegenüber niederließ, hob sie den Blick und betrachtete ihn aus ihren dunklen Augen.

»Ich warte seit zwanzig Minuten.« Colaks Stimme war hoch, fast mädchenhaft und verdarb die Illusion der perfekten Verführerin. Ihre Verärgerung war offensichtlich.

»Entschuldigen Sie, Frau Colak, aber der Fall ist kompliziert.« Patrick blätterte in seinen Akten. »Wir befragen Sie in Zusammenhang mit der Toten am Brandenburger Tor. Sie haben sicherlich davon gehört?«

»Darüber wurde selbst in den überregionalen Zeitungen berichtet. Was habe ich damit zu tun?«

»Die Tote war aller Voraussicht nach Dana Wolf.«

Colak war einen Augenblick lang verblüfft. Dann lehnte sie sich auf dem Stuhl zurück und lächelte. »Das ist eine gute Nachricht.«

»Damit wir uns nicht missverstehen«, begann Patrick. »Das

Gespräch wird aufgezeichnet und gilt vor Gericht als Beweis. Sie gehören zu den Verdächtigen in diesem Fall.«

»Ich?« Colak lachte. »Wieso das?«

»Weil Sie Schläger auf Dana Wolf angesetzt haben. Zusammen mit der Auseinandersetzung auf dem Wohltätigkeitsball, bei der die Detektivin Ihre Nase gebrochen hat, sprechen wir von einem Tatmotiv.«

»Das ist schon Jahre her.« Colak winkte ab.

»Wenn man bedenkt, dass Dana Wolf Ihre Affäre aufgedeckt hat, was Sie bei der Scheidung viel Geld gekostet hat, sind drei Jahre keine lange Zeit.«

»Damals hätte ich sie wirklich umbringen können, aber ich habe mich von meiner Scheidung erholt und einen neuen Lebenspartner gefunden.« Sie hob ihre Hand und zeigte einen protzigen Diamantring. »Meine Zukunft ist rosig. Die riskiere ich nicht für die Schlampe Dana Wolf.«

»Als Sie von ihrem Tod erfahren haben, wirkten Sie zufrieden.«

»Was überrascht Sie daran?«, fragte Colak. »Wolf hat viele Menschen ruiniert. Es war doch nur eine Frage der Zeit, bis sie den Preis dafür zahlen musste.«

»Sie rechtfertigen einen Mord«, sagte Patrick vorwurfsvoll.

»Ich rechtfertige ihn nicht, ich ergötze mich nur daran.« Colak zuckte die Achseln. »Das ist nicht strafbar.«

»Wo waren Sie in der Nacht von Sonntag auf Montag?«

»In Sankt Moritz.«

»Kann das jemand bezeugen?«

»Mein Verlobter. Unsere Freunde, mit denen wir nach dem Winterpoloturnier noch bis in die Nacht gefeiert haben. Das Personal in unserem Haus.« Sie lehnte sich angriffslustig über den Tisch. »Genügt das?«

Patrick erwiderte den Blick. »Das beweist nur, dass Sie

nicht persönlich am Mord beteiligt sein können. Bei Ihrer ersten Auseinandersetzung haben Sie andere die Drecksarbeit machen lassen. Wenn ich mir Ihren Diamantring ansehe, hätten Sie die Mittel dazu.«

Colak faltete die Hände. »Auch wenn es mir den Tag verschönert, dass Dana Wolf tot ist, hege ich schon lange keinen Groll mehr gegen sie. Im Nachhinein müsste ich ihr sogar dankbar sein, denn mein jetziger Mann ist nicht nur jünger und attraktiver als mein Ex Quentin, er hat auch ein dickeres Bankkonto.« Sie sah auf ihre Uhr. »Ich muss heute noch zur Eröffnung einer Vernissage. Da ich keinen Haftbefehl sehe, werde ich jetzt gehen. Ich habe schon genug Zeit in diesem stickigen Loch verbracht.« Sie legte eine Visitenkarte auf den Tisch. »Das ist mein Anwalt. Wenden Sie sich in Zukunft an ihn.«

Ohne Patrick eines weiteren Blicks zu würdigen, verließ sie den Verhörraum. Zurück blieb ein Hauch ihres Parfüms. Zu süßlich für Patricks Geschmack. Hoffentlich hatte Jan mehr Erfolg gehabt. Sonst gingen ihnen die Verdächtigen aus.

Es war zwanzig Uhr, und doch war Jan erschöpft. Die Nachtruhe vom Sonntag auf Montag fehlte ihm. Die Arbeit wurde täglich mehr, also würde er die nächste Zeit diesen Rückstand nicht aufholen können.

»Utz Fromm war noch schlimmer, als ich ihn mir vorgestellt habe«, begann Patrick. »Cholerisch, ungeduldig und unverschämt. Letzteres wird noch ein Nachspiel haben, aber Fromm war auf dem Geburtstag seines Schwiegervaters auf Usedom. Er hat mir sogar ein Video gezeigt, wie er betrunken über ein Bierfass gestolpert ist. Zusammen mit den Fotos vom Frühstück bleibt kein Zweifel: Er war zur Tatzeit nicht in Berlin. Ich lasse das Video noch von der Technik auswerten und frage in dem Hotel nach. Natürlich hätte er auch jemand beauftragen können, aber ich zähle ihn nicht mehr zum engeren Kreis der Tatverdächtigen.«

»Thilo Jänsch ist ein aalglatter Mistkerl, der mit allen Wassern gewaschen ist«, sagte Jan. »Man merkt ihm die Erfahrung mit der Justiz an. Allein bei der Erwähnung des Namens Dana Wolf blitzte der blanke Hass in seinen Augen auf, aber er hat sich zu keiner unüberlegten Äußerung hinreißen lassen. Als ich ihm gesagt hatte, wer das Opfer war, hat er die Fäuste geballt und den Angriff mit den Eiern in Wolfs Büro heruntergespielt. Ähnlich wie Utz Fromm war er zur Tatzeit nicht in der Stadt. Er hat eine Bioplantage in Brasilien besucht und ist erst heute Morgen wieder in Berlin gelandet; damit ist er auf unserer Verdächtigenliste weit nach unten gerutscht.«

»Marissa Colak war ähnlich erfreut, als sie von Wolfs Tod gehört hat«, sagte Patrick, »aber auch sie war verreist. Das Geld, um einen Mörder anzuheuern, hätte sie, aber eigentlich können wir sie abschreiben.«

»Rainer Bormeier bleibt ein heißer Kandidat«, sagte Jan. »Ich weiß nicht, ob er betrunken oder auf Drogen war, oder beides, aber von allen Befragten hat er den größten Schaden durch Wolf erlitten. Von dem früheren charismatischen Innensenator ist nichts mehr übrig. Ein Alibi hat er nicht.«

»Also bleibt er unser Hauptverdächtiger?«, fragte Bergman.

»Von der Motivation her, ja«, erklärte Jan. »Ich zweifle nur seine Fähigkeiten an.«

»Was meinst du?«

»Das Geld- und Waffenversteck im Haus hat meine Vermutung bestätigt, dass Wolf jederzeit mit einem Angriff oder Polizeieinsatz gerechnet hat. Wir haben weder Unterlagen noch einen Computer gefunden. Wolf war auf alles vorbereitet. Rainer Bormeier hätte in seiner Verfassung niemals einen solch ausgeklügelten Plan aushecken können.«

»Zu seiner Zeit als Innensenator schon«, sagte Bergman.

Jan nickte. »Er war ein cleverer Stratege.«

»Vielleicht ist Bormeier nur ein guter Schauspieler oder hat sich für das Verhör absichtlich volllaufen lassen«, ergänzte der Kripochef.

»Ich bleibe an ihm dran«, sagte Jan.

»Was ist mit Wolfs Partner?«, fragte Bergman.

»Noch nichts«, erklärte Patrick. »Die Fahndung nach Henning Plath ist ausgeschrieben, und wir überwachen seine Wohnung, aber er bleibt verschwunden. Ich nehme an, dass er über ein ähnliches Notfallset verfügt, wie seine Chefin es hatte. Er wird noch in Berlin sein und die Ermittlungen verfolgen, aber wir werden uns etwas einfallen lassen müssen, um ihn zu kriegen.«

»Wie bei Bertrand Moke«, ergänzte Jan. »Die Kollegen vom Drogendezernat lassen seine bevorzugten Orte überwachen, aber wir haben noch nichts. Ich werde Chandu auf ihn ansetzen.«

»Also bleiben drei Verdächtige«, fasste Bergman zusammen.

Plötzlich gaben alle Handys ein kurzes *Ping* ab. Sowohl Jan als auch Patrick und Bergman griffen zu ihren Telefonen. Auf jedem Display stand: »Treffen in meinem Raum. Sofort. Max.«

KAPITEL 4

Chandu hatte schon einige ungewöhnliche Dates gehabt. Ein Picknick mit einer russischen Flugbegleiterin hatte in einem kleinen Badesee geendet. Im Auto. Eine Discobekanntschaft hatte ihn auszurauben versucht, und bei einer Thaiboxerin hatte das Vorspiel aus einem wüsten Ringkampf bestanden, aber eine Prügelei in einem Restaurant war selbst für ihn neu gewesen.

Dabei hatte der Abend ruhig angefangen. Marie war in einem atemberaubenden ärmellosen Abendkleid erschienen. Ihre dunklen Haare hatte sie nicht zu einem Zopf geflochten, sondern sie waren weit über die Schultern gefallen und hatten im Kerzenlicht geglänzt. Nur mit einer Perlenkette als Schmuck hatte sie mit ihrem feinen dunklen Teint nicht nur seinen Blick auf sich gezogen. Die wenigsten Polizisten fühlten sich in der Umgebung eines gehobenen Restaurants wohl, aber Marie schien ihr raues Arbeitsumfeld auf den Straßen Berlins mit dem Kleid abgelegt zu haben. Sie lächelte dem Personal freundlich zu, aß langsam und unterhielt sich mit Chandu in angemessener Lautstärke, als wollte sie die Gäste an den Nachbartischen nicht stören. Nur ab und zu bahnte sich ihr schwarzer Humor den Weg nach draußen. Dann hielt sie die Serviette vor den Mund und kicherte leise.

Es war ein ruhiger Abend in wunderbarer Begleitung gewesen, bis sich ein Mann am Nachbartisch danebenbenommen hatte. Der dicke Asiate war Chandu schon beim Eintreten durch sein lautes Lachen und seine mangelnden Tischmanieren aufgefallen. Wenn die Uhr und die Diamanten auf seinen Ringen echt waren, dann besaß er genug Geld, um das Restaurant zu kaufen. Chandu hatte die Bediensteten bewundert. Er hätte nicht so lange stillhalten und sich niemals solchen Unverschämtheiten aussetzen können, aber das Restaurantpersonal bestand aus Profis, die sich von dem Benehmen des angetrunkenen Mannes nicht aus der Ruhe bringen ließen.

Doch es kam, wie es kommen musste. Als eine attraktive Bedienung die Vorspeise auftrug, beugte sich der Mann zu ihr und schlug ihr mit einem lauten Lachen auf den Hintern. Die Frau schreckte kurz auf. Einen Augenblick glomm Zorn in ihren Augen, dann senkte sie den Blick und ging wortlos mit den Tellern zur Küche.

Das schien zu viel für Marie gewesen zu sein. Sie war aufgestanden, hatte sich vor den Asiaten gestellt und in perfektem Englisch eine Entschuldigung für sein Verhalten verlangt. Der Mann hatte ungehalten reagiert, schien aber nicht mit Maries Wortschatz an englischen Beleidigungen gerechnet zu haben. Sein rotes Gesicht und seine zusammengekniffenen Lippen waren ein Indiz für seine aufsteigende Wut gewesen. Als sich der Mann vom Stuhl erhoben hatte, hatte sich ein anderer Asiate von der Bar gelöst und war zielgerichtet auf Marie zugegangen. Von der Größe des Mannes und seiner eingedrückten Nase zu schließen, war er ein Leibwächter des dicken Hinternklopfers.

Chandus Ritterehre hatte es natürlich nicht zugelassen, dass jemand seiner Verabredung zu nahe kam, also hatte er den Leibwächter erst einen Schlag auf den Solarplexus verpasst und noch einen Kinnhaken mit der Linken nachgeschickt. Ohne seinen Aufpasser hatte sich der Mann mit den Protzringen dann doch zu einer Entschuldigung durchringen können. Dass ihn Marie vorher in seine Hummerkrabbensuppe getunkt hatte, dürfte zu seiner Entscheidung beigetragen haben.

Bevor die Polizei vor Ort gewesen war, waren Marie und er durch den Hinterausgang geflüchtet und hatten den restlichen Abend in einem Kebab-Imbiss verbracht, wo sie dem Besitzer den ganzen Bestand an Baklava weggegessen hatten, während sie lachend über die alternative Nutzung von Hummerkrabbensuppe philosophiert hatten.

Marie hatte am nächsten Tag wieder eine Morgenschicht bevorgestanden, daher war sie früh nach Hause gegangen; aber sie hatte versprochen, bei ihrem nächsten Date selbst zu kochen, was die Wahrscheinlichkeit für eine Schlägerei deutlich reduzieren müsste. Chandu zweifelte nicht daran, dass auch diese Verabredung im Chaos enden würde.

Er konnte es kaum erwarten.

Max hatte die leeren Plastikflaschen unter den Tisch geschoben, die Pizzakartons sauber gestapelt und die Stühle von Colaflecken gereinigt. Er wollte einen guten Eindruck machen, wenn Bergman vorbeikam. Er rückte die Lara-Croft-Figur noch ein wenig zur Seite, als der Kripochef, Jan und Patrick eintraten.

»Ich hoffe, es ist wichtig«, murmelte Bergman und nahm auf einem Hocker Platz. Patrick wischte die Sitzfläche seines Stuhls unerklärlicherweise noch mal sauber und legte ein Taschentuch darauf, bevor er sich hinsetzte. Jan blieb stehen.

Ein Tusch ertönte. »Unseren Freund Bertrand Moke kennt ihr.« Max' Laptop zeigte ein Bild des Drogendealers. Der Kongolese hatte kurze schwarze Haare und eine große Nase, die aufgeschwollen wirkte, als hätte man ihm zuvor einen Schlag verpasst. Seine Augen waren zusammengekniffen und seine durchtrainierten Schultern angespannt, als würde er vor einem Tobsuchtsanfall stehen.

»Gestern bin ich die Fälle durchgegangen, in denen unsere Verdächtigen befragt worden sind. Ich habe nichts Neues gefunden, aber habe die Suche um die Todesart erweitert und bin auf einen alten Fall von Necklacing gestoßen.«

Ein Bild einer verbrannten Leiche erschien. Sie war nicht annähernd so verstümmelt wie Dana Wolf, obwohl das Gesicht und der Oberkörper schwarz verkohlt waren. An den Armen und Beinen waren noch Flecken unverschmorter Haut.

»Der Tote ist Pakka Besungu, ein Drogendealer, der sich zwei Jahre lang eine Fehde mit Moke geliefert hat. Es ging um ein Revier in Kreuzberg. Es kam zu gewalttätigen Übergriffen zwischen den Bandenmitgliedern und einmal sogar zu einer Schießerei, bei der ein Unbeteiligter verletzt wurde, aber das endete über Nacht, als Besungu verbrannt in einem Hinterhof gefunden worden war. Seitdem beherrscht Moke das Gebiet.«

»Wurde er damals verhört?«, fragte Bergman.

»Mehrfach«, bestätigte Max. »Aber er hatte ein gutes Alibi. Da es keine Zeugen für den Mord gab und auch keine anderen Spuren gefunden wurden, konnte man Moke keine Beteiligung nachweisen. Schließlich wurden die Ermittlungen eingestellt, aber die Kollegen vom Drogendezernat hätten ihr Jahresgehalt darauf verwettet, dass Moke der Mörder war.«

»Was wissen wir über ihn?«

Max öffnete die Datei, die er über den Drogendealer angelegt hatte. »Wann Moke aus dem Kongo nach Berlin gekommen ist, ist unbekannt. Das erste Mal erschien er im Jahr 2007 auf dem Radar der Polizei, als er bei einer Razzia festgenommen wurde. Von da an war er regelmäßiger Gast beim Drogendezernat und der Kreuzberger Polizeidienststelle. Keine großen Sachen, bis zum März 2011, wo er Pakka Besungus Bezirk übernehmen wollte, was zwei Jahre später gelang. Nachdem im Herbst 2013 die Ermittlungen in dem Fall eingestellt worden waren, gibt seine Akte nur noch wenig her. Die Kollegen vom Drogendezernat führen das auf seine Stellung als Anführer zurück. Moke ist weiter im Geschäft, nur lässt er die Drecksarbeit von seinen Angestellten machen. Die Kripo konnte zweimal eines seiner Bandenmitglieder bei einer Straftat aufgreifen, aber beide Männer sind lieber ins Gefängnis gegangen, als sich auf einen Handel mit der Polizei einzulassen. Momentan wird wegen kleinerer Delikte nach ihm gefahndet, aber sein Aufenthaltsort ist mehr oder weniger unbekannt.«

»Mehr oder weniger?«, fragte Bergman.

»Man vermutet ihn in seinem Viertel in Kreuzberg, aber er scheint die Identität einiger verdeckter Ermittler zu kennen. Zusammen mit seiner schießwütigen Bande will das Drogendezernat kein Risiko eingehen. Für einen Einsatz mit SEK und allem ist der Kongolese nicht groß genug. Da gibt es andere Prioritäten.« Max hob den Kopf. »Zusammenfassend kann man sagen, dass Moke ein Mord dieser Art zuzutrauen wäre.«

»Gut.« Bergman nickte Max zu. »Wir haben einen neuen Hauptverdächtigen.« Er wandte sich an Jan. »Jetzt wäre es an der Zeit, unseren Freund Chandu ins Spiel zu bringen. Er verfügt über alle Talente, die wir dafür benötigen.«

»In einer Stunde weiß er alle Details«, sagte Jan. »Dann gehen wir auf die Jagd.«

An diesem Mittwochabend war Tims Lieblingskneipe gut besucht. Chandu sah durch das schmutzige Fenster und verschaffte sich einen Überblick über die Gäste. Hehler, Drogendealer, Geldverleiher und Zuhälter. Ein paar harte Jungs, aber kein Schwergewicht darunter. Die meisten kannte Chandu flüchtig, von anderen hatte er schon gehört, doch niemand von ihnen würde ihm Schwierigkeiten machen.

Als er überlegte, wo Tim abgeblieben war, kam dieser aus der Tür geschossen und rannte an Chandu vorbei. Mit seinen kurzen Beinen war er erstaunlich schnell. Der Grund für seine Eile ließ nicht lange auf sich warten. Ein glatzköpfiger junger Mann folgte zwei Schritte hinter ihm. Er war sichtlich angetrunken und hielt eine Bierflasche am Hals.

»Komm her, du Wichser!«, schrie er. »Gib mir sofort meine Kohle wieder.« Offensichtlich hatte es sich noch nicht bei allen Besuchern der Kneipe herumgesprochen, dass Tim ein hervorragender Pokerspieler war, auch wenn er sich kleinerer Tricks bediente.

Chandu hatte Verständnis für den Glatzkopf. Er erinnerte sich noch an den Kaffee vom Discounter, den Tim ihm als Kopi-Luwak-Bohnen verkaufen wollte. Dann die Geschichte mit den sechs Assen im Pokerspiel oder der Beamer, den Tim ihm billig überlassen hatte, der jedoch nach einer Stunde Feuer gefangen und ein Loch in seinen Tisch gebrannt hatte. Tim hatte eine Abreibung verdient, aber heute Abend brauchte er Hilfe von der Ratte, daher rammte Chandu dem angetrunkenen Verfolger den Ellenbogen ins Gesicht. Tims neuer Freund hatte den Angriff nicht kommen sehen und ging zu Boden wie von einem Vorschlaghammer getroffen. Sein Kopf wurde nach hinten gerissen, und er machte einen Salto rückwärts.

Tim merkte erst zwanzig Meter weiter, dass er nicht mehr verfolgt wurde. Er ging vorsichtig zurück und betrachtete seinen ohnmächtigen Mitspieler.

»Lern erst mal bluffen, Locke!«, schrie er und deutete mit dem Finger auf den Mann. »Dann gewinnst du vielleicht auch mal.« Tims viel zu große Nase zuckte. Dann fuhr er sich durch seine ungewaschenen schwarzen Haare, richtete die Brille mit den dicken Gläsern zurecht und strich sich über seinen zotteligen Pullover. Er wollte zurück in die Kneipe, als Chandu ihm die Hand auf die Schulter legte.

»Schön, dich zu sehen, Ratte«, sagte er. »Wie wäre es mit einem kleinen Spaziergang?«

Tim drehte sich zu dem drei Köpfe größeren Mann um. Er zeigte ein breites Lächeln, das mit seinen schief stehenden Zähnen fast bedrohlich wirkte. »Warum nicht«, sagte der kleine Mann. »Ich habe für heute genug Kohle gemacht.«

»Kennst du Bertrand Moke?«, fragte Chandu, nachdem sie ein paar Schritte gegangen waren.

»Ein kleiner Drogendealer aus Kreuzberg«, sagte Tim. »Ist vor neun Jahren aus dem Kongo gekommen. Was man so hört, ist er ein Choleriker. Soll einem seiner Männer einen Finger abgeschnitten haben, weil er ihm die falsche Pizza gebracht hat.« Tim zuckte die Achseln. »Keine große Nummer, aber der König in seinem Viertel.«

»Weißt du etwas über den Bandenkrieg mit Pakka Besungu?«

»Wenig«, sagte Tim. »Moke wollte Besungus Gebiet übernehmen. Es gab Schlägereien und Schusswechsel, und am Ende war Besungu tot.«

»Kennst du die Umstände seines Todes?«

»Man hat ihm einen Reifen um den Hals gelegt, mit Benzin übergossen und angesteckt.« Tim riss die Augen auf. »Jetzt verstehe ich den Grund deines Besuchs.« Er grinste. »Die Tote am Brandenburger Tor. War es wirklich Dana Wolf?«

Der große Mann nickte.

»Ich mochte sie«, sagte Tim. »Sie kam von ganz unten. Viele hielten sie für skrupellos und geldgierig, aber ihre Opfer waren meist Mitglieder der feinen Berliner Society, die vordergründig die Saubermänner spielten, aber in Schweinereien verwickelt waren, die selbst uns zu schmutzig gewesen wären. Hätte sie für die Polizei gearbeitet, wäre sie mit einer Medaille ausgezeichnet worden. Stattdessen wurde sie die meistgehasste Frau in der Hauptstadt.«

»Wie du schon bemerkt hast, sind die Umstände des Todes von Besungu und Wolf identisch. Moke hat vor einer Weile versucht, Wolf aufzumischen, und wir wollen wissen, warum.«

»Geben Wolfs Unterlagen nichts her?«

»Wir haben noch keine gefunden.«

»Ist keine Überraschung«, sagte Tim. »Ihre Aufzeichnungen wären das Paradies für jeden Erpresser gewesen. Von den Journalisten will ich gar nicht reden. Vor zwei Jahren sind ein paar Jungs bei Wolf eingebrochen. Gute Leute, nicht die Amateure, die sich an Supermarktkassen vergreifen. Wenn man den Gerüchten glauben kann, sind sie mit leeren Händen nach Hause.«

»Deshalb bin ich bei dir«, sagte Chandu. »Ich will wissen, warum Moke auf Wolf losgegangen ist.«

»Kriege ich raus.«

Chandu drückte dem kleinen Mann zweihundert Euro in die Hand. »Bis morgen Abend.«

Tim nickte.

»Ich gehe jetzt in Mokes Viertel und schaue nach, wer sich dort herumtreibt.«

»Sei vorsichtig«, warnte Tim. »Mokes Leute sind für ihre Schießfreudigkeit bekannt.«

Chandu hob seine Lederjacke und zeigte seine 45er im Lederhalfter. »Ich bin nicht alleine.«

Jan mochte den Treptower Park. Er war nicht groß, aber zentral gelegen und mit den Anlegeplätzen an der Spree ein kleines Juwel. Meist spazierte er am sowjetischen Ehrenmal und am Karpfenteich vorbei bis zur Insel der Jugend, von wo aus er das Treiben der Touristenboote beobachten konnte.

Doch heute war er nicht zur Erholung hier. Ein Streifenpolizist hatte ihn zu einem Parkplatz in der Puschkinallee gerufen. Durch die Bäume konnte man die nahe Spree sehen.

Gerade abends der perfekte Platz, um sich ungesehen zu treffen. Die Touristen waren zurück in ihren Hotels, und die Wege waren nur schwach beleuchtet. Keine Überwachungskameras, und Wolfs Detektei in den TwinTowers war nur ein paar Minuten Fahrweg entfernt.

Trotz des trüben Lichts erkannte Jan Wolfs Auto schon von Weitem, ein schwarzer Mercedes, groß, schwer, mit bedrohlich wirkenden Scheinwerfern. Die Scheiben waren getönt, die Alufelgen glänzten poliert. Neben dem Auto wartete ein junger Polizist in blauer Uniform. Er trug eine schmale Nickelbrille, die ihm das Aussehen eines Strebers verleihen würde, wäre er nicht zwei Meter groß und durchtrainiert gewesen.

Jan schüttelte ihm die Hand.

»Nicklas Wagner«, stellte er sich vor. »Danke, dass Sie gleich vorbeigekommen sind.«

»Die Fahndung nach Dana Wolfs Wagen hat höchste Priorität«, sagte Jan. »Ich danke Ihnen, dass Sie ihn gefunden haben.«

»In diese Gegend verirrt sich nur selten ein Streifenwagen«, sagte Wagner. »Tatsächlich bin ich nur hier, um in meiner Pause einen kleinen Spaziergang durch den beleuchteten Bereich des Parks zu machen.«

Jan betrachtete das Auto. »Ist das eine Spezialedition, oder warum wirkt der Wagen so … robust?«

»Vordergründig ist es ein normaler G-Klasse-Mercedes«, sagte Wagner. »Aber das Auto wurde modifiziert.« Er deutete auf die Reifen. »Das sind Runflats. Mit dem zusätzlichen Gummielement fällt der Reifen bei Druckverlust nicht ein. So kann man selbst mit Löchern noch weiterfahren.« Er klopfte an die Scheiben. »Kugelsicher, ebenso wie die Türen.«

Jan fuhr über das Glas und betrachtete das Schloss. »Wird nicht leicht zu knacken sein.«

»Ohne Schweißbrenner und Diamantbohrer nicht.«

Jan schaltete seine Taschenlampe an und umrundete das Auto einmal. Der Beton des Parkplatzes war rissig. Unkraut hatte sich in den kleineren Lücken einen Weg gebahnt. Der Wind trieb die Plastiktüte eines Discounters vor sich her.

»Auf den ersten Blick sehe ich keine Beschädigungen oder Hinweise auf einen Kampf.« Er leuchtete den Boden ab. »Kein Blut, keine Patronenhülsen, keine Spuren von Brandbeschleuniger.«

»Während ich auf Sie gewartet habe, habe ich den Parkplatz untersucht, aber nichts gefunden, was auf ein Feuer deuten würde. Wahrscheinlich wurde das Opfer hier nur überwältigt, nicht ermordet.«

Jan schüttelte den Kopf. Wie war es dem Mörder nur gelungen, die übervorsichtige Wolf zu überlisten?

»Ich habe einen Abschleppwagen für Lkws und Kleinbusse geordert«, fuhr Wagner fort. »Die G-Klasse wiegt schon ohne Modifikationen über zweieinhalb Tonnen.«

»Ich werde die Jungs mit dem Fingerabdruckpulver einschalten. Vielleicht finden wir Spuren, die uns etwas über den Tathergang sagen.« Jan nickte dem jungen Mann zu. »Gute Arbeit.«

Er zog sein Handy aus der Tasche und wählte die Nummer der Tatortermittler. Seine Kollegen würden sich über den Anruf zu später Stunde nicht freuen, aber das Auto war ihr letzter Trumpf.

Chandu hatte sich zwei Stunden Zeit genommen, um Mokes kleines Königreich zu inspizieren. Er war durch das Kreuzberger Viertel geschlendert und hatte in einer heruntergekommenen Kneipe ein Bier getrunken. Eine Lokalrunde Schnaps später hatte er neue Freunde gewonnen, die ihm viel über die Gegend sagen konnten, ohne dass er den Namen Moke hatte erwähnen müssen. Die Kongolesen waren hier nicht gerne gesehen. Sie galten als heißblütig und schießwütig, aber seit Besungus Tod war es zu keinen Zwischenfällen mehr gekommen; daher hatten sich die Anwohner an die neuen Herrscher gewöhnt.

Nach einem weiteren Umtrunk in einer Stehkneipe war Chandu durch die Straßen geschlendert. Um nicht aufzufallen, hatte er sich Koks gekauft und die klassischen Anzeichen eines Hipsters in Partystimmung vorgegaukelt. Ein paar zwielichtige Gestalten hatten ihn abschätzend beobachtet, wahrscheinlich um ihn abzurippen, aber seine Statur hatte sie wahrscheinlich von einem Versuch abgehalten. Vor seinem Spaziergang hatte Chandu die 45er aus dem Halfter genommen und in die Jacke gesteckt. Es wäre tödlich gewesen, hier mit einer Waffe gesehen zu werden.

Die Qualität der Ware sagt viel über einen Dealer aus, daher schlich Chandu in eine Nebenstraße und verbarg sich hinter einem Müllcontainer. Er legte den Stoff auf ein Stück Aluminiumfolie und erhitzte ihn mit seinem Feuerzeug. Es dauerte nur wenige Sekunden, bis das Koks verdampft war. Übrig blieb ein stinkender schwarzer Rückstand, der auf eine starke Streckung der Droge hinwies. Kein Milchpulver, wahrscheinlich Levamisol, ursprünglich ein Mittel gegen Wurmbefall, das üble Nebenwirkungen hatte. Nichts, mit dem man alt wurde. Moke hatte also kein Interesse am Wohlbefinden seiner Kunden, sondern wollte nur das schnelle Geld. Nicht sehr weitsichtig, dachte Chandu, als er die Drogenreste in den Müll warf, aber ein Puzzlesteinchen mehr, das zu einem vollständigen Bild des Kongolesen beitrug.

Wenn er seinen Freunden in der Kneipe glauben konnte, amüsierten sich Mokes Männer in einer Disco am Rande ihres Bezirks, in der Afro-Music und Hip-Hop gespielt wurde. Sicher war ihr Boss dann auch nicht weit.

Chandu ging nur zwei Querstraßen weiter, als er den Klublärm hörte. Der erste Eindruck war verheerend. Die Disco war ein quadratischer Betonblock. Vor dem Eingang hatten sich ein paar Kids zum Grasrauchen versammelt. Eine Frau im Minirock lehnte an eine Laterne und kotzte ihre Jelly-Shots wieder aus. Da sich der Türsteher mit einem anderen Mann prügelte, betrat Chandu den Klub, ohne dass er sich Sorgen um seine 45er machen musste.

In der Disco war es drückend heiß, als wären alle Heizungen auf maximale Leistung geschaltet worden. Für einen Mittwochabend war der Klub voll. Es stank nach altem Bier, und die Musik war unerträglich laut. Die Tanzfläche war geräumt, und eine kräftig gebaute dunkelhäutige Frau bewegte sich im Rhythmus von Discomusik aus den Achtzigern. Ab und zu sang sie etwas in das Mikrofon in ihrer Hand, wobei Chandu kein Wort verstand. Die Frau war nicht mit Stimmtalent gesegnet, und doch klatschten die Umstehenden begeistert mit.

Chandu griff sich einen halb vollen Cocktail von einem Tisch und nickte im Takt der fürchterlichen Musik. Er wollte nicht auffallen, während er den kleinen Klub von der einen bis zur anderen Seite durchquerte, was wegen der dicht gedrängten Leute zehn Minuten dauerte.

Nach der zweiten Durchquerung hatte er fünf von Mokes Männern identifiziert, die sichtbar Waffen im Bund ihrer Hosen stecken hatten. Ein unprofessionelles, kindisches Verhalten, was nicht auf hohe Intelligenz des Trägers schließen ließ, aber deshalb waren sie gefährlich. Die Männer würden beim geringsten Anzeichen von Ärger ihre Waffen ziehen und losschießen.

Nach Moke wurde gefahndet, daher hielt er sich nicht auf der Tanzfläche oder in einem anderen öffentlichen Bereich auf. Chandu drückte sich durch einen engen Gang zu den Toiletten. Durch den Glaseinsatz einer Tür erhaschte er einen Blick in die Küche. Die Kacheln waren schmutzig, Töpfe standen auf dem Boden, und es stank nach ranzigem Fett. Am Ende des Korridors führte ein schmaler Durchgang in einen Nebenraum. In dem dämmrigen Rotlicht erkannte Chandu eine Couch und ein paar Sessel auf einem schwülstigen beigen Teppichboden. Ein stämmig gebauter Mann verdeckte die Sicht auf das Innere. Eins achtzig groß, mit ausgeprägten Schultern und einem Brustkorb wie ein Fass. Chandu zog sein Handy aus der Tasche und schaltete die Videofunktion ein. Dann torkelte er auf den Türsteher zu.

»Yanis?«, rief er. »Verdammt, Yanis, bist du es wirklich?«

Der Mann schüttelte nur den Kopf. »Du verwechselst mich mit jemandem.« Sein französischer Akzent war stark ausgeprägt.

»Erkennst du mich nicht mehr?«, fuhr Chandu unbeeindruckt fort.

»Mein Name ist nicht Yanis«, antwortete der Türsteher sichtlich ungehalten. »Verpiss dich.«

»Was ist los?« Chandu hatte einen guten Blick in das Nebenzimmer. Ein Mann saß auf der Couch, umgeben von drei Frauen in knappen Bikinis. Das weiße Pulver auf dem Tisch war sicher nicht zum Backen gedacht. Im Hintergrund meinte Chandu noch einen weiteren Schatten zu sehen.

»Ich bin's, Gérard. Wir sind zusammen in die Schule gegangen.«

»Ich kenne keinen Gérard.« Der Türsteher gab Chandu einen Stoß, der ihn normalerweise nicht einmal ins Wanken gebracht hätte, aber er nahm die Einladung an und ließ sich nach hinten aus der Reichweite fallen. Während er sich aufrappelte, steckte er sein Handy in die Tasche.

Kopfschüttelnd torkelte er hinaus. Er hatte, was er wollte. Es war an der Zeit, Jan zu informieren.

Romir wischte sich den Schweiß von der Stirn, als er sich vom gleißenden Licht abwandte. Er hatte mit seinen Kollegen von der Spurensicherung eine Stunde lang versucht, Wolfs Auto aufzubrechen, aber dabei nur einen Bohrer und zwei Trennscheiben demoliert, ohne dem Mercedes geschadet zu haben. Bergman hatte die Geduld verloren und einen Spezialisten mit einer Sauerstofflanze gerufen. Wenn Romir seinem Chemielehrer glauben konnte, erzeugte dieser Schneidbrenner Temperaturen von über fünftausend Grad Celsius.

Gefühlt waren es eher zehntausend. Die Hitze in der Garage der Kripo wurde unerträglich. Selbst die Luft, die Romir einatmete, war heiß und schmerzte in seinen Lungen.

Gerade als er darüber nachdachte, den Raum zu verlassen, bevor er einen Hitzschlag bekommen würde, verschwand das gleißende Licht. Mit einem lauten Scheppern fiel die Fahrertür des kugelsicheren Mercedes aus ihrer Verankerung, und es wurde kühler.

Der Schweißer nahm seine Brille ab und wandte sich Bergman zu. Der Kripochef wechselte ein paar Worte mit dem Mann, während sich Romir seiner durchgeschwitzten Jacke entledigte, in den weißen Overall schlüpfte und zu seinem Koffer mit den Utensilien zur Spurensicherung griff.

Er war gespannt, was Wolfs Wagen hergeben würde.

Chandu wartete an der vereinbarten Stelle, einen Häuserblock von der Disco entfernt. Er saß auf der Treppe eines Friseursalons, der schon vor Jahren aufgegeben worden war. Die Scheibe war mit Plakaten vergangener Konzerte zugeklebt. Die Glastür hatte Risse, und alte Ausgaben der *Morgenpost* weichten im Nieselregen auf. Kein Wetter zum Spazierengehen, aber Chandu hatte Jan nicht zum Spaß angerufen.

»Das ist Mokes Viertel«, begann der große Mann. »Nicht sehr groß, nicht sehr einträglich, doch mit genug Abhängigen, um ein gutes Auskommen zu haben.«

»Handelt Moke nur mit Drogen?«

»Er wird noch die eine oder andere Hure am Start haben, ein wenig Hehlerei und wahrscheinlich noch Schutzgelderpressung.« Chandu zuckte die Achseln. »Kein großer Fisch.«

»Aber er hat es die letzten zwei Jahre geschafft, sich dem Zugriff der Polizei zu entziehen.«

Chandu nahm sein Handy aus der Tasche und ließ einen Videofilm ohne Ton ablaufen. Es war wackelig und zeigte die kräftigen Beine des Türstehers, aber im Hintergrund konnte man einen Mann sehen, der sich mit drei Frauen auf einer Couch rekelte. Erst war das Gesicht nicht zu erkennen, doch dann erhob sich der Mann von der Couch und griff nach einer Flasche Champagner. Für einen Moment trat er ins Licht einer roten Lampe.

»Bertrand Moke«, sagte Jan. »Wie hast du ihn gefunden?«

»Typen wie Moke funktionieren nach dem gleichen Schema. Sie träumen davon, coole Gangster zu sein, mit Geld, Bräuten und dicken Knarren in der Hose. Die cleveren Drogenbosse bleiben im Hintergrund, versuchen nicht aufzufallen und meiden die Öffentlichkeit. Moke will, dass jeder sieht, was für ein Checker er ist. Da er von der Berliner Polizei gesucht wird, geht er nicht in die großen Klubs, also baut er sich sein eigenes Paradies. Der Klub ist hier der einzige Laden, in dem man Geld ausgeben kann, also musste Moke dort zu finden sein. So dumm, dass er sich auf der Tanzfläche herumtreibt, ist er nicht, also habe ich mich nach einem Nebenzimmer umgesehen.«

»Was ist mit dem Typ vor der Tür?«

»Ein kleiner, harter Kampfzwerg, aber kein Profi. Er trägt keine kugelsichere Weste und hat einen Totschläger unter seinem Jackett. Mit dem richtigen Spielzeug schnell auszuschalten.«

Jan zog einen gelben Taser aus der Tasche. »Die neueste Entwicklung meiner Lieblingsfirma.« Er drehte den pistolenähnlichen Elektroschocker in der Hand. »Hat zwei Laser zum genauen Zielen, eine Leuchte für den Einsatz in der Dunkelheit und einen ergonomisch geformten Griff, der die Treffsicherheit erhöht.«

»Wie weit müssen wir ran?«

»Zehn Meter. Näher wäre besser.«

»Dann kommen wir von der Küche«, sagte Chandu. »Über den Gang von der Disco sind es zwölf Meter. Von der Küche aus nur sechs.«

»Genügt mir«, sagte Jan. »Wie schnappen wir Moke?«

»Indem ich schneller ziehe als er.« Chandu deutete auf seine 45er, die wieder im Halfter steckte. »Mit guten Worten bekommen wir ihn nicht auf die Wache.«

Jan nickte. »Dann los.«

Chandu führte Jan durch eine Nebenstraße zum Klub. Sie kletterten über einen Zaun auf einen unbeleuchteten Parkplatz, der mit einer Schranke abgesperrt war. Es stank nach altem Fett, als sie zu der Seitentür zur Küche gingen. Der ohrenbetäubende Lärm der Musik machte ein Anschleichen unnötig.

Jan nahm seinen Taser, als Chandu seine Pistole aus dem Halfter zog. Der große Mann nickte Jan zu, dann riss er die Tür auf und rannte in die Küche. Die Köchin war mit dem Zubereiten einer Mahlzeit beschäftigt. Sie gab klein geschnittene Karotten in eine Pfanne, in der bereits eine hellbeige Sauce köchelte. In der Disco wurde dieses Gericht nicht serviert, also war es wahrscheinlich Mokes Abendessen. Sie bemerkte Chandu erst, als er neben ihr stand. Mit dem Blick auf die Pistole sprang sie ängstlich zurück, ließ ihren Kochlöffel fallen und hob die Hände.

Chandu legte den Finger auf seine Lippen und deutete auf die Tür. Die Frau nickte und ging mit erhobenen Händen nach draußen, ohne Chandus Pistole aus den Augen zu lassen.

Jan sah auf den Gang hinaus. Es war, wie sein Freund es beschrieben hatte. Ein untersetzter kräftiger Mann stand vor einem Zimmer, das mit einem verrucht wirkenden Rotlicht beleuchtet war. Er wischte sich die Hand an seinem Hemd ab, aktivierte den Taser und nickte Chandu zu.

Jan ging in den Gang, hielt die Waffe für zwei Schritte hinter seinem Rücken, bis er auf vier Meter an dem Türsteher heran war. Dann zog er den Taser, richtete die Laser auf den dicken Bauch des Mannes und drückte ab.

Die Nadeln drangen durch das Jackett in den Körper des Türstehers. Die elektrische Ladung ließ ihn zucken. Noch bevor der Mann am Boden war, war Chandu an Jan vorbeigerannt. Mit seiner Waffe im Anschlag wollte er in das Zimmer stürmen, als ein lauter Schuss ertönte und knapp neben Chandu in die Decke schlug.

Jan fluchte und warf sich nach links. Chandu drängte sich in die rechte Ecke, neben die Tür. Ein weiterer ohrenbetäubender Schuss ertönte. Die Holzsplitter des Türrahmens flogen durch den Gang. Jan warf seinen Taser weg, zog seine Waffe und feuerte blind in das Zimmer.

»Siehst du etwas?«, rief er Chandu zu.

Der große Mann schüttelte den Kopf und deutete auf seine 45er. »Dauerfeuer«, brüllte er. Jan und Chandu schossen in den Raum, erhoben sich aus ihrer Position neben der Tür und verschafften sich einen schnellen Überblick.

Die drei Mädchen kauerten sich auf den Boden und hielten sich die Ohren zu. Die Couch war von Schüssen zerfetzt. Im Hintergrund rannte Moke eine schmale Treppe den Keller hinunter.

»Halt die Mädels in Schach«, sagte Chandu zu Jan und rannte hinterher. »Ich kümmere mich um Moke.«

Jan schob den Tisch zur Seite, stellte sich neben die Frauen und richtete die Waffe auf den Boden. »Keinen Blödsinn machen und unten bleiben.« Sie machten keinen gefährlichen Eindruck und schienen verängstigt.

Chandu hastete zu der Kellertreppe. Mit zwei großen Sätzen war er unten, die Pistole im Anschlag.

Jan unterdrückte den Drang, seinem Freund hinterherzurennen. Er musste auf die Frauen aufpassen und die Tür im Auge behalten, sollte einer von Mokes Männern die Schüsse trotz der ohrenbetäubenden Bässe gehört haben. Niemand durfte ihnen in den Rücken fallen.

Jan ging ein Stück näher zur Kellertreppe, konnte in dem schummrigen Licht aber nichts erkennen. Chandu war auf sich alleine gestellt.

Bergman legte Wert auf ein Grundmaß an Etikette. Nicht zu viel, aber ein paar Dinge gehörten zum Zusammenleben dazu. Guten Morgen, bitte, danke, anklopfen, bevor man einen Raum betrat, und den Arbeitsplatz nicht wie eine Müllhalde aussehen lassen. In den letzten Jahren hatte er alle seine Mitarbeiter diesbezüglich erzogen, einzig Max widersetzte sich hartnäckig.

Letzte Woche hatte Bergman dem jungen Hacker eine Haarbürste geschenkt, ein dezenter Hinweis, den selbst ein Vierjähriger verstanden hätte, aber anstatt diese Bürste wie gedacht zu benutzen, hatte er sie der Lara-Croft-Figur in seinem Raum als Ersatz für ihre Pistole in die Hand gedrückt. Seine Haare standen weiterhin wild von seinem Kopf ab. Das alleine wäre noch nicht schlimm gewesen, aber sein T-Shirt widersprach selbst der legeren Kleiderordnung der Kripo Berlin. Der aufgedruckte Spruch *Leinen Sie Ihr Kind an, mein Hund hat Angst* war schon schwierig genug, hinzu kam, dass das Shirt so zerknittert war, als hätte Max zwei Tage darin geschlafen.

Natürlich war der junge Hacker ohne anzuklopfen reingestürmt und hatte dabei die Tür so weit aufgerissen, dass sie mit einem lauten Knall an den Kleiderständer gestoßen war. Bergman seufzte und sehnte sich nach den Zeiten, als das körperliche Züchtigen von Mitarbeitern noch erlaubt war.

»Guten Abend, Herr Kornecker«, sagte Bergman.

»Jetzt ist die Kacke am Dampfen!«, rief Max in einer Lautstärke, als wollte er diese Erkenntnis mit jedermann in der Dienststelle teilen. Der junge Hacker wischte zwei Aktenordner vom Schreibtisch, die Bergman in mühevoller Kleinarbeit zusammengestellt hatte, stellte seinen Laptop hin und startete ein Video.

Die Kamera war auf eine Frau mit nassen Haaren gerichtet. Sie hatte die Augen weit aufgerissen und atmete schwer. Ihr Gesicht war schmutzig, ihre Arme waren von zwei Autoreifen an den Körper gepresst.

»Bitte«, flehte sie. »Machen Sie das nicht.«

»Dana Wolf«, sagte Bergman und ging näher an das Bild heran.

Sie schien in einem Keller zu sitzen. Die Wände waren rissig. Es gab keine Fenster. Das einzige Licht kam von der Kameralampe.

»Ich gebe Ihnen alles, was Sie wollen«, weinte Wolf.

Dann hörte man das Klicken eines Feuerzeugs. Die Detektivin schrie. Sie versuchte wegzulaufen, aber die Reifen um ihren Körper waren zu schwer. Nach zwei Schritten stolperte sie. Die Linse ging näher an ihr Gesicht heran, als ergötze sich der Kameramann an ihrer Todesangst. Dann senkte sich das Feuerzeug auf einen Reifen.

In Sekundenschnelle schlugen die Flammen hoch. Wolfs Flehen wurde von schrillen Schmerzensschreien abgelöst. Sie versuchte sich umherzuwälzen, aber das Feuer wurde mit jeder Sekunde stärker. Ihre Haare schmolzen binnen eines Augenblicks. Ihr ganzer Körper zuckte in einem wilden Todeskampf.

»Mein Gott«, sagte Bergman. Die Flammen zehrten jedes Stück Haut an ihr auf, doch noch immer war ihr keine Erlösung beschert. Die Kamera nahm unbarmherzig jedes Detail auf. Max hatte die Augen geschlossen und die Hände fest auf die Ohren gepresst.

Als Wolfs Schreie erstarben und ihre Glieder erschlafften, atmete Bergman aus. Sosehr er Dana Wolf gehasst hatte, niemand hat einen solch grausamen Tod verdient. Die Kamera lief noch eine Minute weiter. Die Reifen brannten noch und nährten sich am toten Körper der Detektivin. Dann endete das Video.

Die Stille war ein Segen. Es dauerte lange, bis Bergman zu sprechen begann. »Wie gelangt so etwas ins Internet?«

»Das ist ähnlich wie mit den Terrorzellen, die ihre Enthauptungsvideos einstellen. Irgendwie findet es seinen Weg in die Öffentlichkeit.«

»Wie lief es hier?«

»Es wurde auf einer frei zugänglichen Webseite eingestellt, aber nach wenigen Minuten wieder gelöscht.«

»Gott sei Dank«, sagte Bergman. »Von wo wurde es hochgeladen?«

»Ist durch die Löschung kaum noch zu ermitteln. Die Metadaten geben nichts her, aber vielleicht finde ich auf andere Art den Server, den der Mörder benutzt hat.«

»Wie bist du darauf gestoßen?«

»Ich habe einen Algorithmus programmiert, der speziell nach solchen Videos sucht. Trotz Löschung im bekannten Netz ist es auf einer Darknet-Seite aufgetaucht, auf der man angeblich auch Snuffvideos bekommt.«

»Lässt sich das entfernen?«

»Schwer«, sagte Max. »Ich kann verhindern, dass es wieder auf öffentliche Videoportale kommt, aber solche Sachen werden auch unter der Hand gehandelt, ohne dass sie online gestellt werden.«

»Lässt sich aus dem Video irgendetwas herausziehen? Stimmen, Hintergrundgeräusche oder Landmarken?«

»Habe ich schon versucht. Ich habe nichts isolieren können, was uns weiterhilft. Keine startenden Flugzeuge, Industriegeräusche oder Nebelhörner.«

»Irgendwas zum Kameramann?«

Max schüttelte den Kopf. »Keine Spiegelungen, bei denen man etwas erkennen könnte, und die Hand mit dem Feuerzeug war behandschuht. Während des Videos hat er kein Wort gesprochen.«

»Danke.« Bergman nickte ihm zu. Trotz fehlender Manieren konnte er auf Max nicht verzichten. Wenn sie mit seiner Hilfe den Mörder fanden, würde er dieses Jahr seine Pizzarechnung übernehmen, was bei der Menge an Kartons in seinem Zimmer eine finanzielle Herausforderung war. Aber das wäre es wert.

»Wenn ich was finde, melde ich mich wieder.« Max verließ das Büro.

Bergman lehnte sich auf seinem Stuhl zurück und schüttelte den Kopf. Hoffentlich war Jan bei der Jagd auf Moke vorsichtig. Wer immer dieses Video gedreht hatte, war ein unberechenbarer Wahnsinniger.

Das Licht in der Liebeshöhle war düster gewesen, aber im Keller herrschte vollkommene Dunkelheit. Aus Mokes Sicht ein schlauer Schachzug, denn der Kongolese kannte den Fluchtweg. Wenn sein Verfolger keine Taschenlampe bei sich hatte, konnte er ihn schnell abhängen und sich in Sicherheit bringen. In dieser Schwärze hätte man sich noch auf sein Gehör verlassen können, aber der wummernde Bass aus der Disco machte auch dies unmöglich. Chandu tastete sich mit der Hand vorsichtig voran. Die Betonwand war rissig. In Hüfthöhe verlief ein offener Kabelstrang, den er als Wegweiser nutzte. Er drückte sich nah an die Wand und ging in der Hocke weiter. Sollte Moke blind in den Gang schießen, hätte er in dieser Position eine bessere Chance.

Er war schon in vielen brenzligen Situationen gewesen, aber die absolute Dunkelheit im Keller war unheimlich. Es war albern, und doch musste er an die Kindergeschichten denken, von Monstern in der Dunkelheit, von riesigen Spinnennetzen und menschenfressenden Kreaturen. Sein Herz klopfte viel zu schnell, und er fühlte das Zittern seiner Hand. Moke könnte direkt vor ihm stehen, und er würde es nicht bemerken. Wenn der Kongolese ein Nachtsichtgerät hatte, wäre Chandu tot, aber hoffentlich war Moke nicht so gut vorbereitet.

Das Dröhnen des Basses wurde leiser. Es roch modrig. Die Struktur der Wand änderte sich und wurde unregelmäßig, als wäre schon vor Jahren der Putz abgefallen.

Die Kabel führten ihn um eine Ecke. Am Ende des Gangs konnte er ein Licht sehen. Keine Spur von Moke oder einer anderen Gestalt, daher kam Chandu aus seiner Hocke hoch und lief schneller. Er nahm die Pistole in beide Hände.

Das Licht kam von einer trüben Glühbirne, die eine alte Holztreppe beschien. Kurz bevor er den Lichtschein erreicht hatte, hörte er das Klicken einer Pistole, deren Hahn gespannt wurde.

»Waffe fallen lassen.« Der Angreifer war hinter ihm. Vielleicht einen oder zwei Meter. Zu weit für eine schnelle Drehung.

Chandu legte die Waffe neben sich.

»Danke, Bruder«, sagte der Mann auf Französisch und kam in den Lichtschein. Er war einen Kopf kleiner als Chandu, aber ebenso kräftig gebaut. Er trug einen dunklen Maßanzug über einem weißen Hemd. Seine schwarzen, lockigen Haare waren an den Seiten abrasiert. Chandu meinte, den Hauch eines Aftershaves zu riechen. Sein Gegenüber hätte als Geschäftsmann durchgehen können, wäre sein Hals nicht mit Totenköpfen tätowiert gewesen.

»Das kann nicht sein«, keuchte Chandu. Er blinzelte kurz, als traute er seinen Augen nicht. »Pierre.« Sie hatten sich das letzte Mal als Kinder gesehen. Es hätte eine zufällige Ähnlichkeit sein können, und doch war etwas an diesem Mann, das Chandu vertraut vorkam, eine Verbundenheit, die erhalten geblieben war, über die Jahre hinweg, trotz aller Veränderungen.

»Es tut mir leid, dass wir uns auf diese Weise wiedersehen, Bruder, aber ich brauche Moke noch.« Pierre senkte die Waffe. »Es gibt so viel zu besprechen und so viel zu erklären.« Sein Bedauern schien echt zu sein. »Aber das ist nicht der Ort und nicht die Zeit dafür.« Pierre ging die Treppe nach oben, ohne Chandu aus den Augen zu lassen. »Wir werden uns wiedersehen«, sagte er noch. Trotz der Waffe in seiner Hand klang es nicht wie eine Drohung, mehr wie ein Versprechen.

Chandu stand noch immer im Keller, als Pierre schon längst gegangen war. Der Schock hatte ihn erstarren lassen. Dann hob er die Hand zu der Stelle, von der sein Bruder mit ihm geredet hatte, als könnte er seine Aura noch immer spüren. »Aber du bist tot«, sagte er leise.

KAPITEL 5

Chandu und er hatten schon viel zusammen erlebt. Auf manche Schrecknisse hätte er gerne verzichtet, aber trotz all der Abgründe, in die sie hatten blicken müssen, hatte Jan seinen Freund noch nie so aufgewühlt erlebt. Er war aus dem Keller hochgekommen, seine Pistole in der Hand, mit schreckgeweiteten Augen, als hätte er einen Geist gesehen. Schweiß war auf seiner Stirn gestanden, und seine Hände hatten gezittert. Er hatte sich an Jan vorbeigedrängt und war in den Gang getorkelt.

»Moke ist weg«, waren seine einzigen Worte gewesen, bevor er in der Küche verschwunden war.

Schließlich hatte Jan seine Pistole eingesteckt und hatte auf dem gleichen Weg die Disco verlassen. Auf eine Konfrontation mit Mokes Fußvolk durfte er sich nicht einlassen.

Was immer im Keller passiert war, hatte seinen Freund tief erschüttert. Jan musste wissen, was das war, doch zuerst musste er aus diesem Viertel heraus, also sprang er über den Zaun des Parkplatzes und hastete zu seinem Auto zurück. Chandu war nicht mehr zu sehen.

Moderne Überwachungskameras sind ein Segen, dachte Max, als er sich durch die Aufnahmen des TwinTower arbeitete.

Dank der hohen Auflösung konnte er an Personen heranzoomen und jedes Gesicht gestochen scharf erkennen. Eigentlich hätte er Tage für diese Arbeit gebraucht, aber er hatte einen Algorithmus programmiert, der jede Person erkannte, auf das Gesicht schwenkte und dieses vergrößerte, bis es den Bildschirm ausfüllte. Auf einem anderen Monitor hatte Max die Bilder aller Verdächtigen aufgerufen. Diese reichten von professionellen Fotoshootings wie bei Marissa Colak bis hin zu pixeligen Überwachungsaufnahmen eines Bertrand Moke. Dank des Algorithmus konnte Max die Aufnahme nicht nur in achtfacher Geschwindigkeit ablaufen lassen, er konnte sich auch gemütlich zurücklehnen und den Liter Ovomaltine-Cola leeren, den er sich frisch gemixt hatte, während der Computer die Besucher des TwinTower mit den Verdächtigen abglich.

Bisher hatte er die letzten drei Tage vor Wolfs Ermordung durchlaufen lassen und keinen Verdächtigen entdeckt, aber als er die Außenkameras des Bürohochhauses zugeschaltet hatte, war er fündig geworden. Bertrand Moke war dreimal erfasst worden.

Das erste Mal hatte er sich frühmorgens auf eine Bank gesetzt und vorgegeben zu lesen, während er das Kommen und Gehen der Geschäftsleute beobachtet hatte. Moke hatte eine Sonnenbrille getragen und eine Strickmütze über seine Haare gezogen, aber trotzdem hatte Max ihn erkannt.

Am zweiten Tag war er mehrfach am Eingang des TwinTower vorbeigelaufen, mit einem Handy in seiner Hand, wahrscheinlich um heimlich Aufnahmen zu machen, die er auswerten konnte. Während die Kameras am Außenbereich verborgen waren, waren die Kameras in der Empfangshalle des Gebäudes auch von außen zu erkennen, was der Grund sein dürfte, warum Moke nicht in die TwinTowers hineingegangen war.

Einen Tag vor Wolfs Ermordung hatte er sich gegen drei Uhr nachts für fast dreißig Minuten auf die Bank gesetzt. In der linken Hand hatte er eine Bierflasche, in der rechten das Handy, das er sich während der ganzen Zeit ans Ohr hielt. Da sich seine Lippen kaum bewegten, war das auch nur eine Ablenkung gewesen, um unauffälliger zu wirken.

An den ersten zwei Tagen war noch ein weiterer dunkelhäutiger Mann zur gleichen Zeit vor Ort. Moke und der Unbekannte waren zu oft aneinander vorbeigelaufen, als dass dies hätte Zufall sein können, aber im Gegensatz zu dem gesuchten Kongolesen war der andere Mann ins Gebäude gelaufen, wahrscheinlich um die dortigen Sicherheitsvorkehrungen auszuspionieren.

Max leitete Jan die letzte Aufnahme auf dessen Handy weiter. So kurz vor dem Tod der Detektivin war Mokes Anwesenheit vor Wolfs Büro kein Zufall.

Chandu meldete sich bei Jan, als er sein Auto auf den Parkplatz der Dienststelle lenkte. Nach einer ausführlichen Entschuldigung, weil er so schnell gegangen war, begann sein Freund zu erzählen.

»Der Bürgerkrieg in Ruanda brach über Nacht über uns herein.« Seine Stimme war leise. Es schien ihm schwer zu fallen, über die Zeit zu reden. »Ich war noch klein, als die Hutu-Soldaten in unser Dorf kamen. Wir hatten ein gutes Leben geführt, aber mit dem Beginn des Bürgerkriegs änderte sich das Schicksal aller Tutsi. Die Soldaten schossen auf jeden Bewohner, den sie sahen, egal, ob Mann, Frau oder Kind. Sie johlten bei jedem Treffer, als wären wir Zielscheiben auf einem Jahrmarkt. Als wäre das noch nicht genug, warfen sie Molotowcocktails auf die Hütten, deren trockene Wände und Dächer sofort Feuer fingen. Sie erfreuten sich an den Schreien der Sterbenden, die nicht schnell genug aus ihrer Unterkunft fliehen konnten, und wer es aus dem brennenden Inferno schaffte, wurde erschossen. Die Hutu kannten keine Gnade.«

Jan schaltete den Motor aus und blieb im Auto sitzen.

»Unser Haus lag am Rand des Dorfs. Schon bei den ersten Schüssen sprang meine Mutter auf und zog uns aus dem Bett. Sie wusste instinktiv, dass wir in Gefahr waren. Sie verlor keine Zeit, also rannten wir kaum bekleidet in den Wald, meine Schwester Suna an Mutters linker Hand und ich an ihrer rechten. Ich kann mich noch heute daran erinnern, an den Schmerz in meinen nackten Füßen, wund von den trockenen Ästen und spitzen Steinen im Wald, das knatternde Geräusch der Maschinengewehre und das Feuer, das die Nacht erhellte, über alledem das Keuchen meiner Mutter und das Weinen meiner Schwester. Mein Herz raste, und ich machte mir vor Angst in die Hose.«

Chandu schwieg einen Moment. »Ich weiß nicht, ob es ein Querschläger war oder ob uns ein Soldat gesehen hat, aber ein Schuss traf Suna in den Rücken und durchbohrte ihr Herz. Gerade rannte sie noch neben meiner Mutter, im nächsten Moment sank sie zusammen, als wollte sie sich schlafen legen. Sie war sofort tot. Wir hätten weiterlaufen müssen, denn wir waren noch nicht weit genug im Wald, um uns verstecken zu können, aber meine Mutter kniete sich nieder und nahm meine Schwester in den Arm, während das Blut ihr Nachthemd durchtränkte. Sie schrie so voller Verzweiflung, wie es nur eine Mutter kann, die ihr Kind verloren hat. Es ist ein Laut, den man nie mehr vergisst, der so schrecklich ist, dass er sich für immer in die Seele brennt.« Chandus Stimme wurde leiser. »Ich zog an Mamas Hand und wollte sie zum Weitergehen zwingen, denn trotz meiner acht Jahre verstand ich, in welcher Gefahr wir schwebten, aber sie konnte sich nicht von ihrer Tochter lösen. Sie wiegte sie wie ein kleines Baby im Arm. Erst mit der aufgehenden Sonne schien sie den Verlust zu verstehen. Sie küsste sie ein letztes Mal auf die Stirn und legte sie unter einen kleinen Strauch, die Hände auf ihrer Brust gefaltet. Dann gingen wir tiefer in den Wald.«

Jan wusste, dass Chandu vor dem Bürgerkrieg geflohen war, aber er hatte nie von dieser Zeit erzählt. Bis heute hatte Jan nicht einmal gewusst, dass sein Freund eine Schwester gehabt hatte. Einzig seine Mutter hatte er kennengelernt.

»Meine Schwester war nicht der einzige Verlust dieses Überfalls. Wir waren drei Kinder«, fuhr Chandu fort. »Außer Suna hatte ich noch einen älteren Bruder namens Pierre. Er hatte bei einem Freund übernachtet, in einer Hütte nahe dem Dorfeingang. Die Behausung wurde als eine der ersten von Kugeln durchlöchert und in Brand gesteckt. Im Wald musste ich zusehen, wie die Hütte zu Asche verbrannte, umstellt von Soldaten, unmöglich zu entkommen. Im Flüchtlingslager hat meine Mutter nach Überlebenden unseres Dorfs gesucht, aber allem Anschein nach waren wir die Einzigen, die es herausgeschafft hatten.«

Chandu seufzte. »Bis heute habe ich geglaubt, dass mein Bruder tot ist, und jetzt treffe ich ihn in Berlin, wie er den Bastard Bertrand Moke beschützt.«

»Hat er sich nicht bei dir gemeldet?«

»Nie«, sagte Chandu. »Und er musste wissen, dass ich hier lebe. Wer mit Leuten wie Moke Geschäfte macht, hat auch von mir gehört.« Seine Stimme wurde lauter. »Was macht er hier? Was hat er mit Moke zu tun, und warum hat er nie Kontakt aufgenommen?«

»Ich weiß es nicht, mein Freund«, sagte Jan. »Aber ich verspreche dir, dass ich es herausfinden werde.«

Volker Tischer, besser bekannt als Romeo, war einer der besten Betrüger in Wedding gewesen. Er hatte mehr ältere Frauen abgezogen, als Tim Haare auf dem Kopf hatte, aber die zwei

Jahre im Gefängnis hatten ihn gebrochen. Der gut aussehende Gigolo war verschwunden. Seine Haare waren ergraut, der durchtrainierte Körper war schwabbelig geworden, und die meisten seiner strahlend weißen Zähne waren ausgeschlagen. Den Rest hatte das Crystal erledigt.

Romeo sah aus wie seine eigene Großmutter. Er saß in seiner Einzimmerwohnung auf einem alten Sessel, den selbst der Sperrmüll nicht mehr genommen hätte. Es stank nach Fäkalien, als hätte es Romeo die letzten Tage nicht mehr rechtzeitig aufs Klo geschafft. Er war in den letzten Zügen, aber trotz seines kaputten Lebens hatte er noch gute Verbindungen zu anderen Gigolos, denen er noch Tricks beibringen konnte; daher blieb er eine wichtige Quelle für alles Zwischenmenschliche.

»Danke für die Infos.« Tim gab ihm nur widerwillig die fünfzig Euro, denn er wusste, dass Romeo das Geld sofort in Drogen umsetzen würde. Ein weiterer Nagel für sein Grab, aber er konnte seinen Informanten nicht retten. Romeo würde den gleichen Weg wie viele andere aus dieser Gegend gehen, einen einsamen Tod, viel zu früh. Er schüttelte ihm noch mal die Hand, vielleicht zum letzten Mal, dann verließ er die Wohnung und schloss die Tür.

Noch während er durch das muffige Treppenhaus nach unten ging, wählte er Chandus Nummer.

»Was gibt's, Tim?«

»Kannst du reden?«

»Alles okay. Ich gehe spazieren.«

»Mitten in der Nacht?«

»Ich muss meinen Kopf frei bekommen«, sagte Chandu. »Hast du was für mich?«, wechselte er das Thema.

»Es hat mich ein paar Scheine gekostet, aber jetzt kenne ich die Verbindung zwischen Dana Wolf und Bertrand Moke. Es ist Mokes Frau Quirina.«

»Sie hat Wolf engagiert?«

»Exakt. Unser Freund Bertrand hat es wohl nicht ertragen, dass sich Quirina von ihm scheiden lassen wollte, und hat sie bedroht. Egal, wo sie sich versteckt hat, Bertrand hat sie immer gefunden und sie buchstäblich an den Haaren zurückgeholt, also hat sie sich professionelle Hilfe besorgt. Wolf hat Quirina nicht nur ein Versteck organisiert, sie hat ihr auch ein Druckmittel verschafft.«

»Was für ein Druckmittel?«

»Allem Anschein nach ein Video, bei dem Quirina viele Details von Bertrands Geschäft ausplaudert, die den Kongolesen lange in den Knast bringen würden, nicht nur die ein bis zwei Jahre, die ihm sowieso schon drohen.«

»Ein cleverer Schachzug.«

»Seitdem hält sich Moke von ihr fern, aber wenn er Wolf tötet …«

»… bekommt er seine Frau zurück«, beendete Chandu den Satz.

»Wolf war misstrauisch und verschlossen. Wenn Moke davon ausgeht, dass nur sie den Aufenthaltsort des Videos kennt, hast du dein Mordmotiv. Mit ihrem Tod verschwindet auch die Aufnahme.«

»Danke«, sagte Chandu. »Ich komme morgen in die Kneipe. Dann gebe ich dir den Rest der Kohle.«

»Bis dann«, sagte Tim und legte auf. An die Geschäfte mit der Polizei konnte er sich gewöhnen.

Jans Sorge um seinen Freund hatte ihn den ganzen Tag von der Arbeit abgelenkt. Es war ihm schwer gefallen, nicht ständig bei Chandu anzurufen oder bei ihm vorbeizufahren. Zusammen hatten sie gewalttätige Schläger niedergerungen, sadistische Mörder verfolgt und waren in eine Schießerei geraten. Nichts davon hatte den großen Mann beeindruckt, aber das

Zusammentreffen mit seinem tot geglaubten Bruder hatte ihn erschüttert.

Vordergründig war alles unverändert. Chandu arbeitete in seiner Küche mit der Konzentration eines Sternekochs. Er schnitt Zwiebeln, briet Hackfleisch an und rührte Bohnen in das Chili. Und doch bemerkte Jan das kurze Innehalten beim Aufkochen, den abwesenden Blick, wenn er den Tisch richtete, als wäre er mit den Gedanken ganz woanders. Er wirkte müde, als hätte er die ganze Nacht nicht geschlafen.

Jan war froh, dass Chandu ihr Treffen nicht abgesagt hatte. Auf diese Weise war er mit Kochen beschäftigt, was ihm weniger Zeit zum Nachdenken ließ.

Das laute Klopfen an der Tür riss Jan aus seinen Gedanken. Er stand von der Couch auf und ließ Zoe ein. Die Rechtsmedizinerin hatte die obligatorische Zigarette in der Hand und trug Stilettos mit hohem Absatz, die farblich zu ihrem dunklen Kostüm passten. Einen Schritt hinter ihr folgte der größtmögliche Kontrast in Form von Max, der mit abgetragenen Birkenstocks, einer alten Jeans und einem Star-Wars-T-Shirt bekleidet war. Während Zoes blonde Mähne zu einem aufwendigen Zopf geflochten war, standen Max' Haare ungekämmt von seinem Kopf ab. Zoe ging grußlos in die Küche, während Max seinen Laptop auf den Tisch stellte. Die Rechtsmedizinerin hob den Deckel des Kochtopfs, betrachtete das Chili und sog den Duft ein. Ohne ein weiteres Wort setzte sie sich auf die Couch und begann Rauchkringel in die Luft zu blasen.

»Fünf Minuten«, sagte Chandu und stellte einen Korb mit Weißbrot auf den Tisch. »Das Chili muss noch einkochen.«

»Genug Zeit für ein Update«, sagte Jan und nahm neben Max Platz. »Haben die Überwachungskameras im TwinTower etwas ergeben?«

»Es hat mich zwei Tage gekostet, alles zu sichten und die Besucher mit unseren Verdächtigen zu vergleichen«, begann der junge Hacker. »Der Einzige, den ich gefunden habe, war Bertrand Moke.« Er richtete einen kleinen Beamer auf Chandus Wohnzimmerwand und ließ einen Film ablaufen, der Moke zeigte, wie er um das Gebäude schlich. »Insgesamt war Moke dreimal vor Ort. Er ist nie in die TwinTowers hineingegangen, sondern schien das Gebäude auszuspähen. Die Aufnahmen wurden ein paar Tage vor Wolfs Tod gemacht.«

»Dann haben wir unseren Mann«, sagte Zoe. »Erweitert die Fahndung nach ihm, und er geht uns irgendwann ins Netz.«

»Die Fahndung ist schon erweitert«, sagte Jan. »Moke ist den Kollegen der Drogenfahndung immer wieder durch die Maschen geschlüpft, daher will ich mich nicht zurücklehnen und abwarten.«

»An was denkst du?«, fragte Max.

»Wir stellen ihm eine Falle. Noch heute Nacht.«

»Jetzt wird es interessant.« Der junge Hacker schob seinen Laptop zur Seite.

»Chandu hat den entscheidenden Hinweis gebracht. Bertrand Mokes Verbindung zu Wolf ist seine Frau Quirina.«

»Ist sie auch in die Drogengeschäfte verwickelt?«

»Sie wurde zweimal wegen Prostitution verhaftet. Das war aber vor der Hochzeit mit Bertrand vor fünf Jahren. Seitdem nichts mehr.«

»Sie wird kein braves Hausmädchen geworden sein«, bemerkte Zoe.

»Wahrscheinlich nicht«, fuhr Jan fort, »aber sie wollte vor einem Jahr die Scheidung, was Bertrand nicht gefallen hat. Aus anfänglichen Streitereien wurde im April letzten Jahres eine handfeste Prügelei, bei der Bertrand seiner Frau vier Rippen und den Unterkiefer gebrochen hat. Anstatt zur Polizei zu gehen, hat sich Quirina an Wolf gewandt. Die hat daraufhin ein kompromittierendes Video aufgenommen.«

»Kompromittierend?«, fragte Zoe. »Mit Sexszenen?«

»Nein. In dem Video erzählt Quirina angeblich Details über Bertrands Geschäfte.«

»Langweilig«, murrte die Rechtsmedizinerin.

»Nicht wirklich, denn ab diesem Tag ließ Moke seine Frau in Ruhe.«

»Hast du das Video?«, fragte Max.

Jan schüttelte den Kopf. »Wir haben gar nichts, aber es genügt, wenn Moke glaubt, dass wir es haben.«

»Häh?«

Jan grinste. »Du glaubst nicht, was einem unter der Dusche einfällt.«

»Ich will nicht wissen, was du und der kleine Jan unter der Dusche machen«, sagte Zoe. »Überspring den Teil, und komm gleich zur Falle.«

»Erst essen wir«, unterbrach der große Mann und stellte den Topf auf den Tisch. Mit dem Duft des Chilis verbreitete sich die Magie von Chandus Kochkunst und machte alle anderen Themen unwichtig. Max klappte seinen Laptop zu, Zoe drückte ihre Zigarette aus, und Jan nahm am Tisch Platz. Eine Zeit lang aßen sie schweigend und ergötzten sich an einem Chili, dessen Schärfe Jans Augen tränen ließen. Schweiß bildete sich auf seiner Stirn, und es brauchte zwei Bier, bis der Schmerz nachgelassen hatte, aber dieses Gericht war es wert.

Erst als Chandu die Teller abgeräumt und die Espressomaschine angeworfen hatte, begann Jan von seinem Plan zu erzählen.

Klaus Bergman hatte die Hände vor der Brust gefaltet und verfolgte die Berliner Abendnachrichten von seinem Sessel aus. Wie zu erwarten war, brachte der Sender einen kurzen Bericht über die Ermittlungen im Fall Dana Wolf.

»Die Kripo Berlin hat einen Erfolg zu vermelden«, begann

die Reporterin. Die junge Frau stand vor den TwinTowers und hatte sichtlich Mühe, ihre Haare im Zaum zu halten, die vom kalten Wind immer wieder aufgeweht wurden. »Im Büro der berüchtigten Detektivin Dana Wolf wurde laut eines Informanten ein Geheimversteck mit großen Mengen an Schriftverkehr und Videodateien gefunden. Da sich die Kripo nicht sicher ist, ob das Versteck gegen Diebstahl gesichert ist, und sie die Daten nicht beschädigen will, wird morgen früh ein Spezialkommando der Polizei das Büro untersuchen. So lange bleibt die Detektei unter Verschluss.«

Bergman nahm die Fernbedienung und schaltete den Fernseher aus. Journalisten zu belügen war ein riskantes Spiel, aber da sie kaum Ermittlungserfolge vorzuweisen hatten, gierte die Presse nach jeder Kleinigkeit, der sie habhaft werden konnten. Dass Jan die Nachricht über informelle Kanäle an die Zeitungen und Fernsehsender weitergeleitet hatte, machte die Geschichte umso glaubhafter.

Bergman sah auf die Uhr. 21.33 Uhr. Jan müsste seit einer halben Stunde vor Ort sein. Hoffentlich funktionierte der Plan, und sie erlebten keine böse Überraschung.

»Und das soll funktionieren?«, fragte Zoe. »Du lancierst eine falsche Meldung, dass wir Wolfs Geheimversteck gefunden haben, und hoffst, dass Moke hier auftaucht?«

»Ja«, antwortete Jan mürrisch.

Es war verdammt eng hinter der Anmeldung. Der Platz hätte bereits für Chandu und ihn kaum gereicht, aber Zoe hatte darauf bestanden mitzukommen. Wie immer war es zwecklos gewesen, mit der Rechtsmedizinerin zu diskutieren. Dass sie keine Erfahrung mit Überwachungen hatte, war ebenso sinnlos zu erwähnen, wie sie auf die Möglichkeit eines bewaffneten Konflikts hinzuweisen.

»Und warum müssen wir uns hinter diesen Schreibtisch

drängen?«, beschwerte sich Zoe. »Moke wird sowieso ins Büro gehen, dann können wir auch auf der Couch warten.«

»Wir wissen nicht, ob Moke alleine kommt oder Verstärkung mitbringt«, erklärte Chandu. »Ein oder zwei Männer überwältigen wir. Wenn er aber mit einer ganzen Mannschaft aufkreuzt, flüchten wir in den Gang, verbarrikadieren das Büro und halten die Männer in Schach, bis Verstärkung kommt. Um Moke nicht abzuschrecken, mussten wir die Kollegen zwei Blocks von den TwinTowers entfernt postieren.«

»Ich dachte, Porno-Willi im Überwachungswagen warnt uns, wenn jemand kommt.«

»Ich kann euch hören«, bemerkte der junge Hacker über das Funkgerät.

»Auch wenn Max die Umgebung überwacht, gibt es noch andere Wege hinein«, erklärte Jan.

»Viele Einbrecher gehen tagsüber in das Gebäude und lassen sich einschließen«, erklärte Chandu. »Das ist nicht vorhersehbar. Moke kann also schon hier sein, ohne dass wir vorgewarnt werden.«

»Kann nicht so schwer sein.« Zoe machte sich eine Zigarette an.

»Eigentlich nicht«, bemerkte Chandu. »Es sei denn, jemand raucht, während man sich in einem dunklen Raum versteckt, sodass die Zigarettenglut selbst einen Blinden warnt.«

»Klappe. Das ist nur zu eurem Schutz. Ohne regelmäßige Nikotinzufuhr werde ich schlecht gelaunt.«

»Noch schlechter?«, fragte Chandu.

»Schon mal mit einem Nikotinpflaster probiert?«, klang Max' Stimme aus dem Funkgerät.

»Ich komm gleich runter«, fuhr Zoe auf. »Dann brauchst du mehr als ein Pflaster.«

Jan nahm der Rechtsmedizinerin das Funkgerät ab. »Wie ich während der Fahrt schon erklärt habe, herrscht bei einer

Überwachung strengste Funkdisziplin. Dazu gehört die Reduzierung aller Gespräche auf das Notwendigste.«

»Jetzt stell dich nicht so an«, begann Zoe. »Auf den dämlichen Plan fällt sowieso niemand …«

Chandu legte seine große Hand auf ihren Mund und hob mahnend den Zeigefinger. Dann deutete er mit dem Kopf auf die Tür.

»Irgendjemand ist am Eingang«, flüsterte Jan in das Funkgerät. »Hast du eine Person reingehen sehen?«

»Negativ«, antwortete Max ebenso leise. »Bis auf den Wachdienst dürfte niemand im Gebäude sein.«

Jan und Chandu zogen ihre Pistolen. Jan sah vorsichtig hinter dem Schreibtisch hervor. Das Notlicht beleuchtete den Gang nur wenig, aber es war hell genug, dass er den Schemen erkennen konnte. Er zog den Kopf zurück und hob einen Finger.

Chandu nickte. Jan presste sich näher an den Schreibtisch. Schon die kleinste Regung hätte sie verraten und den Überraschungseffekt verdorben. Dieses Mal wollte er eine Schießerei vermeiden. Jan schloss die Augen und vertraute seinem Gehör. Er hatte Quarzsand in den Eingangsbereich gestreut. Nur wenig, aber genug, dass sich die öffnende Tür darüber reiben würde.

Jan zählte seine Atemzüge, um sein klopfendes Herz zu beruhigen. Er war erst bei sieben angekommen, als sich die Tür öffnete. Erstaunlich schnell. Der Einbrecher war entweder ein Meisterdieb oder hatte einen Schlüssel. Das schleifende Geräusch war wie eine Befreiung für Jan. Er nickte Chandu zu, dann sprangen sie auf.

»Kripo Berlin!«, schrie Jan und richtete seine Pistole auf den Einbrecher. »Heben Sie Ihre Hände und gehen Sie auf die Knie.«

Chandu bewegte sich seitwärts von Jan weg und hielt seine

Waffe im Anschlag. Er hatte vorher noch ein Laserzielfernrohr auf der Pistole befestigt, das seinen Effekt in der Dunkelheit nicht verfehlte. »Runter, Arschloch!«, brüllte er.

Der Einbrecher ließ sich auf die Knie fallen und reckte seine Hände zum Himmel. »Bitte nicht schießen«, wimmerte er. »Ich ergebe mich.«

Jan zögerte. Er kannte diese Stimme. Sie gehörte nicht Moke. Jan zog eine Taschenlampe hervor und richtete sie auf den Mann, ohne seine Waffe abzusetzen.

Chandu fluchte. Statt Bertrand Moke kniete Rainer Bormeier vor ihnen.

KAPITEL 6

Bormeier sah besser aus als beim letzten Verhör. Vielleicht hatte sich der ehemalige Innensenator damals wirklich etwas eingeworfen, um möglichst verrückt und unverdächtig zu wirken. Einzig den gehetzten Blick mit dem nervösen Zucken hatte er nicht abgelegt. Bormeier trug eine dunkle Jeans, einen schwarzen Rollkragenpullover und Lederslippers. Seine Haare waren mit Gel zurückgekämmt. Er tippte nervös mit dem Finger auf dem Tisch. Sein Blick war zu Boden gerichtet. Während des ganzen Gesprächs hatte er Jan kein einziges Mal in die Augen gesehen.

»Was machen wir jetzt?«, fragte Bergman mit Blick auf Bormeier. Sie standen vor der verspiegelten Scheibe des Verhörraums. »Obwohl du ihn eine Stunde befragt hast, haben wir nichts aus ihm herausbekommen.«

»Auch die internen Überwachungskameras des TwinTower helfen uns nicht weiter. Bormeier hatte sich in einem Lagerraum im Keller versteckt und bis zur Nacht gewartet. Er hat eine Zugangskarte des Reinigungspersonals benutzt, um in den Vorraum von Wolfs Büro zu kommen. Wir ermitteln noch, wessen Karte das war.« Jan zuckte die Achseln. »Mit Befragen kommen wir nicht weiter. Wir stecken ihn in Untersuchungshaft und hoffen, dass ihn ein paar Nächte hinter Gittern weichkochen.«

»Zu riskant«, sagte Bergman. »Als Innensenator hat er eine Reform der Polizei durchgeführt, die zu einer Erhöhung der Verhaftungen geführt hat. Einen Gefängnisaufenthalt würde er nicht überleben.«

»Also müssen wir ihn laufen lassen?«

»Wenn Bormeier im Gefängnis etwas zustößt, würde nicht nur mein Kopf rollen.«

»Aber wir haben ihn beim Einbrechen erwischt, und er hat nur ein vages Alibi für die Mordnacht«, rechtfertigte sich Jan.

»Das ist unter den gegebenen Umständen zu wenig. Natürlich wird der Staatsanwalt Anklage erheben. Außerdem ziehen wir seinen Reisepass ein, und ich verstärke die Polizeipräsenz vor seiner Wohnung, damit er sieht, dass wir es ernst meinen, aber wir müssen ihn gehen lassen. Das Beste, was ich tun kann, ist, einen Durchsuchungsbeschluss für seine Wohnung zu besorgen. Könnte aber bis morgen früh dauern. So lange lassen wir ihn hier.«

Jan seufzte. »Ich schlafe ein paar Stunden und durchsuche dann die Wohnung. Max soll derweil Bormeiers Karriere unter die Lupe nehmen. Vielleicht finden wir irgendwo eine neue Spur.«

Die Nachtschicht schien Marie nichts ausgemacht zu haben. Es war sieben Uhr in der Früh, und sie war seit zwölf Stunden auf den Beinen, aber sie war beinahe so attraktiv wie bei ihrem Essen beim Italiener. Ihre dunkle Haarpracht war zu einem Zopf gebändigt, und sie trug eine Uniform statt des trägerlosen Kleids, und doch lag etwas in ihrem Blick, das Chandu fesselte, etwas Geheimnisvolles, tief hinter ihren dunklen Augen verborgen.

Als er sich um vier Uhr immer noch im Bett umherwälzte,

hatte er zu seinem Handy gegriffen und ihre Nummer gewählt. Sie hatte gerade einen Betrunkenen in die Ausnüchterungszelle verfrachtet, als sie seinen Anruf entgegennahm. Nachdem Chandu sich für seinen frühen Anruf entschuldigt hatte, hatte sie sich zum Frühstück einladen lassen. Noch bevor der erste Teller auf dem Tisch stand, hatte er von dem Schicksal seiner Familie erzählt, seiner Ankunft in Deutschland bis hin zur Begegnung mit seinem tot geglaubten Bruder in einem dunklen, stinkigen Keller.

»Ich weiß nicht, was ich machen soll«, sagte Chandu und rührte abwesend in seinem Kaffee. »Pierre beschützt einen Drogendealer, der Hauptverdächtiger in einem Mordfall ist. Eigentlich müsste ich nach ihm suchen, aber er ist mein Bruder.«

»Was hat Jan vorgeschlagen, nachdem du ihm davon erzählt hast?«

»Er hat nur eine vage Beschreibung von Pierre in den Bericht aufgenommen. Von meiner Beziehung zu ihm hat er nichts erwähnt.«

»Warum grämst du dich dann?«

»Ich stehe jetzt auf der Seite der Guten«, erklärte Chandu. »Ich habe die Zeit im Rotlichtmilieu hinter mir gelassen. Ich arbeite nicht mehr als Geldeintreiber und bewache keine Zuhälter mehr.«

»Jan ist der wohl ungewöhnlichste Ermittler der Berliner Kripo«, begann Marie. »An manchen Tagen läuft er mit offenem Hosenschlitz umher, hat Kaffeeflecken auf dem Hemd und verliert beim Laufen die Hälfte seiner Akten, und doch verfügt er über eine Menschenkenntnis, die seinesgleichen sucht.« Sie trank einen Schluck Tee. »Wenn er Pierre nach deiner Geschichte für keine wichtige Figur in dem Fall hält, dann wird er es auch nicht sein.«

»Und wenn er das nur mir zuliebe gemacht hat? Wäre Pierre nicht mein Bruder, hätte er auch nach ihm gefahndet.«

»Und wenn schon«, sagte Marie. »Du hast geholfen, drei der schwersten Fälle in der neueren Geschichte der Kripo zu lösen. Dafür hast du dir ein paar Privilegien mehr als verdient. Da Pierre in keinem Zusammenhang zu Wolf steht, brauchst du dir über diese kleine Unsauberkeit keine Sorgen zu machen.«

»Was tue ich, wenn es wieder zu einer Schießerei kommt?«, fragte Chandu. »Wie kann ich sicher sein, dass ich dann auf der richtigen Seite stehe? Verpasse ich meinem Bruder eine Kugel, um meinen Freund zu schützen, oder versage ich in diesem Moment und bringe Jan in Gefahr?«

So viele Gedanken gingen durch seinen Kopf. Die ganzen Eindrücke der letzten Tage, die Disco, der dunkle Keller, die Waffe, die sein Bruder auf ihn gerichtet hatte, vermischten sich mit den Erinnerungen an die Flucht durch den Wald. Die letzten Jahre hatte er sie verdrängt, doch jetzt suchten sie ihn heim. Sie beherrschten sein Denken, und was immer er versuchte, er konnte es nicht verdrängen. Er sehnte sich nach einem Moment des Vergessens, einen Augenblick ohne die Bürde der Vergangenheit. »Bin ich nach alledem noch zurechnungsfähig? Wäre es nicht besser, wenn ich mich aus dem Fall zurückziehe?«

»Ich kann mir nicht vorstellen, wie es ist, seine Schwester auf eine solche Art zu verlieren und Jahre später seinen tot geglaubten Bruder wiederzutreffen«, begann Marie, »aber ich bin sicher, dass es mich mehr aus der Bahn werfen würde als dich.« Sie nahm seine Hand in ihre. »Es ist nicht wichtig, ob du dich für zurechnungsfähig hältst, denn du hast Freunde, die das für dich beurteilen können.« Sie lächelte. »Auf mich machst du einen normalen Eindruck, wenn man bedenkt, was dir widerfahren ist. Selbst wenn du meinem Urteil nicht glauben willst, dann solltest du Jan vertrauen.« Ihre Stimme wurde sanfter. »Er ist dein Freund, und keiner kennt dich besser. Wenn er dich bei den Ermittlungen dabeihaben will, dann weiß er, dass du ihn nicht im Stich lassen wirst, auch wenn dein

Bruder in der Sache mit drinsteckt.« Sie drückte seine Hand. »Lass dich darauf ein. Es hilft nur dem Mörder von Dana Wolf, wenn du dich mit deinen Gedanken und Zweifeln zu Hause einschließt. Wie immer dein Bruder darin verwickelt ist, du wirst es am ehesten herausfinden, wenn du Jan beistehst.«

Wie immer, wenn er in einem Fall nicht weiterkam, fand Jan in der Nacht kaum Schlaf. Auch dieses Mal waren es zwei, höchstens drei Stunden. Den Rest der Zeit hatte er zur Decke gestarrt, in der Hoffnung auf eine Eingebung, wie man die festgefahrenen Ermittlungen wieder voranbringen konnte. Um halb sieben hatte er schließlich aufgegeben, hatte in der Dienststelle den Durchsuchungsbefehl abgeholt und war in die Wohnung des ehemaligen Innensenators gefahren. Vor der Tür hatte er gewartet, bis Bormeier zur Arbeit gegangen war, und hatte sich dann mithilfe des Hausmeisters Zugang zur Wohnung verschafft. Aufgrund von Bormeiers Drogen- und Alkoholvergangenheit hatte Jan mit dem Schlimmsten gerechnet; umso überraschter war er gewesen, als er die Tür geöffnet hatte. Der Flur war in schwäbischer Gründlichkeit aufgeräumt. Die Jacken hingen an einem großen Haken, die Schuhe darunter waren auf einer Plastikunterlage aufgestellt. Der obligatorische Schirmständer hatte ebenso wenig gefehlt wie der kleine Spiegel an der Wand. Diese Ordnung zog sich durch das Schlafzimmer, in das muffige Bad und bis zu der engen Wohnküche am Ende des Flurs. Das Laminat war abgewetzt, manche Möbel regelrecht baufällig, und das Geschirr wirkte wie eine bunte Sammlung vom Flohmarkt, aber die Disziplin, die den ehemaligen Innensenator ausgezeichnet hatte, spiegelte sich in dieser Ordnung wider, fast wie ein letzter Versuch, an das frühere Leben anzuknüpfen.

Trotz ihrer nur sechzig Quadratmeter hatte die Wohnung regelrecht leer gewirkt. Alles war wie auf ein Minimum reduziert gewesen. Kaum Kleidung, wenig Küchenutensilien oder Persönliches. Keine Bilder aus früheren Zeiten oder von seinen Kindern. Wenig Bücher, noch weniger CDs, nur eine Zeitung neben einer abgesessenen Couch. Das Einzige von etwas Wert war ein großer Röhrenfernseher, dessen abgegriffene Fernbedienung auf einem kleinen Hocker lag. Bormeier hatte sich früher für Kunst interessiert, aber von dieser Leidenschaft war nichts zu sehen. Die Wände waren ebenso karg wie sein Leben.

Nach zwei Stunden hatte Jan die Wohnung wieder verlassen, ohne einen Hinweis auf Bormeiers Beteiligung gefunden zu haben. Keine Akten über Wolf, kein Benzin oder einen Reifen, nicht einmal ein Feuerzeug.

Jan war gerade wieder zurück auf der Dienststelle, als Max ihn in seinen Raum winkte. »Ich habe mich über Bormeier schlau gemacht«, begann der Hacker. »Tatsächlich habe ich über die Klatschpresse mehr Informationen bekommen als in den Polizeiakten.« Nach ein paar Klicks mit der Maus erschien ein Bild Bormeiers aus einer überregionalen Tageszeitung. Er hatte den Kopf zu Boden gesenkt und verdeckte sein Gesicht mit seiner Hand. Neben dem Bild prangte die Überschrift: *Innensenator betrügt Ehefrau mit Prostituierter.*

»Das war der Beginn von Bormeiers Fall aus dem Jahr 2009«, sagte Max. »Die Schlagzeile fasst es gut zusammen. Bormeier hatte ein Schäferstündchen mit einer Frau, die sich im Nachhinein als Prostituierte herausgestellt hat. Es hätte niemand gemerkt, wenn der Presse nicht Aufnahmen von der Nacht zugespielt worden wären.« Max drückte auf eine Taste. Ein Bild des nackten Bormeier in den Armen einer ebenso unbekleideten Frau erschien auf der Wand.

»Das lässt keinen Raum für Interpretationen«, sagte Jan.

»Die Sache war besonders heikel, weil Bormeier in dieser Zeit einen Gesetzentwurf zur Eindämmung der Prostitution in den Senat gebracht hat. Du kannst dir vorstellen, wie die Opposition das ausgeschlachtet hat.«

»Das Ende seiner politischen Karriere.«

»Bormeier hat noch ein paar Tage durchgehalten«, sagte Max. »Er beteuerte, dass er die Frau auf normalem Weg kennengelernt und kein Geld bezahlt habe, aber zu dem Zeitpunkt hatte sich selbst seine Partei von ihm abgewandt. Er musste sein Amt niederlegen, und seine Frau reichte zwei Tage später die Scheidung ein.«

»Hat man herausgefunden, von wem die Fotos stammen?«

Max schüttelte den Kopf. »Die Presse wies den Vorwurf zurück, ein Paparazzo hätte die Bilder geschossen. Sie waren der Zeitung anonym zugesandt worden.«

Jan lehnte sich auf seinem Bürostuhl zurück und nippte an seinem Kaffee. »Man braucht nicht viel Fantasie, um Wolf für die Fotos verantwortlich zu machen. Aber wer hat sie beauftragt?«

»Ein politischer Gegner?«

»Dazu wäre der Zeitpunkt schlecht gewählt. Die Wahl zum Berliner Abgeordnetenhaus fand im September 2011 statt. Also über zwei Jahre von Bormeiers Affäre bis zur Wahl. Bis dahin wäre selbst der medienwirksamste Skandal verpufft.« Jan stellte seine Tasse auf den Tisch. »Nehmen wir doch mal an, dass Bormeier die Wahrheit gesagt hat. Es war eine Affäre und kein bezahlter Sex.«

»Die Frau war eine Prostituierte«, erklärte Max. »Sie arbeitete für einen Edelescortservice unter dem Namen Jasmine.«

»Es ist unwichtig, ob sie eine Prostituierte war, sondern ob Bormeier geglaubt hat, dass sie freiwillig mit ihm ins Bett gegangen ist.«

»Häh?«

»Ich spanne die Verschwörung weiter«, sagte Jan. »Nehmen wir an, dass unsere Detektivin Bormeier nicht nur für einen indiskreten Schnappschuss verfolgt hat, sondern dass das Treffen mit Jasmine schon Teil ihres Plans war.«

»Sehr perfide.«

»Das war Wolfs Stil. Bormeier verfolgen und Fotos schießen hätte jeder drittklassige Schnüffler gekonnt, aber den Innensenator zu einem Seitensprung zu verleiten, dazu gehört mehr.«

»Ein Auftrag nach ihrem Geschmack.«

»Was ist mit Jasmine nach der Affäre passiert?«

»Sie ist von der Bildfläche verschwunden«, sagte Max. »Der Escortservice hat sie aus dem Programm genommen, und ihre angegebene Adresse war falsch.«

»Wie alt war sie damals?« Jan stand auf und ging näher an das Bild. »Zweiundzwanzig, dreiundzwanzig?«

»Höchstens«, sagte Max. »Was schwebt dir vor?«

»Die Affäre ist fünf Jahre her. Niemand interessiert sich mehr dafür, daher könnte Jasmine, wie auch immer sie wirklich heißt, wieder im Geschäft sein.«

»Jasmine kann uns vielleicht sagen, wer Bormeier schaden wollte. Aber wie soll ihn das entlasten?«

»Ich will ihn nicht entlasten«, sagte Jan. »Ich will nur verstehen, warum er fünf Jahre gewartet hat, um sich an Dana Wolf zu rächen. Warum nicht 2009 oder 2010?«

»Vielleicht ist er damals nicht an sie herangekommen.«

»Bormeier hat seit seinem Rücktritt als Innensenator immer mehr abgebaut. Die Scheidung hatte ihn ruiniert, sein Ruf war irreparabel beschädigt, und er ist in die Alkoholsucht abgerutscht. Er hat kaum noch Geld und keinen Einfluss mehr.«

»Aber clever genug, in Wolfs Büro einzubrechen, war er«, sagte Max.

»Und deshalb traue ich ihm auch den Mord zu«, ergänzte Jan. »Für eine Anklage reicht es nicht, aber wenn wir herausfinden, warum er bei Wolf einbrechen wollte, kann ich ihm einen Strick daraus drehen. Vielleicht gesteht er dann.«

»Und die Prostituierte kann dir dabei helfen?«

Jan nickte. Er nahm sein Handy aus der Tasche und wählte Chandus Nummer. »Wir brauchen nur jemanden, der uns eine Verabredung mit Jasmine verschafft.«

Die kleine Bibliothek sah aus wie an dem Tag, als Chandu sie zum ersten Mal betreten hatte. Bis auf die goldene Leselampe auf einem schweren Eichenschreibtisch spendete nur ein Kaminfeuer Licht. Die Samtvorhänge und die Aktgemälde gaben dem Raum etwas Ruchloses, ohne billig zu wirken.

Vor sieben Jahren hatte er auf demselben Lederstuhl gesessen und in die dunklen Augen Lady Samiras geblickt, einer der geheimnisvollsten Personen der Berliner Rotlichtszene. Obwohl er lange hier gearbeitet hatte, wusste Chandu nichts von ihr, weder ihren richtigen Namen noch, woher sie kam und wohin sie ging, wenn sie am frühen Morgen das Etablissement verließ.

Lady Samiras Kundenstamm exklusiv zu nennen würde den Besuchern nicht gerecht werden. Ihr Ruf ging weit über die Grenzen der Stadt hinaus. Russische Oligarchen lebten hier ebenso ihre Träume aus wie arabische Ölmillionäre und chinesische Neureiche. Ihr Vermögen musste beträchtlich sein, und doch verzichtete sie auf Statussymbole. Sie trug keinen Schmuck, kleidete sich nicht in Pelz und fuhr keine große Limousine. Der einzige Luxus im Leben war ein Fahrer, der sie am frühen Morgen nach Hause brachte und sie abends wieder hier absetzte.

Sie betrachtete Jasmines Bild auf dem Schreibtisch. Lady Samira musste über vierzig sein, aber die Jahre hatten sie ebenso wenig verändert wie die Einrichtung dieses Raums. Sie hatte die Schönheit einer reifen Frau, fern alles Mädchenhaftem, kaum geschminkt und von makelloser Reinheit.

»Ich kenne Jasmine flüchtig«, begann Lady Samira. »Ein

Jahr nach der Affäre mit dem Innensenator wurde die Besitzerin des Escortservice wegen Steuerhinterziehung zu zwei Jahren Haft verurteilt.« Lady Samira zeigte ein sanftes Lächeln. »Ich habe Frida immer empfohlen, sich einen besseren Berater für ihre Finanzen zu holen, aber sie wollte nicht auf mich hören.« Sie legte das Foto zur Seite. »Eine Woche später ist Jasmine auf der Suche nach einer neuen Anstellung auch bei mir vorstellig geworden.«

»Sie haben abgelehnt?«

»Natürlich. In meiner Branche ist Diskretion entscheidend. Ich kann niemand gebrauchen, der sich kaufen lässt, obwohl ich es bedauert habe. Jasmine hatte Talent und konnte es sich erlauben, ihre Kunden auszuwählen.« Sie sah Chandu in die Augen. »Warum suchst du sie? Aus Privatvergnügen, oder hat es mit deinem Polizistenfreund zu tun.«

»Letzteres«, antwortete Chandu. »Rainer Bormeier ist in einem Mordfall tatverdächtig, der vielleicht mit der Affäre zu tun hat. Da er die Aussage verweigert, versuchen wir es über Jasmine.«

Lady Samira schrieb mit einem dunklen Füller etwas auf ein Blatt Papier. »Ich weiß nicht, wohin Jasmine nach unserem Gespräch gegangen ist, aber ein Jahr nach Fridas Verurteilung ist ihre Tochter Pia in das Geschäft eingestiegen. In einem ersten Schritt hat sie die Mädchen ihrer Mutter verpflichtet und die alten Kunden reaktiviert, sehr zu Fridas Ärger. Was man so hört, läuft das Geschäft gut.« Lady Samira reichte Chandu das Blatt. »Unter dieser Nummer erreichst du Pias Escortservice. Sehr wahrscheinlich wirst du Jasmine dort finden.«

»Wie komme ich an sie heran?« Chandu nahm das Blatt entgegen. »Was muss ich tun, damit Jasmine mich oder meinen Freund als Kunden akzeptiert?«

»Jasmine macht ihre Arbeit des Geldes wegen«, sagte Lady Samira. »Sie hat weder Spaß an Sex mit fremden Männern, noch lebt sie Fantasien aus. Du musst den Eindruck erwecken, als suchtest du nach der absoluten Erfüllung und bist bereit, dafür jede Summe zu bezahlen. Erzähl ihr, dass du dominiert werden möchtest. Dann muss sie keinen Sex mit dir haben. Geh ins Detail. Sag Jasmine, welche Stiefel sie tragen und wie ihr Kostüm aussehen soll. Beschreib den Moment eurer ersten Begegnung. Je mehr Details du nennst, umso höher geht der Preis. Am Ende wirst du bei tausend Euro die Stunde sein, ohne dass Jasmine viel dafür tun muss. Wenn du ihr dann noch das Gefühl gibst, dass du nach diesem Spiel süchtig bist wie ein Drogenabhängiger nach Heroin, bist du in ihrem Kundenstamm.«

Chandu stand auf und verneigte sich. »Vielen Dank, Lady Samira. Ihr habt mir sehr geholfen.«

Die Frau nickte leicht. »Es war mir eine Freude.«

Als Chandu das Büro verlassen hatte und die breite Treppe nach unten ging, nahm er sein Handy aus der Tasche und wählte Jans Nummer.

»Hi, Kumpel«, begann er. »Ich hoffe, du hast morgen Zeit für ein Date.«

Jan ging unruhig in dem Hotelzimmer auf und ab. Er hatte schon oft mit Prostituierten zu tun gehabt, aber noch nie als Kunde. Chandu hatte ihn eine Stunde lang instruiert, wie man sich als devoter Diener zu verhalten hat, und nichts davon war verlockend gewesen.

Sein Freund wäre der bessere Mann für diese Aufgabe gewesen, aber Chandu war in der Berliner Rotlichtszene zu bekannt. Wenn Jasmine Verdacht schöpfen würde, würde sie sich umdrehen und gehen. Jan konnte sie zwar mit auf die Wache nehmen, aber nicht dort festhalten oder sie zu einer Aussage zwingen. Er brauchte ein Druckmittel, und als solches bot sich eine bevorstehende Verhaftung wegen Steuerhinterziehung an. Die Sitte hatte ihm gesagt, dass kaum eine der Frauen im Escortservice ihr Gewerbe angemeldet hatte. Offiziell arbeiteten sie dort als Masseurinnen oder Kosmetikerinnen. Damit er ihr daraus einen Strick drehen konnte, musste sie den Umschlag mit Geld nehmen.

Legal war dieses Vorgehen nicht, aber sie hatten kaum Spuren, daher mussten sie zu zweifelhaften Maßnahmen greifen. Bergman wusste nichts von dieser Aktion, und wenn alles nach Plan lief, würde er auch nie davon erfahren müssen.

Max hatte den Raum mit zwei Kameras und einem Mikrofon versehen. Chandu wartete mit dem jungen Hacker in einem Nebenzimmer und konnte bei Schwierigkeiten sofort eingreifen.

»Entspann dich, Jan«, klang Chandus Stimme durch den Ohrhörer. »Deine sexuellen Fantasien werden gleich erfüllt. Freu dich.«

»Ich kenne deine Vorlieben nicht«, antwortete Jan, »aber in meinen liege ich nicht gefesselt auf dem Boden und sage ›ja, Herrin‹.«

Es klopfte an der Tür. Seine Verabredung war pünktlich. Er rieb sich seine schweißnassen Hände an der Hose ab und öffnete die Tür.

Jasmine hatte ein attraktives Gesicht mit hohen Wangenknochen und langen braunen Haaren, die streng zurückgekämmt waren. Sie trug ein Lederkorsett unter dem Trenchcoat. Ihre beeindruckenden Brüste waren nach oben gedrückt. Es kostete Jan alle Selbstbeherrschung, ihr ins Gesicht zu sehen. »Hallo«, sagte er und lächelte. »Kommen Sie doch …«

»Ruhe, du Wurm.« Eine Lederpeitsche fuhr krachend auf Jans Stirn. Er taumelte zurück in den Raum.

»Moment, können wir nicht erst …«

Jasmine trat ihm die Beine weg, und Jan knallte auf den Rücken. Der Aufprall raubte ihm den Atem. Sie stellte ihren rechten Fuß auf seine Brust. Der spitze Absatz bohrte sich schmerzhaft in seine Haut. »Wie kannst du es wagen, mich anzusehen!«, schrie sie Jan an. »Dreh dich um, dann werde ich dir Manieren beibringen.« Sie schlug mit der Peitsche in ihre Hand.

Jan riss die Augen auf und kroch panisch weg. Anscheinend hatte Chandu ihm nicht alles erzählt. Mit einem lauten Knall fuhr das Leder auf Jans Hintern.

»Bleib hier, du Wurm.«

Er unterdrückte einen Schmerzensschrei und robbte unter einen Tisch. Dort müsste er vor Jasmins Peitsche sicher sein. Sie müsste den Umschlag mit Geld an sich nehmen, damit er dieses Schauspiel beenden konnte, sonst würde er die nächsten Wochen im Stehen arbeiten müssen.

»Echt witzig«, kommentierte er Chandus breites Grinsen. Jan hatte sich Eiswürfel aus der Minibar geholt, in ein Handtuch gewickelt und auf seinen schmerzenden Hintern gelegt. »Du hättest mich vorwarnen können, dass das Spiel mit dem Öffnen der Tür beginnt.«

»Es musste echt wirken«, antwortete der große Mann.

»Das Miststück wollte mir Windeln anziehen«, fuhr Jan auf, was Chandu zu einem weiteren Kichern verleitete. »Wie kommt man auf so eine Idee?«

»Der Plan hat funktioniert«, sagte der große Mann mit Blick auf Jasmine, die mit grimmigem Gesicht auf dem Bett saß.

»Es hat fünf Minuten gedauert, bis sie den Umschlag genommen hat. In dieser Zeit hat sie meinen Hintern mit einer Peitsche malträtiert, mich ihre Schuhe putzen lassen und mir ständig ihren Absatz auf die Brust gedrückt. Außerdem habe ich hundert Mal ›ja, Herrin‹ sagen müssen.«

Er wandte sich an Max, der aus dem Überwachungswagen

nach oben gekommen war. »Wenn du die Aufnahmen irgendjemandem zeigst, lege ich deinen Laptop auf den Grill.«

»Werde ich nicht.« Max unterdrückte ein Lachen.

»Prostitution ist legal«, sagte Jasmine mit einem leichten russischen Akzent. »Mein Anwalt wird euch in der Luft zerreißen.«

»Es geht hier nicht um die Ausübung von Prostitution, sondern um den Verdacht der Steuerhinterziehung, weil ich nirgends eine Registrierung Ihres Gewerbes gefunden habe.« Tatsächlich hatte Jan keine Ahnung, ob Jasmine angemeldet war, daher standen seine Anschuldigungen auf wackeligen Beinen. Wenn sie brav Steuern zahlte, hatte er keine Handhabe gegen sie. »Und in dem Fall greift Paragraf 55 des Aufenthaltsgesetzes, in dem es heißt, dass ein Ausländer ausgewiesen werden kann, wenn er gegen eine geltende Rechtsvorschrift verstößt.« Ein weiterer dünner Strohhalm, aber Jasmine wandte zornig den Kopf ab und schwieg.

»All das lasse ich fallen, wenn Sie mir ein paar Fragen beantworten«, sagte Jan.

»Ich sage kein Wort.«

»Bedauerlich.« Jan stand auf und nahm Jasmines Handy. Er fragte sich, in welchem Teil ihres engen Korsetts dafür noch Platz gewesen war.

»Mein Kollege hier ist ein Meisterhacker.« Er deutete auf Max, der auf Jasmines ausladenden Ausschnitt starrte. »Er knackt die PIN in fünf Sekunden, und dann habe ich Zugriff auf alles. Ich wette, auf dem Handy finden sich auch Nummern Ihrer Kunden, die ich im Rahmen der Ermittlungen dann ebenfalls befragen muss.«

»Das ist illegal!«, schrie Jasmine und sprang auf. Sie wollte nach dem Handy greifen, aber Chandu schob sie auf das Bett zurück.

»Das ist ein Beweismittel bei einer Ermittlung. Damit darf

ich machen, was ich will.« Hoffentlich nahm sie ihm auch diese Lüge ab.

Jasmine presste die Lippen aufeinander. Jan war froh, dass die Peitsche nicht in ihrer Reichweite lag.

»Ich will nur ein paar Details zu Rainer Bormeier. Dann sind wir wieder weg.«

»Bormeier? Was habe ich mit dem zu tun?«

»Wir wissen, dass Sie 2009 von Dana Wolf auf ihn angesetzt wurden. Ich brauche nur den Namen der Person, in deren Auftrag Wolf auf Sie zukam.«

»Keine Ahnung, wovon Sie reden.«

Jan warf Max das Handy zu. »Viel Spaß damit.«

»Halt!« Jasmine sprang auf, aber Chandu hielt sie fest.

»Letzte Chance«, sagte Jan. »Den Namen, oder jede im Handy gespeicherte Nummer bekommt einen Anruf von der Sitte.«

Jasmine setzte sich aufs Bett und senkte den Kopf. »Ich weiß nicht, wer Dana Wolf beauftragt hatte.« Die Schärfe war aus ihrer Stimme verschwunden. »Sie kam eines Tages zu mir und bot mir dreitausend Euro, wenn ich Bormeier ins Bett kriege.«

»Ein stolzer Betrag für ein Schäferstündchen«, bemerkte Chandu.

»Sie stellte mir außerdem weitere Aufträge in Aussicht, sollte Bormeier innerhalb einer Woche von seinem Amt zurücktreten müssen.«

»Hat Wolf den Geldgeber erwähnt?«

»Sie war sehr professionell und gab mir genaue Anweisungen, nannte mir aber keine Gründe. Ich habe keine Fragen gestellt.«

»Welche Anweisungen?«

»Wolf hatte Bormeier durchleuchtet. Sie kannte seinen Alltag, seine Vorlieben, Dinge, über die er gerne redete, eben alles, was man braucht, um einen Mann zu verführen.«

»Mit diesen Informationen haben Sie sich Bormeier genähert?«

»Es lief perfekt«, sagte Jasmine. »Nach zwei Minuten hatte ich sein Interesse geweckt. Eine halbe Stunde später war er mir verfallen. Noch am selben Abend lockte ich ihn in ein Hotelzimmer, das von Wolf überwacht wurde. Den Rest kennen Sie.«

»Hören Sie zu, Jasmine oder wie immer Ihr Name auch ist«, begann Jan. »Ich muss wissen, warum Dana Wolf Bormeier schaden wollte. Ihre vagen Andeutungen reichen mir nicht.«

»Mehr habe ich nicht«, antwortete Jasmine. »Warum fragen Sie nicht diesen Cassel, mit dem er sich immer gestritten hat.«

»Sie meinen Bastian Cassel, den Staatssekretär?«

»Sie kennen ihn?«

»Er war Bormeiers Assistent in dessen Zeit als Innensenator«, erklärte Jan. »Wie kommen Sie auf ihn?«

»Männer werden nach dem Sex oft redselig«, seufzte Jasmine. »Für Bormeier war ich nicht nur eine Sexgespielin, er nutzte mich auch als seelischen Mülleimer. Er erzählte mir von seinen Eheproblemen, dem Ärger mit seinen Kindern, den langweiligen Parteisitzungen und vom Stress mit seinen Mitarbeitern. Die meisten von ihnen bezeichnete er als unfähige Bürokraten, aber Bastian Cassel hat er besonders gehasst. Er nannte ihn ein intrigantes Schwein, das nur auf seine Position schielen würde.«

Jan fuhr mit der Hand nachdenklich über sein Kinn. Auf die Idee, dass der Verräter aus dem Umfeld von Bormeier stammen könnte, war er noch nicht gekommen. Als Innensenator hatte er sein Team immer als vorbildlich dargestellt und seinen Mitarbeitern bei jeder Gelegenheit gedankt.

»Brauchen Sie mich noch?«, unterbrach Jasmine.

»Fürs Erste nicht«, sagte Jan. »Aber schreiben Sie mir Ihre Handynummer auf, falls ich noch weitere Fragen habe.«

Jan nickte Max zu, der Jasmine das Handy zurückgab.

»Bleiben Sie erreichbar«, mahnte Jan, »sonst revanchiere ich mich für die Prügel.«

Jasmine schrieb eine Nummer auf den Hotelblock und verließ das Zimmer wortlos.

»Haben wir einen neuen Verdächtigen?«, fragte Chandu, als sich die Tür geschlossen hatte.

»Möglicherweise«, antwortete Jan. »Bastian Cassel ist ein interessanter Mann. Er begann seine Karriere …«

Das Klingeln seines Handys unterbrach ihn.

»Jan Tommen«, meldete er sich.

»Ruf deine Truppe zusammen, und komm zum Olympiastadion«, sagte Bergman ohne Begrüßung. »Wir haben ein neues Opfer.«

KAPITEL 7

Das Gesicht war zu einer schwarzen Masse geschmolzen. Die Augenhöhlen und der Mund klafften weit auf. Am Körper fand sich keine unversehrte Stelle. Von den Beinen des Toten stieg immer noch Rauch auf. Obwohl es nicht seine erste Brandleiche war, musste Jan sich ein Taschentuch vor den Mund halten. Es gab Dinge, an die konnte er sich nicht gewöhnen.

Der Tod muss schrecklich gewesen sein, und doch war die Leiche besser erhalten als Dana Wolf.

»Ein Lkw-Fahrer hat die Flammen bemerkt und ist mit seinem Feuerlöscher hierhergerannt.« Bergman deutete auf einen Mann mit ausladendem Bauch in Jogginghose und Sweatshirt, der neben der Absperrung auf dem Boden saß. »Als er bemerkte, was er da gelöscht hat, hat er sofort die Polizei gerufen.«

Jan wandte sich von der Leiche ab. »Ist er schon befragt worden?«

Bergman schüttelte den Kopf.

Jan nahm das Taschentuch vom Mund und ging zu dem Fahrer. Die rechte Hand des Mannes zitterte unkontrolliert, und sein Gesicht hatte eine fast kränkliche Blässe. Sein Blick war zur Seite gerichtet, als könnte er den Anblick der Leiche nicht ertragen, auch wenn die Ermittler schon begonnen hatten, einen Sichtschutz aufzustellen.

Jan schüttelte dem Mann die Hand. »Kommissar Tommen«, stellte er sich vor. »Darf ich Ihnen ein paar Fragen stellen?«

Der Mann nickte. »Dieter Opitz.« Die leise Stimme passte nicht zu seiner kräftigen Statur. Trotz der kalten Nacht lief ihm Schweiß die Stirn herunter.

»Erzählen Sie mir, was passiert ist.«

»Es war gegen halb zwölf. Ich wollte vor dem Schlafengehen noch austreten. Zuerst bemerkte ich ein ungewöhnliches Flackern. Ich bin um den Lkw herumgegangen und sah das Feuer, keine dreißig Meter entfernt. Ohne nachzudenken, öffnete ich die Fahrertür, zog meinen Löscher unter dem Sitz hervor und rannte los. Der Geruch des brennenden Reifens hat den Gestank des Fleisches überdeckt, daher wusste ich im ersten Moment nicht, was gebrannt hat. Erst als die Flammen erloschen waren, erkannte ich die Konturen eines Menschen, dem Reifen um Schultern und Hüfte gelegt worden waren.«

»Hat das Opfer noch gelebt?«

»Ich glaube nicht«, sagte Opitz. »Schreie habe ich keine gehört, und bewegt hat es sich auch nicht mehr.«

»Haben Sie noch andere Personen gesehen? Vielleicht jemand, der sich vom Tatort entfernt hat?«

Opitz schüttelte den Kopf. »Ich war so auf das Feuer konzentriert, dass ich alles andere vergessen habe. Nach dem Löschen bin ich zurück zu meinem Lkw gerannt und habe die Polizei gerufen.«

»Ist in dieser Zeit ein Auto weggefahren, oder haben Sie etwas anderes bemerkt, das Ihnen seltsam vorgekommen ist?«

»Es tut mir leid«, sagte Opitz. »Aber das Nächste, an das ich mich erinnern kann, ist das Polizeiauto, das mit Blaulicht und Sirene auf den Parkplatz gefahren ist.«

Der Lkw-Fahrer war von dem Feuer sichtlich erschüttert. Trotz der Kälte schwitzte er immer noch stark. Er würde ihn zu einem anderen Zeitpunkt befragen müssen.

»Vielen Dank, Herr Opitz«, sagte Jan. »Meine Kollegen werden noch ein paar Daten von Ihnen aufnehmen. Dann können Sie nach Hause.«

Opitz nickte und erhob sich langsam. Jan ging zurück zum Tatort. Die Polizisten sicherten die ersten Spuren. Zoe war eingetroffen und beobachtete die Ermittler bei ihrer Arbeit.

»Hoffentlich geht die Identifikation der Leiche dieses Mal schneller«, sagte Bergman.

»Der Tote ist Rainer Bormeier«, bemerkte Jan.

Alle Köpfe wandten sich ihm zu. Selbst Zoe hielt mit dem Rauchen inne.

Jan deutete auf die rechte Hand des Toten. Am Daumen fehlte ein Stück. »Das fehlende Fingerglied ist mir beim Verhör aufgefallen«, sagte Jan. »Außerdem kann man auf dem Goldring noch die drei Buchstaben ›of‹ und ein großes ›T‹ erkennen«, fuhr er fort. »Das ist Bormeiers Collegering von der University of Texas.« Jan zuckte die Achseln. »Auch Größe und Statur stimmen mit dem ehemaligen Innensenator überein.«

»Das ergibt keinen Sinn«, sagte Bergman frustriert. »Wolfs Tod ließe sich noch erklären, aber warum hat der Mörder Bormeier auf die gleiche Art getötet? Der ehemalige Innensenator war Wolfs Erzfeind.«

»Ich habe keine Ahnung, was hier passiert«, sagte Jan. »Alle unsere Theorien über Wolfs Tod sind gerade zusammengefallen wie ein Kartenhaus. Wir müssen noch mal ganz von vorne anfangen.«

Eigentlich war das rote Rathaus ein schönes Gebäude. Bergman mochte die Klinkerfassade mit dem großen Turm. Von der Rathausstraße kam man in die prachtvolle Eingangshalle.

Die breite Treppe war mit einem roten Teppich ausgelegt, den man für die Oscar-Verleihung hätte heranziehen können. Die goldfarbenen Bögen an der Decke und die Galerie hätte man eher in einem Barockschloss vermutet, und doch hatte Bergman nur schlechte Erinnerungen an den Amtssitz des Regierenden Bürgermeisters.

Zahllose Male war er hierher zitiert worden, hatte Ratschläge des Bürgermeisters über sich ergehen lassen müssen oder war vom Senat für unzureichende Fortschritte in seiner Ermittlungsarbeit gerügt worden. Keiner von diesen Männern hatte jemals eine Pistole in der Hand gehalten, hatte einen gewalttätigen Schläger niederringen müssen oder sich am 30. April mit Molotowcocktails werfenden Autonomen geprügelt. Niemand von ihnen verstand, was sie jeden Tag auf den Straßen Berlins leisteten.

Dana Wolf hatte bereits zu viel Aufmerksamkeit auf die Kripo gelenkt, aber mit dem Tod von Rainer Bormeier war für den Senat eine Grenze überschritten worden, weshalb er sich zum Handeln gezwungen sah. Als Folge dessen musste Bergman wieder einmal den Tag in langen Sitzungen verbringen und sich nutzlose Ratschläge anhören, anstatt bei den Ermittlungen zu helfen. Dass es ausgerechnet noch ein Sonntag war, machte dieses Treffen nicht besser.

Am Sekretariat des Regierenden Bürgermeisters angekommen, atmete Bergman tief durch und setzte ein Lächeln auf.

»Was für eine Zeitverschwendung«, murmelte er und klopfte an die Tür.

Zoe wischte sich die Tränen aus den Augen. Bis auf den Praktikanten, der die Chromtische putzen musste, waren ihre Kollegen schon zu Hause, daher hatte sie es sich auf dem Stuhl bequem gemacht und rauchte. Vor einer halben Stunde hatte ihr Max ein Video mit einem grinsenden Smiley als Kommentar geschickt. Seitdem hatte sie die Aufnahmen von Jans Treffen mit der Prostituierten schon zehn Mal gesehen. Ihre Wangen schmerzten vor Lachen, aber sie konnte nicht aufhören, Jans kläglichen Versuch, unter das Bett zu kriechen, zu betrachten, während die Frau seinen Hintern mit der Peitsche malträtierte. Sein panischer Gesichtsausdruck, als die Prostituierte eine Windel aus ihrem Mantel zog, war ebenfalls sehenswert. Jans flehendes ›ja, Herrin‹ würde sie sich als Klingelton herunterladen und mit seiner Nummer verknüpfen.

Eigentlich müsste sie sich auf den Weg zu Chandu machen, aber damit sie auf der Fahrt etwas Spaß hatte, würde sie das Video auf ihr Handy laden. Sie war gespannt, was Jans Kollegen davon halten würden.

Jan nahm auf der Couch Platz und seufzte zufrieden. Er hätte nicht geglaubt, dass man einfache Spaghetti so gut zubereiten kann, aber zwischen Maggi Fix und Chandus Tomatensoße mit Büffelmozzarella lagen Welten. Er hatte heute Abend nicht so viel essen wollen, aber die Gerüche hatten ihn schon beim Eintreten gefangen genommen. Sein Bauch fühlte sich wie eine Melone an, und er wünschte sich nichts sehnlicher als ein kleines Verdauungsschläfchen, aber wenn er den Fall nicht bald zur Aufklärung bringen würde, wären die zu engen Hosen sein kleinstes Problem.

»Der Abend ist viel zu schön, um ihn mit Gerede über die Arbeit zu zerstören«, begann Jan, »leider sind wir nicht zum Spaß hier.«

»Ich schon«, sagte Zoe und blies mit geschlossenen Augen den Rauch zur Decke.

»Ich rede nach einem guten Essen nicht gerne über Brandleichen«, wandte sich Jan an die Rechtsmedizinerin, »ein paar Details zu unserem neuen Opfer hätte ich jedoch gerne.«

Zoe seufzte und schüttelte leicht den Kopf, als könnte sie

Jans nimmermüden Arbeitseifer nicht verstehen. »Es ist tatsächlich Rainer Bormeier. Der DNA-Vergleich war positiv. Da der Fernfahrer den Körper gelöscht hat und es die Organe vergleichsweise gut überstanden haben, konnte ich Verbrennen als Todesart bestimmen. Genauer gesagt habe ich Rußeinatmungen in der Lunge gefunden, und auch die Schleimhäute der Atemwege waren mit Ruß belegt.«

»Also hat der Mörder Bormeier in zwei Reifen gesteckt, mit Benzin übergossen und angezündet, als er noch gelebt hat?«, fragte Jan.

»Yup.«

»Gab es Anzeichen für einen Kampf oder andere Wunden?« Chandu kam mit einem Tablett aus der Küche, auf dem vier Espressos standen.

»Worauf willst du hinaus?«, fragte Jan.

»Bormeier war schmächtig«, sagte der große Mann, als der die Tassen auf den Couchtisch stellte, »aber er wird nicht stillgehalten haben, während der Mörder ihm die Reifen übergezogen hat.«

»Ich habe am Kopf keine Anzeichen für Gewalt gefunden«, erklärte Zoe. »Der Schädel war intakt, also hat er keins auf die Birne bekommen, aber die Verbrennungen waren zu stark, um blaue Flecken, Fesselspuren oder Einstichlöcher eines Tasers ermitteln zu können.«

»Betäubungsmittel oder Drogen?«

»Eine kaputte Leber und Rückstände von Crystal Meth im Körper, aber kein GHB oder andere K.-o.-Tropfen.«

»Dann tippe ich auf einen Taser«, sagte Jan. »Das ist die einfachste Methode, jemanden außer Gefecht zu setzen.«

»War es wirklich Mord?«, fragte Max. Die Augen der anderen drei wandten sich ihm zu.

»Es war sicherlich keine spontane Selbstentzündung.« Die Rechtsmedizinerin nippte an ihrem Espresso.

»Du denkst doch nicht an Selbstmord?« Jan nahm sich eine Tasse vom Tisch.

»Warum nicht?«, sagte Max. »Es wäre perfekt.«

»Wie viel Rotwein war in der Tomatensoße?«, wandte sich Zoe an Chandu.

»Folgende Theorie.« Der junge Hacker stellte seinen Laptop zur Seite. »In einem wachen Moment realisiert Bormeier, dass er am Ende ist. Seine Karriere, seine Familie und seine Zukunft sind futsch. Er beschließt, Selbstmord zu begehen, will aber Wolf noch mit ins Verderben reißen. Sein Mordkomplott gelingt, auch wenn wir ihn zu den Verdächtigen zählen. Dann geht er eines Abends zum Olympiastadion, übergießt sich mit Benzin aus einer Plastiktüte, zieht sich zwei Reifen über, in die er leicht hineinschlüpfen kann, und setzt sich mit Streichhölzern in Flammen. Jeder glaubt, dass der Mörder ein zweites Mal zugeschlagen hat, aber da es keine weiteren Beteiligten gibt, wird der Fall nie aufgeklärt.«

»Wie kommst du auf diese Theorie?«, fragte Jan.

»Weil wir nichts haben«, erklärte Max. »Auf den wenigen Aufzeichnungen um das Olympiastadion habe ich keine Auffälligkeiten entdeckt. Keine verdächtigen Autos oder den gesuchten BSR-Scout. Den paar Leuten rund um den Parkplatz ist nichts aufgefallen, ebenso wenig wie dem Lkw-Fahrer, keine Person, die der Mörder sein könnte.«

»Opitz konnte uns nicht sagen, wie lange das Feuer schon gebrannt hat«, erklärte Jan. »Von dem Moment, als er den brennenden Bormeier bemerkt hat, bis zum Löschen können zwei Minuten vergangen sein. Da sich Opitz nur auf das Feuer konzentriert hat, hätte der Täter ungesehen verschwinden können.« Jan kratzte sich am Kopf. »Aber Max' Idee ist nicht völlig abwegig.«

»Ein kranker Plan«, stimmte Chandu zu, »trotzdem nicht undenkbar.«

»Das führt uns wieder zu Wolf zurück«, sagte Jan. »Wenn wir zweifelsfrei nachweisen können, dass Bormeier ihr Mörder war, kehre ich zu Max' Selbstmordtheorie zurück. Bis dahin sollten wir in alle Richtungen weiterermitteln.«

»Irgendeine Idee, warum es der Parkplatz vor dem Olympiastadion war?«, fragte Chandu.

»Einen konkreten Bezug habe ich nicht gefunden«, antwortete Jan. »Vielleicht war es der Notwendigkeit geschuldet, dass wir die Touristenziele verstärkt überwacht haben. Hätte er Bormeier auf der Museumsinsel, dem Alexanderplatz oder vor den Hackeschen Höfen ermordet, wäre er nicht so leicht entkommen. Auch in diesem Fall halte ich weitere Recherchen bezüglich der Örtlichkeit für eine Sackgasse.«

»Von mir kommt nicht mehr viel«, sagte Zoe. »Ich habe noch ein paar Tests laufen, aber ich rechne mit keiner Überraschung.«

»Die erste Durchsuchung von Wolfs Auto hat nichts ergeben«, sagte Max. »Ich logge mich gleich morgen früh ins System ein und schaue, ob ich über das Navi etwas über ihre letzten Stunden herausfinden kann. Vielleicht finden wir einen Ort, den wir mit einem unserer Verdächtigen in Verbindung bringen können.«

»Und ich nehme mir Bastian Cassel vor«, sagte Jan. »Bis gestern dachte ich, dass er ein treuer Freund Bormeiers war, aber Jasmine hat mich zweifeln lassen. Vielleicht steckt er hinter der Affäre. Das würde dem Fall eine neue Richtung geben.«

Am nächsten Morgen war Dana Wolfs Auto in seine Einzelteile zerlegt. Die Sitze waren ausgebaut, alle Zierleisten entfernt, und selbst der Tank war mit einer Kamera kontrolliert worden. Die Spurensicherung hatte die Polster nach Haaren durchsucht und jede Stelle mit Fingerabdruckpulver bestäubt. Die Auswertungen liefen noch, aber die bisherigen Ergebnisse waren entmutigend. Die meisten Spuren waren Wolf oder ihrem Partner Plath zuzuordnen. Es gab keine Hinweise auf eine dritte Person. Es wurden weder Reste von Autoreifen noch Anzeichen auf einen Benzinkanister gefunden.

Jetzt begann die Stunde der Nerds. Max öffnete die Motorhaube und loggte seinen Laptop in das System des Mercedes ein. Die G-Klasse hatte eine riesige Multimedia- und Navigationseinheit. Neben dem Surroundsoundsystem mit zwölf Lautsprechern und dem TV-Tuner gab es eine Freisprechanlage, einen CD-Player mit USB-Anschluss, eingebauter Festplatte und Breitband-Equalizer, der sich komfortabel über einen Touchscreen steuern ließ. Das Navigationssystem war mit zahlreichen Sonderprogrammen ausgestattet, die von Staumeldern über Raststättenbewertungen bis hin zur automatischen Pizzabestellung reichten.

Max startete ein Suchprogramm und setzte sich auf die Fahrerseite. Er betrachtete alle Hebel, als ihm der ungewöhnlich große Steuerbildschirm über der Mittelkonsole auffiel. Normalerweise hatten die Monitore eine Displaydiagonale von 17,8 Zentimetern, aber dieser war fast doppelt so groß.

Max rief sich Dana Wolfs Akte ins Gedächtnis, konnte sich aber nicht an eine Sehschwäche erinnern. Die Detektivin hatte nicht einmal eine Brille getragen.

Noch während er über den Zweck eines solch großen Touchscreens nachdachte, gab sein Laptop neben der Motorhaube ein kurzes *Ping* von sich. Das Suchprogramm hatte etwas gefunden, das nicht der Mercedes-Norm entsprach.

Er sprang aus dem Auto und lief zu dem Laptop.

»Hui«, sagte Max überrascht. Damit hatte er nicht gerechnet.

In vielen Punkten erinnerte Bastian Cassel an den jungen Rainer Bormeier. Er hatte einen ähnlich beeindruckenden Lebenslauf wie der ehemalige Innensenator, war klug, fotogen und wusste sich in Szene zu setzen. Jetzt, wo Jan genau darauf achtete, war auffällig, auf wie vielen offiziellen Fotos von Bormeier auch er zu sehen war. Auf jedem von ihnen schien der junge Cassel sein Vorbild anzuhimmeln oder stand einträchtig neben ihm. Jan sah keinen versteckten Neid oder irgendeine Art von Missgunst. Auch in den Zeitungsartikeln wirkten die beiden mehr wie Brüder denn wie Rivalen. Cassel schien der perfekte Assistent gewesen zu sein, ein wichtiges Mosaiksteinchen für Bormeiers Weg zum Innensenator.

Jan hatte den ganzen Morgen mit ehemaligen Wahlkampfhelfern telefoniert und die Nachricht vom Tod Bormeiers als Grundlage genutzt, um nach möglichen Verdächtigen zu fragen. Dabei war oft der Name Dana Wolf gefallen, auch wenn die Detektivin schon tot war. Kein einziges Mal hatte ein Mitarbeiter Cassel ins Spiel gebracht.

Jan blätterte sich weiter durch den Lebenslauf. Cassel hatte nach Bormeiers Rücktritt bis zur Wiederwahl des Innensenators dessen Posten übernommen. Danach war er noch ein Jahr als Staatssekretär unterwegs gewesen, bevor er zu einem großen Chemieunternehmen gewechselt war, wo es weiter steil nach oben gegangen war. Aufsichtsratsposten in diversen AGs, lukrative Beraterverträge und sogar einen Ehrendoktor der TU Berlin. Mit Mitte vierzig hatte Cassel seine Schäfchen im Trockenen, lebte in einer Villa im Grunewald und ließ sich jeden Morgen im Bentley zur Arbeit fahren.

Jan hatte keine Entgleisung gefunden, weder in der Klatschpresse noch in seinem polizeilichen Führungszeugnis. Es gab keine Verbindung zum organisierten Verbrechen oder zu anderen zwielichtigen Gestalten. Nur dass er ledig war, ließ Raum für Spekulationen, aber wenn Cassel einen Lebenspartner hatte, ging er sehr diskret damit um.

Jan hatte gehofft, irgendeine Verfehlung zu finden, die er bei der Befragung einsetzen konnte, aber Cassel war perfekt.

Zu perfekt seiner Meinung nach, aber ohne einen Hinweis würde das Treffen nur ein harmloses Geplänkel werden; nichts, das ihn weiterbringen würde.

Die Tür flog mit einem Knall auf. »Ich habe was!«, brüllte Max. Sein Grinsen schien von einem Ohr zum anderen zu gehen. »In fünf Minuten in meinem Raum, dann habe ich eine Verbindung zur Pathologie geschaltet, damit die Leichenschänderin auch mithören kann.«

Dann knallte er die Tür so schwungvoll zu, dass zwei Bilder von der Pinnwand fielen.

Jan blinzelte verwirrt und stand von seinem Stuhl auf. Fünf Minuten ließen ihm noch Zeit für einen Kaffee. Was immer Max gefunden hatte, weniger, als seine Recherche ergeben hatte, konnte es nicht sein.

Max hatte den Besprechungsraum in ein Multimediacenter verwandelt. Der Bildschirm seines Laptops wurde vom Beamer an die Wand geworfen. Er hatte zwei Lautsprecher angeschlossen, die Jalousien waren heruntergelassen und das Licht gedimmt. Zoe und Chandu waren über eine Webcam zugeschaltet und konnten der Präsentation folgen.

Als Jan Platz genommen hatte, ließ er die ersten Sekunden von Orffs *Carmina Burana* durch den Lautsprecher dröhnen, was Zoe mit einem Stöhnen quittierte. Dann erschien ein Bild des Mercedes-Innenraums. »Das ist Dana Wolfs Auto«, begann Max. »Was fällt euch daran auf?«

»Jemand hat die Sitze ausgebaut und die Zierleisten geklaut«, bemerkte Chandu.

»Nicht schlecht«, kommentierte Max, »aber richtet euer Augenmerk auf den großen Bildschirm.« Er deutete auf Jan. »Was ist daran ungewöhnlich?«

»Äh?«

»Das Ding ist riesig.« Max verdrehte die Augen.

»Die Bildschirme werden schon seit Jahren größer«, sagte Jan. »Das ist doch …«

»Die Standarddisplaydiagonale der G-Klasse beträgt 17,8 Zentimeter«, unterbrach Max. »Diese ist 33,02 Zentimeter groß.«

»Vielleicht war sie kurzsichtig«, bemerkte Chandu. »Oder wollte ihre Lieblingssendung auf einem …«

»Das ist ein Computer«, unterbrach Max ungeduldig. »Der 13-Zoll-Monitor hat ein hochwertiges Touchelement und kann auf einen Mini-PC zugreifen, der in der Karosserie verbaut ist.«

»Darum haben wir nie etwas gefunden«, sagte Jan. »Wolf hatte den Computer im Auto.«

»Eigentlich clever«, sagte Chandu. »Sie hatte ständig ihre Unterlagen bei sich und konnte von überall arbeiten.«

»Konntest du das Passwort hacken?«, fragte Jan.

»Natürlich«, erwiderte Max. Noch immer schien Jan der Meinung zu sein, dass man den großen Maximum überlisten konnte. »Ich gebe zu, dass Wolf ein paar anspruchsvolle Hürden eingebaut hatte, unter anderem eine Tastenkombination, die zur vollständigen Löschung der Festplatte geführt hätte. Außerdem eine AES-256-Bit-Verschlüsselung ihres Passworts, während der Zugang in die Cloud …«

»Hör auf zu schwallen, Nerd«, unterbrach ihn Zoe. »Hast du was gefunden?«

Max hob seine Hand zu einer cäsarischen Geste. »Invictus maneo.«

»Was genau?«, fragte Zoe genervt. Wie immer ging der Rechtsmedizinerin das Gespür für die großen Momente ab. Max wechselte murrend den Bildschirm. Eine große Liste an Namen erschien. »So gewissenhaft, wie Wolf andere in das Verderben gezogen hat, so gewissenhaft war sie bei der Verwaltung ihrer Fälle. Ihre Akribie hätte jeden Erbsenzähler von der Stadtverwaltung neidisch gemacht.«

»Das müssen an die zweihundert Einträge sein.« Jan stand auf und ging näher an die Wand.

»Zweihundertzwölf«, sagte Max. »Jeder von ihnen mit Auftragsbestätigung, Zahlungen, die geflossen sind, sowie Gigabytes an Videos und Fotos.«

»Es wird Wochen dauern, bis wir alles gesichtet haben«, sagte Jan.

»Um Arbeit zu sparen, habe ich den Namen Bormeier eingegeben und zwei Einträge gefunden.« Max drückte eine Taste, und das Foto Bormeiers mit Jasmine erschien an der Wand. »Den Fall kennen wir.«

»Dass Wolf alles initiiert ist klar, aber wer war der Auftraggeber?«

»Da habe ich keine guten Nachrichten«, sagte Max. »Die Kommunikation lief über einen ausländischen Mail-Account. Der Absender nannte sich Ralph Ellison.«

»Der Autor des *Unsichtbaren Manns*«, bemerkte Chandu.

»Und genauso sind die Überweisungen, die Wolf für den Fall erhalten hat«, fuhr Max fort. »Die Geldströme verlieren sich in den Tiefen der internationalen Bankenwelt.«

»Von wie viel Geld reden wir?«, fragte Jan.

»Zehntausend Anzahlung und dreißigtausend, nachdem Bormeier zurückgetreten war.«

»Vierzigtausend für die Karriere eines Innensenators«, sagte Jan. »Das hätte ich mir teurer vorgestellt.«

»Und der zweite Eintrag?«, fragte Chandu.

»Vier Monate vor der Affäre gab es auf der B 100 einen Unfall mit zwei Toten. Ein Wagen hat einen Kleinbus von der Straße gedrängt.« Max zeigte ein Bild des ausgebrannten Autos. Das Feuer hatte nur noch das Gerippe übrig gelassen. Am Steuer saß noch die Leiche des verbrannten Fahrers, die Hände um das Lenkrad geklammert. »Die Ermittlungen waren schwierig, weil der Unfallverursacher weitergefahren ist. Zwei Tage später meldete sich ein Zeuge namens Oswald Nickel, der das Auto erkannt haben will, welches den Bus zu dem tödlichen Ausweichmanöver gezwungen haben soll. Da es ein seltener weißer Wiesmann-Roadster war, konnte der Besitzer schnell ermittelt werden, denn es gab nur ein Modell dieses Wagens in Berlin.« Ein weiteres Foto erschien an der Wand. Der Mann trug einen dunklen Anzug und eine weinrote Krawatte über einem weißen Hemd. Sein Gesicht war leicht gebräunt, und die grauen Haare waren akkurat zur Seite gekämmt. »Das ist Zacharias Voelz«, sagte Max. »Ein Großinvestor, der laut *Handelsblatt* Einlagen von siebenhundert Millionen verwaltet.«

»Er hat das Auto abgedrängt?«, fragte Jan.

»Das konnte nie geklärt werden, weil Oswald Nickel anfänglich nur das Auto gesehen hat und nicht den Fahrer.«

»Wieso anfänglich?«, fragte Chandu.

»Drei Tage nach seiner Zeugenaussage ist Oswald Nickel bei der Polizei aufgetaucht und hat alles zurückgenommen. Der einzige Beweis, dass Zacharias Voelz beteiligt war, hatte sich in Luft aufgelöst. Weitere Zeugen gab es nicht, daher wurde der Fall ad acta gelegt.«

»Lass mich raten«, begann Chandu. »Einen Tag, bevor Nickel seine Aussage zurückgenommen hatte, wurde Dana Wolf beauftragt.«

»Genau genommen waren es zwei Tage vorher«, sagte Max.

»Wie war Bormeier in die Sache verwickelt?«, fragte Jan.

»Er war der Auftraggeber.«

Jan stieß einen leisen Pfiff aus. »Jetzt wird es interessant.«

»Ich will euch nicht mit Details langweilen«, sagte Max, »aber zusammengefasst hat Bormeier die Detektivin beauftragt, Oswald Nickel zur Zurücknahme seiner Aussage zu bewegen. Dafür erhielt sie ein fast unbegrenztes Budget.«

»Von wie viel reden wir?«

»Zwei Millionen Euro.«

»Und wie viel hat Oswald Nickel davon bekommen?«

»Fünfhunderttausend«, sagte Max. »Wolfs Gehalt belief sich auf hunderttausend Euro.«

»Kein schlechter Stundenlohn«, sagte Chandu.

»Von wem kam das Geld?«, fragte Jan. »Bormeier hatte niemals so viel verdient.«

»Das lässt sich aus Wolfs Aufzeichnungen nicht herauslesen, aber ich würde auf Zacharias Voelz tippen. Für einen Mann seiner Liga sind zwei Millionen Spielgeld.«

»Ist Voelz' Name irgendwo erwähnt?«, fragte Jan.

Max schüttelte den Kopf.

»Was ist mit dem Zeugen? Ist er noch in Berlin?«

»Eine Woche, nachdem er seine Aussage zurückgezogen hatte, verschwand er mit einem One-Way-Ticket nach Jamaika. Seitdem gibt es keine Aufzeichnungen mehr von ihm.«

»Mit fünfhunderttausend lässt es sich dort gut leben«, bemerkte Chandu.

Jan nahm wieder auf dem Stuhl Platz und seufzte. »Das wird schwierig«, begann er. »Wolf und Bormeier sind tot. Der Zeuge hat sich abgesetzt, und außer einer zurückgezogenen Aussage haben wir nichts gegen Zacharias Voelz in der Hand. Damit komme ich nicht einmal an seiner Sekretärin vorbei.«

»Trotzdem sollten wir mehr über ihn in Erfahrung bringen«, sagte Chandu.

»Ich beziehe Dr. Elmas in die Ermittlungen mit ein«, sagte Jan. »Niemand in der Kripo weiß mehr über Profiling. Optimistisch bin ich trotzdem nicht.«

»Kein Grund, die Hoffnung aufzugeben, denn das Beste habe ich bis zum Schluss aufgehoben«, sagte Max. »Wolf hat ein Foto von der Geldübergabe gemacht.« Ein Bild erschien an der Wand, untermalt von der Musik aus *Poltergeist*. Auf der linken Seite stand Henning Plath, wie er einen Aktenkoffer entgegennahm. Der Überbringer war Bastian Cassel.

Jan verschränkte die Hände hinter dem Kopf. »Ladies and Gentlemen. Wir haben einen neuen Spieler.« Er wandte sich an Max. »Besorg mir alles, was du über den Unfall in Erfahrung bringen kannst. Mal sehen, was Cassel zu alledem sagt.«

KAPITEL 8

Bergman saß vor seinem Schreibtisch und hatte die Hände vor der Brust gefaltet. Dass die Opfer Dana Wolf und Rainer Bormeier gewesen waren, hatte dem Fall bereits viel zu viel Aufmerksamkeit verschafft, und mit der Verwicklung von Bastian Cassel würde es noch komplizierter werden.

Seit seinem Ausstieg aus der Politik war Cassel in wenigen Jahren zu einem einflussreichen Mann in der Wirtschaft geworden. Wenn man den Gerüchten glauben konnte, war er einer der Topfinanziers bei der Wahl zum Abgeordnetenhaus 2011 gewesen. Er hatte nicht nur den Wahlsieger SPD und die Grünen unterstützt, sondern auch die CDU, welche am Ende mit der SPD koalierte. Somit hatte er mehr als einen Fuß in der Tür der Berliner Spitzenpolitik.

Eigentlich musste Bergman den vierten Senat über die Entwicklungen informieren, aber das Risiko, dass Cassels Politikfreunde eine Befragung untersagen würden, war ihm zu groß, also wartete Bergman, bis Jan wieder zurück war. Das bisschen Vorsprung würde er ihm verschaffen. Die Prügel, die der Kripochef dafür bekommen würde, würde er aushalten können.

Cassels Privatanwesen hatte Stil. Die Villa war kaum größer als ein Zweifamilienhaus, hatte weder eine protzige Einfahrt noch irgendeine übertriebene Zurschaustellung von Reichtum, doch wenn man genauer hinsah, konnte man Feinheiten erkennen, die auf ein beeindruckendes Vermögen hinwiesen. Der Garten war perfekt geschnitten, frei von Unkraut und mit einem präzise angelegten Spazierweg, der sich durch eine kleine Allee von Bäumen schlängelte. Die hohen Zäune waren mit moderner Überwachungstechnik gesichert, und der kleine Swimmingpool war mit einer Gegenstromanlage ausgestattet.

Nachdem Jan seine Marke in die Kamera am Eingang gehalten hatte, war er sofort eingelassen worden. An der Tür erwartete ihn ein Angestellter, der ihn zum Hausherrn führte. Der Mann war in Livree eines Butlers gekleidet, trug weiße Handschuhe und hatte die höfliche Steifheit, die man von dieser Art Bediensteter erwartete. Er nickte Jan freundlich zu und lud ihn mit einer Geste ein, das Haus zu betreten.

Der gute Eindruck setzte sich drinnen fort. Der Parkettboden war mit Perserteppichen ausgelegt. Dunkelbraune Polstermöbel und große Bücherregale erzeugten das Gefühl, in einer altehrwürdigen Bibliothek zu sein. Es fehlte nur noch der Duft von Zigarren.

So nah wie jetzt würde er nie mehr an Cassel herankommen. Er wusste noch nicht, dass Jan ihn zu den Verdächtigen zählte. Mit seinem Einfluss und seinem Geld würde sich Cassel hinter seinen Anwälten verstecken, sollte er von Jans wahren Absichten erfahren. Jan hatte nur diesen einen Versuch.

Wie auf ein Stichwort kam Cassel eine breite Treppe herunter. Er trug einen dunklen Anzug über einem weißen Hemd ohne Krawatte, dessen oberster Knopf geöffnet war. Sein Gang war aufrecht und selbstbewusst. Die kurzen braunen Haare waren perfekt geschnitten und verdeckten die Geheimratsecken. Seine Haut war viel zu faltenlos für einen Mann seines Alters.

»Guten Tag, Kommissar.« Cassels Händedruck war fest. Seine Finger waren manikürt. Jan vernahm den leichten Duft von Aftershave. »Wie kann ich Ihnen helfen?« Er deutete auf die Polstermöbel.

»Sie haben sicherlich vom Tod Rainer Bormeiers gehört?«, fragte Jan, als er Platz nahm.

»Schrecklich«, antwortete Cassel. »So zu sterben hat er nicht verdient.«

»Wann haben Sie Herrn Bormeier zuletzt gesehen?«

»Das ist über ein Jahr her.«

»Sehr lange, wenn man ihre gemeinsame politische Zeit berücksichtigt.«

»Nach seinem Rücktritt als Innensenator und der darauf folgenden Scheidung hat sich Rainer verändert.«

»Inwiefern?«

»Er verlor immer wieder die Beherrschung, wurde schnell aggressiv und ausfällig. Anfänglich tat er mir leid, und ich versuchte, ihm bei seinem Alkoholproblem zu helfen, aber als er mir ein Whiskeyglas hinterhergeworfen hat, habe ich den Kontakt abgebrochen.«

»Was war der Grund für Ihr letztes Treffen?«

»Etwas Privates.«

»Herr Cassel«, sagte Jan. »In einer Mordermittlung gibt es nichts Privates.«

»Ich habe Rainer Geld geliehen«, sagte Cassel zögerlich.

»Wie viel?«

»Zwanzigtausend Euro.«

»Ein stolzer Betrag.«

»Es war eine letzte … Reminiszenz an unsere gemeinsamen Jahre. Ich wusste, dass ich das Geld nicht wiedersehen würde, aber Rainer hatte damals eine Stelle als Steuerfachangestellter angetreten. Nichts Großartiges und doch ein Anfang. Durch mein Geld wurde er schuldenfrei. Ich hatte gehofft, dass er damit sein Leben wieder in den Griff bekommen würde.«

»Haben Sie eine Ahnung, wer ihn ermorden wollte?«, wechselte Jan das Thema.

»Als Innensenator erhielt er anonyme Morddrohungen, aber das ist lange her. Ich glaube nicht, dass jemand aus dieser Zeit noch nachtragend ist.«

»Vielleicht Zacharias Voelz?«

Cassel verlor die Fassung. Kurz. Kaum merklich. Nur ein nervöses Zucken und ein kurzes Ballen der Fäuste, aber genug, dass Jan es bemerkte. Er hatte einen wunden Punkt getroffen.

»Wie kommen Sie auf ihn?«

»Ich denke an die Vertuschung, in die Sie und Rainer Bormeier verwickelt waren.«

»Ich bitte Sie, Kommissar. Ich war in keine …«

Jan legte das Foto von Plath und Cassel auf den Tisch. »Das sind Sie im Jahr 2009, wie Sie Dana Wolfs Assistenten einen Koffer mit Geld übergeben. Zwei Tage später hat der einzige Zeuge eines Unfalls seine Aussage zurückgezogen und den darin verwickelten Zacharias Voelz freigesprochen.« Jan deutete auf das Foto. »Wir haben Beweise, dass der Zeuge mit fünfhunderttausend Euro zum Schweigen gebracht worden ist, Geld, das weder Sie noch Rainer Bormeier hätten aufbringen können. Weiterhin können wir beweisen, dass Rainer Bormeier die Detektivin zum Zweck der Vertuschung beauftragt hat.«

»Auch wenn ich Rainers Angestellter war, bin ich nicht für seine Taten verantwortlich«, verteidigte sich Cassel. Seine Stimme war nicht mehr so ruhig wie zu Beginn.

»Das ist ein Foto von der Geldübergabe«, setzte Jan nach. »Somit sind Sie an der Tat beteiligt.«

»Ich wusste nicht, was in dem Koffer ist. Rainer gab mir

nur den Auftrag, mich mit Henning Plath zu treffen und ihm den …«

»Blödsinn«, unterbrach Jan. »Sie haben geholfen, eine Fahrerflucht mit zwei Toten zu vertuschen, und jetzt nutzen Sie den Tod Ihres Chefs, um ihn zum Sündenbock zu machen.«

»Das ist böswillige Unterstellung!«, fuhr Cassel auf. »Und was hat das mit dem Mord an Rainer zu tun?«

»Den Zusammenhang herzustellen ist nicht schwer«, sagte Jan. »Jemand hat Angst, dass die Ereignisse von 2009 wieder in die Öffentlichkeit gezerrt werden. Rainer Bormeier hat damals die Vertuschung in Auftrag gegeben, und Dana Wolf hat diese initiiert.«

»Ich habe damit nichts zu tun«, wiederholte Cassel.

»Dann sollten Sie sich Sorgen machen. Zwei der vier Beteiligten sind tot. Bleiben noch Sie und Henning Plath. Von Wolfs Assistenten fehlt seit Tagen jede Spur. Vielleicht treibt seine Leiche schon in der Spree.«

Jan stand auf. »Zacharias Voelz verfügt über ein riesiges Vermögen. Wenn er dahintersteckt, sollten Sie sich eine kleine Privatarmee mieten, sonst kommt einer seiner bezahlten Killer vorbei und verwandelt auch Sie in eine Fackel. Solange Sie mir nicht die Wahrheit über die Vertuschungsaktion sagen, wird die Berliner Polizei keinen Finger krumm machen, um Sie zu beschützen.«

Mit einem kurzen Nicken stand Jan auf. »Viel Glück«, sagte er beim Hinausgehen. »Sie werden es brauchen.«

Bergman rührte in seinem Kaffee. Es war noch schlimmer als erwartet. Die letzten zwei Stunden hatten ihn mehr ermüdet als ein Marathon, sollte er jemals seine Zeit mit so etwas verschwenden. Seit Jan Bastian Cassel in die Mangel genommen hatte, hatte das *Who's who* der Berliner Politik bei ihm angerufen oder zumindest die Leute, die sich dafür hielten.

Keinen von ihnen hatte es interessiert, warum Cassel verhört worden war. Stattdessen hatten die konservativen Parteimitglieder gegen das raue Auftreten des Kommissars protestiert, während die mehr alternativ ausgerichteten Politiker gar von Orwell'schen Ausprägungen eines Polizeistaats lamentiert hatten. Natürlich hatte er alle von ihnen beschwichtigt, aber insgeheim hatte er sich das Grinsen nicht verkneifen können.

Jan hatte nur fünf Minuten gebraucht, um einen gestandenen Wirtschaftsboss in ein jammerndes Bündel zu verwandeln. Alleine das war den Ärger wert. Aber die Panikreaktion von Cassel zeigte, dass er entweder in der Sache mit drinsteckte oder zumindest Angst hatte, mit reingezogen zu werden.

Zu seinem Bedauern hatte der Polizeipräsident darauf bestanden, dass Cassel in den nächsten Tagen beschützt werden sollte. Weiterhin musste Bergman rund um die Uhr eine Streife abstellen, die sich auf dem Grundstück aufhielt. Zwei Polizisten im Einsatzfahrzeug vor der Einfahrt war als nicht ausreichend abgelehnt worden.

Bergman überlegte, ob er seinen besten Ermittler für seinen Wirbel beglückwünschen sollte, als das Telefon wieder klingelte. Seufzend trank er einen Schluck Kaffee und nahm den Hörer ab.

Wie immer stürzte Max überfallartig in sein Büro. Anscheinend war seine Schwester wieder in der Stadt, denn seine zotteligen Haare waren geschnitten, seine Jeans war sauber, und die neonorangefarbenen Turnschuhe waren Lederslippers gewichen. Einzig das gelbe T-Shirt mit dem in großen Buchstaben geschriebenen *Nerd* erinnerte noch an den alten Max.

»Komm doch rein«, sagte Jan, als Max die Tür kräftig wieder zuschlug. Dieses Mal blieben die Bilder an der Pinnwand hängen.

»Ich habe alle Nachrichten des Unfalls aus dem Jahr 2009 untersucht«, begann Max. »Tatsächlich hat die Presse kaum darüber berichtet, und nur selten ist der Name Zacharias Voelz gefallen.«

»Kein Wunder«, sagte Jan. »Es wurde nur sein Auto, nicht er persönlich gesehen. Solange das nicht höchstrichterlich bestätigt war, haben Voelz' Anwälte diese Spekulation auseinandergenommen und die Zeitungen verklagt.«

»Ich wollte eigentlich schon aufgeben, als ich in unserem System auf eine eingereichte Klage eines gewissen Erik Escher gestoßen bin. Dieser hat Voelz der fahrlässigen Tötung in zwei Fällen beschuldigt.«

»Daran kann ich mich nicht erinnern.«

»Logisch, denn die Klage wurde abgeschmettert. Zu der Zeit hatte Oswald Nickel seine Zeugenaussage schon zurückgezogen, und es gab keine Beweise für Voelz' Beteiligung.«

»Wie hängt Erik Escher in dem Fall drin?«

»Seine Frau, Nora Escher, war eines der beiden Opfer. Sie starb bei dem Unfall.«

»Ein gutes Mordmotiv.«

»Das schon, aber selbst wenn er der Mörder ist, warum hat Escher so viele Jahre gewartet, bis er Wolf und Bormeier getötet hat?«

»Keine Ahnung, aber es ist genug für ein Gespräch.« Jan stand auf und griff nach seiner Jacke. »Schickst du mir seine Adresse aufs Handy?«

Max nickte.

»Danke für die Info«, sagte Jan. »Schauen wir mal, was die Opfer zu dem Fall zu sagen haben.«

Eschers Wohnung war die eines gebrochenen Mannes. Der Teppichboden war schäbig, die Dielen im Gang zerkratzt, und den Wänden hätte ein neuer Anstrich gutgetan. Die Möbel waren verstaubt, die Fensterscheiben schmutzig, und die Zimmer mussten dringend durchgelüftet werden. In einem Regal standen Modellautos, manche kaum größer als ein Finger, andere mit Motor und Fernbedienung. Dazwischen, in einem wilden Durcheinander, Kabel, Lötkolben und Widerstände. Einzig ein kleiner Schrank im Wohnzimmer trotzte der Unordnung. Er roch nach frischer Möbelpolitur. Zwischen zwei Kerzen stand ein Bild von Escher mit einer dunkelhaarigen Frau auf einer Aussichtsplattform, von der aus man den Blick auf einen herbstlichen Mischwald hatte. Die beiden wirkten glücklich, aber die Freude war längst aus Eschers Augen gewichen. Seine grauen Haare fielen ihm weit über die Stirn. Seine Finger waren gelb vom Rauchen, und der Vollbart verlieh ihm das Aussehen eines Eremiten. Die wenigen Zahnstummel, die er noch im Mund hatte, passten zu seinem schlechten Atem. Insgesamt nahm er es mit der Hygiene nicht so genau.

Jan hatte in der Küche Platz genommen. Im Spülbecken stapelten sich Töpfe und Pfannen. Benutztes Geschirr stand auf dem Tisch, und ein Bierkasten wartete darauf, zur Leergutannahmestelle gebracht zu werden.

»Sie wollen etwas über mein Verhältnis zu Dana Wolf wissen?«, begann Escher mit der Stimme eines Alkoholikers. »Ich habe sie gehasst, und hätte ich die Gelegenheit gehabt, sie zu töten, hätte ich es getan.« Er nahm einen Zug von der Zigarette und inhalierte tief. »Als ich von ihrem Tod gehört habe, habe ich zum ersten Mal seit Jahren wieder gut geschlafen. Sollten Sie den Mörder fassen, werde ich ihm eine Dankeskarte ins Gefängnis schicken.«

»Woher kommt Ihr Hass auf Dana Wolf?«, fragte Jan. »Sie hat das Auto nicht abgedrängt.«

»Aber sie hat den Zeugen dazu bewogen, seine Aussage zurückzunehmen, damit Zacharias Voelz ungeschoren davonkommt.« Er zog wieder an der Zigarette. »Meine Frau war ein guter Mensch, besser, als ich es je sein werde. Ein langes Leben ist ihr verwehrt geblieben, doch sie hat es verdient, dass man ihren Mörder zur Verantwortung zieht. Wolf hat das verhindert und hat sich ebenso schuldig gemacht wie Voelz.«

»Wie haben Sie von Wolfs Beteiligung erfahren? Wir wissen es erst seit ein paar Tagen und auch nur, weil wir die geheime Datenbank der Detektivin gefunden haben.«

Escher trank einen Schluck Bier, bevor er weiterredete. »Torben Veit.«

»Wer ist das?«

»Torben war mit Nora und mir befreundet. Nach Noras Tod war er mir eine unschätzbare Hilfe. Sein Bruder ist Anwalt und hat mich vertreten.« Er räusperte sich. »Torben ist ein Backpacker und reist gerne durch die Welt. Letztes Jahr war er auf Jamaika, und raten Sie, wen er dort getroffen hat.«

»Sagen Sie es mir.«

»Oswald Nickel.« Er lachte kurz. »Vor dem Unfall war er ein kleiner Aushilfslehrer an einer Brennpunktschule in Berlin, jetzt hat er eine Kneipe am Strand von Negril. Als Torben ihn hinter der Bar gesehen hat, hat er geglaubt, einen Geist zu erblicken.«

»Kannten Sie ihn?«

»Nachdem er seine Aussage zurückgenommen hatte, haben wir herausgefunden, wo er wohnt, und ihn besucht. Wir haben ihn angefleht, bei der Wahrheit zu bleiben, aber er hat uns mit der Polizei gedroht und aus seiner Wohnung geworfen. Schon damals wussten wir, dass etwas faul war.« Escher zog an der Zigarette. »Nickel hat Torben nicht einmal erkannt, also hat mein Freund die Kneipe verlassen und ihn nachts auf der Straße abgepasst.«

»Dann hat er alles gestanden?«, fragte Jan. »Einfach so?«

»Torben ist zwei Meter groß und Maurermeister. Es hat eine Minute gedauert, bis Nickel sich vor Angst nass gemacht hat. Schließlich hat er zugegeben, dass er von Wolf fünfhunderttausend Euro bekommen hat dafür, seine Aussage zurückzuziehen.«

»Hat er Wolfs Auftraggeber genannt?«

Escher schüttelte den Kopf. »Wolf hat ihm das Geld in einem Aktenkoffer gegeben. Eine Woche später hat er seine Wohnung aufgelöst und ist nach Jamaika.«

»Wo waren Sie am Sonntagabend?«

Escher lächelte. »Ich habe mir schon gedacht, dass Sie das fragen.« Er zog an seiner Zigarette. »Nicht am Brandenburger Tor.«

»Geht es etwas genauer?«

»Am Wochenende bin ich meist in einem Brauhaus in Bohnsdorf, dem *Altbier*. Wie der Name schon sagt, gibt es dort sehr gutes Altbier. Die Preise sind moderat, und es läuft den ganzen Tag europäischer Fußball.« Escher sah zu dem Foto seiner Frau. »Seit Noras Tod werden die Wochenenden unendlich lang. Unter Menschen und mit Ablenkung ist es leichter.«

Jan machte sich eine Notiz. »Kann das jemand bezeugen?«

»Der Kneipenwirt. Er hat sogar eine Sicherheitskamera am Eingang, weil irgendwelche Halbstarken ständig seine Wand bemalen. Da werde ich auch zu sehen sein.«

Eschers Motiv, Dana Wolf zu töten, war mindestens so gut wie das von Rainer Bormeier. Jan wusste noch nicht, was er von dem Mann zu halten hatte, aber bevor er sich ein Urteil bilden konnte, musste er mehr über Escher in Erfahrung bringen.

»Vielen Dank für Ihre Zeit.« Jan stand auf und schüttelte dem Mann die Hand. »Ich melde mich wieder.«

Mit einem kurzen Nicken verließ er die Wohnung. Draußen angekommen, atmete er die kalte Luft dankbar ein. Mit Escher kam ein neuer Verdächtiger ins Spiel, aber zuerst musste er sein Alibi überprüfen. Hoffentlich mochte Max Altbier.

Chandu stellte ein großes Blech mit panierten Jalapeños auf den Tisch. »Ich habe die Chilischoten mit Kräuterfrischkäse gefüllt, das macht das Ganze noch würziger.« Er deutete auf zwei Schüsseln. »Dazu gibt es frisch aufgebackenes Weißbrot und Krautsalat mit einem Hauch Kümmel.«

Auch wenn es nur ein kleiner Abendsnack war, so würde auch dieses Gericht einem Profikoch Ehre machen. Jan füllte seinen Teller mit Weißbrot und Jalapeños. Zur Sicherheit machte er sich noch eine Flasche Bier auf, denn er kannte die Vorliebe seines Freundes für scharfe Gewürze, die Jan schon an den Rand seiner Leidensfähigkeit gebracht hatten.

»Weichei«, murmelte Zoe, während sie Sambal Olek auf die Chilischoten träufelte.

Ein kleiner Tusch ertönte. »Meine Damen und Herren«, begann Max. »Ich übergebe das Mikrofon an Kommissar Tommen, der uns mit den neuesten Entwicklungen des Falls beglücken wird.«

Jan verdrehte die Augen. Ein weiteres Mal bedauerte er es, dem jungen Hacker ein Bier hingestellt zu haben. Max vertrug keinen Alkohol.

»Die letzten zwei Tage haben einiges durcheinandergewirbelt«, begann Jan. Er nickte Max zu. Die Bilder von Bormeier und Moke erschienen an der Wand.

»Bormeier und Moke waren unsere Hauptverdächtigen im Fall Wolf, doch mit dem Tod des ehemaligen Innensenators hat sich alles verändert.«

»Ein möglicher Täter hat sich in Rauch aufgelöst«, kicherte Zoe. Chandu und Max stiegen in das Lachen mit ein.

»Sehr erwachsen«, bemerkte Jan und biss in eine Chilischote. Tränen stiegen ihm in die Augen, aber er versuchte sich nichts anmerken zu lassen. »Wir haben nicht nur einen Verdächtigen weniger, durch Bormeiers Tod wird auch Moke fraglich. Es gab eine Verbindung zu Wolf, aber keine zu Bormeier.«

»Vielleicht waren es unterschiedliche Täter«, sagte Chandu und setze sich ebenfalls auf die Couch. »Jemand nutzt das Necklacing, um sich an Bormeier zu rächen, und stellt so einen Zusammenhang her, den es nicht gibt.«

»Wäre eine Möglichkeit«, stimmte Jan zu. »Aber die Ergebnisse der Spurensicherung sprechen dagegen.«

»Ich habe die Zusammensetzung der Reifen überprüft«, sagte Zoe. »Sie sind identisch.«

»Es wäre ein großer Zufall, wenn der Mörder von Bormeier den gleichen Reifen benutzt hätte wie der Mörder von Wolf, vorausgesetzt, es waren zwei unterschiedliche Täter.«

»Dann zurück zu Moke«, sagte Chandu.

»Ich habe Patrick gebeten, einen Zusammenhang zwischen unserem kongolesischen Drogenhändler und Bormeier zu finden, aber die Suche war ergebnislos.«

»Auch in der Vertuschungsaffäre um den tödlichen Unfall hat Wolf mit keinem Wort Moke erwähnt«, ergänzte Max.

»Also streichen wir ihn von der Liste?«, fragte Chandu.

»Nur weil wir keinen Zusammenhang gefunden haben, kann es trotzdem einen geben, aber ich würde den Schwerpunkt mehr auf Escher und Plath legen. Letzterer war sowohl beim Seitensprung Bormeiers als auch bei der Vertuschung des Unfalls involviert.«

»Hältst du Plath für den Mörder?«, fragte Chandu.

»Im Fall Bormeier ist das unwahrscheinlich. Aber er hat vielleicht Informationen, die uns weiterhelfen können, daher muss ich mit ihm reden. Ich lasse ihn als Verdächtigen stehen, damit weiter nach ihm gefahndet wird.«

»Seit Sonntag ist er spurlos verschwunden«, bemerkte Max. »Wenn er bisher unter dem Radar geblieben ist, wieso soll ihm das nicht weiter gelingen?«

»Da kommt unser Freund Chandu ins Spiel«, sagte Jan. Der große Mann winkte grinsend.

»Ich habe mich mit Tim, der Ratte, unterhalten. Eine Stunde und fünfzig Euro später hatte ich den Namen von Plaths Freundin.«

»Fünfzig Euro ist aber billig«, sagte Zoe.

»Ich habe… verhandelt.« Chandu nickte Max zu. Das Bild einer dunkelhaarigen Frau, die sich lasziv um eine Stange rekelte, erschien an der Wand. »Das ist Vera Neeb. Sie verdient ihr Geld in einer Mittelklasse-Stripbar in Reinickendorf.«

»Hübsch«, bemerkte Zoe. »Ein wenig billig geschminkt, aber körperlich ganz passabel.«

»Und der beste Hacker der Welt hat natürlich auch ihre Adresse herausgefunden«, sagte Max.

»Der beste Hacker der Welt oder du?«, fragte Zoe.

Max ignorierte Zoes Bemerkung und rief ein Kartenprogramm auf. »Sie wohnt im Eichborndamm nicht weit vom Flughafen Tegel entfernt.« Das Bild eines mehrstöckigen Hochhauses erschien. »Dritter Stock.«

»Das Striplokal macht erst um einundzwanzig Uhr auf«, ergänzte Jan. »Bis dahin ist es schon dunkel, was eine unauffällige Beschattung erleichtert.«

»Na dann, viel Spaß«, sagte Zoe. »Wenn du nichts Besseres zu tun hast.«

»Habe ich eigentlich.« Jan lächelte die Rechtsmedizinerin an. »Daher dachte ich an dich und Chandu.«

»Oh.« Zoe stand auf und füllte sich ihren Teller wieder mit Jalapeños. Jan war immer wieder von ihrer Essgeschwindigkeit verblüfft. »Warum fragst du nicht einen deiner Kollegen?«

»Wegen Wolfs Verbindungen zur Polizei«, erklärte Jan. »Diese waren offensichtlich sehr gut, und wahrscheinlich hat Plath die gleichen Quellen. Wenn ich den Hinweis von seiner Freundin weitergebe, hat er diese Information vielleicht schon, bevor wir vor Neebs Haus stehen.«

»Was machst du so lange?«

»Max und ich kümmern uns um Eschers Alibi. Der Wirt des *Altbier* will mir noch heute die Aufnahmen seiner Überwachungskamera zukommen lassen. Ich werde morgen Eschers Umfeld überprüfen. Mal sehen, was seine Nachbarn und sein Arbeitgeber sagen.«

»Ich war noch nie bei einer Beschattung dabei.« Zoe hob ihre Bierflasche. »Schauen wir mal, ob uns ein Mörder ins Netz geht.«

Jan erwiderte den Gruß. »Gute Jagd.«

Ein weiteres Mal schwor sich Max, kein Bier mehr zu trinken, als er die Aufnahmen der Kneipe überprüfte. Murrend spülte er eine Kopfschmerztablette mit einem Glas Ovomaltine-Cola hinunter und startete den Videoviewer. Die Aufnahmen waren von mäßiger Qualität, weniger wegen der Auflösung, sondern wegen der geringen Helligkeit. Mit der Dämmerung wurde das Bild merklich dunkler, trotz der Lampe am Eingang. Das *Altbier* würde wohl nicht seine Lieblingskneipe werden. Der Boden war mit rissigen Betonplatten ausgelegt, durch dessen Fugen sich Unkraut gekämpft hatte. Die Wände waren mit schwarzen Tags verschmiert, stellenweise mit weißer Farbe überstrichen, welche den wasserfesten Stift jedoch nur unzureichend überdecken konnte.

Max legte die Füße auf den Tisch, lehnte sich auf dem Stuhl zurück und ließ die Aufnahmen in achtfacher Geschwindigkeit abspielen. Im *Altbier* fand sich ein gemischtes Publikum ein. Unter der Woche waren es eher die Stammgäste, die sich nach der Arbeit mit den Trinkern mischten, am Wochenende ergänzt um die Fußballfans, die wegen der Bundesliga-Liveübertragung vorbeikamen. Der Altersdurchschnitt lag irgendwo zwischen fünfundzwanzig und fast tot.

Die Aufnahmen der letzten Tage zeigten wieder Erik Escher, meist nur sekundenlang, aber auf jeder Einstellung wirkte er so niedergeschlagen, wie Jan ihn beschrieben hatte. Gebrochen, ohne Lebenswillen und das Gesicht gerötet vom Alkohol.

Eine Aufnahme von besagtem Sonntag zeigte ihn eine Zigarette am Eingang rauchend. Escher fror sichtlich in der Kälte. Während der ganzen Zeit war sein Kopf nach unten gerichtet. Er sah nur einmal kurz hoch und blickte direkt in die Kamera, dann schnipste er seine Zigarette weg und ging zurück in die Kneipe.

Max erstellte eine Kopie der Aufnahme und ließ sie durch einen Filter laufen, der den Kontrast verstärkte. Dann könnte er die Gesichtserkennungssoftware starten, die alle Bilder mit Escher herausfiltern und mit einem Zeitstempel versehen würde. Damit könnte Max ein genaues Zeitprofil des Verdächtigen erstellen. In einer Stunde wusste er, wie gut Eschers Alibi war.

»Herr Escher hat einen aufbrausenden Charakter«, sagte die ältere Dame und reichte Jan einen weiteren Keks. »Aber ich habe mich nie bedroht gefühlt.«

Rosalie Thiele lebte seit neun Jahren in direkter Nachbarschaft zu Escher. Die Rentnerin verließ kaum das Haus, und die Wohnungen waren erstaunlich hellhörig. Sie trug einen Plastikschurz über dem Kleid und hatte ihre grauen Haare zu einem Knoten auf dem Kopf gebunden. Sie war eine freundliche alte Dame, die sich über jeden Besuch freute, auch wenn es ein Mordermittler war.

»Wie hat sich dieser aufbrausende Charakter gezeigt?«, fragte Jan.

»Herr Escher wurde schnell laut, wenn ihm etwas nicht passte. Manchmal hat er auch die Lippen zusammengepresst und die Hand zur Faust geballt, aber er wurde niemals handgreiflich.« Die Frau goss noch Tee aus einer alten Porzellankanne nach. »Aber der Tod seiner Frau hat viel verändert«, sagte sie mit Bedauern in der Stimme.

»Was sein Gewaltpotenzial betrifft?«

»Nein, insgesamt«, erklärte Thiele. »Früher war Herr Escher ein hilfsbereiter Mann, der mir bei kleineren Reparaturen in der Wohnung geholfen hat. Als Kfz-Mechaniker hat er ein gutes Händchen für Elektronik. Ich habe ihn häufig auf der Straße angetroffen oder im Hof, wo er an seinem Auto herumgeschraubt hat, aber seit diesem schrecklichen Unfall sieht man ihn kaum noch. Er schließt sich entweder in seiner Wohnung ein oder betrinkt sich irgendwo.« Sie schüttelte den Kopf. »Früher war er nie betrunken, aber die letzte Zeit sehe ich ihn öfters derart unkontrolliert nach Hause torkeln, dass ich mich frage, ob er noch die Treppen zu seiner Wohnung hochkommt.«

»Hat er Ihnen von Racheplänen erzählt? An dem Zeugen, der seine Aussage zurückgezogen hat, oder an dem möglichen Verursacher Zacharias Voelz?«

Die Frau schüttelte den Kopf.

Jan stopfte sich die Reste des Kekses in den Mund und stand auf. »Vielen Dank, Frau Thiele.« Er schüttelte ihr die Hand. »Für die Zeit und die leckeren Kekse.«

Die ältere Dame lächelte ihm zu. »Es hat mich gefreut.«

Mit einem Nicken verabschiedete er sich, schloss die Eingangstür und ging die abgelaufenen Holztreppen hinunter. Es roch nach frittiertem Fisch, dessen Gestank selbst die abgestandene Luft im Treppenhaus überlagerte. Die Stufen knarzten laut, als Jan stehen blieb, um seine Notizen zu vervollständigen. Auch wenn er bei der Befragung der Nachbarn viel über Escher erfahren hatte, hatte ihn keine Information weitergebracht. Die Aussagen stimmten mit Thieles Meinung überein. Sein Verdächtiger war aufbrausend und hatte auch lautstark mit seiner Frau gestritten, aber er war nie gewalttätig geworden. Handwerklich geschickt, hatte er Nachbarn bei kleinen Reparaturen geholfen. Manchmal auch mit schweren Einkäufen. Der Tod seiner Frau hatte ihn verändert, darüber waren sich alle Beteiligten einig gewesen. Die Trauer hatte sein Gewaltpotenzial nicht verstärkt, sondern ihn zu einem zurückgezogenen Mann gemacht, der seinen Verlust in Alkohol ertränkte.

Jan nahm sein Handy aus der Tasche und wählte Patricks Nummer.

»Hi, Jan«, meldete sich sein Kollege.

»Wie war die Befragung von Eschers Arbeitgeber?«

»Wenig ergiebig«, sagte Patrick. »Escher ist ein guter, gewissenhafter Kfz-Mechaniker, der sich mit dem Tod seiner Frau verändert hat. Seitdem erscheint er öfters mit einer Alkoholfahne, und seine Arbeit hat darunter gelitten, aber nicht so stark, dass sein Chef bislang eingreifen musste.«

»Und seine Polizeiakte?«

»Vor seiner Ehe hat Escher einiges mitgenommen. Mit achtzehn eine Bewährungsstrafe wegen Hehlerei. In den folgenden Jahren kamen noch Scheckbetrug und Körperverletzung hinzu. Mit der Heirat hörten die Straftaten auf. Seitdem nichts mehr.«

»Also hat ihn seine Frau gezähmt«, bemerkte Jan.

»Sieht ganz danach aus«, antwortete sein Kollege. »Willst du Escher überwachen lassen?«

»Noch nicht«, antwortete Jan. »Ich warte erst Max' Auswertung der Aufnahmen vom *Altbier* ab, und vielleicht ist die Überwachung von Plaths Freundin erfolgreich. Noch haben wir Optionen, aber wenn wir nichts finden, werde ich Escher von der Liste der Verdächtigen streichen.«

»Gott, ist das langweilig«, beklagte sich Zoe zum gefühlt hundertsten Mal.

»Was hast du erwartet?«, fragte Chandu. »Eine Überwachung besteht aus Beobachten.«

Zoe deutete auf ihre Uhr. »Wir sitzen seit über drei Stunden hier. Ich langweile mich und muss dringend meinen Kaffee loswerden.«

»Die nächste öffentliche Toilette ist am Flughafen«, erklärte Chandu. »Also musst du mit einem der Bäume vorliebnehmen.« Chandu deutete auf die großen Kastanien, die auf dem Gehweg gepflanzt waren.

»So verzweifelt bin ich nun auch nicht«, sagte Zoe. »Da kann ich mich gleich auf die Straße setzen.«

»Wenn das Striplokal erst um einundzwanzig Uhr aufmacht, warum sitzen wir dann seit siebzehn Uhr hier?«

»Weil wir nicht wissen, ob Vera Neeb sich vorher noch mit ihrem Freund trifft oder ihr Freund schon bei ihr ist. Vielleicht geht sie vorher noch einkaufen oder …«

»Dann hätten wir auch schon um sechs Uhr morgens hier stehen müssen.«

»Das wiederum wäre zu auffällig gewesen, da ein Fenster von Neebs Wohnung nach vorne zur Straße geht. Wenn sie vorsichtig wäre, würden wir ihr sofort auffallen, aber um siebzehn Uhr ist es dunkel genug, dass sie uns wahrscheinlich nicht bemerkt.«

»Ein schreckliches Haus.« Neebs Wohnung lag in einem achtstöckigen Wohnblock. Auf jedem Stockwerk waren vier Einheiten, mit dem gleichen kleinen Balkon, den gleichen Fenstern und den gleichen Vorhängen. Ein tief geschnittener Busch grenzte das Gebäude zum Gehweg ab. Die Straße war auch am späten Abend noch stark befahren. Der unebene Bodenbelag ließ die Ladungen der großen Lkws poltern. Selbst an diesem Dienstagabend kam die Gegend nicht zur Ruhe.

»Es gibt schlimmere Orte«, sagte Chandu, »aber der Fluglärm würde mich auch wahnsinnig machen. Ich hätte nicht gedacht, dass in Tegel so viele Flugzeuge starten und landen.«

»Arbeitet Neeb heute?«, fragte Zoe. »Vielleicht hat sie ihren freien Tag und liegt schon im Bett.«

»Im Bett liegt sie nicht, es sei denn, sie schläft bei Licht.« Chandu deutete auf ihre Wohnung im dritten Stock, bei der ein Raum hell beleuchtet war.

»Dann hoffe ich, dass sie bald rauskommt, sonst klingle ich und frage nach Plaths Adresse.«

Chandu wollte gerade eine Erwiderung geben, als ein Polizeiauto mit Blaulicht neben ihnen zum Stehen kam.

»Das glaube ich nicht«, sagte Zoe. »Sag mir bitte, dass das nicht deine neue Freundin ist.«

»Die arbeitet in einer anderen Gegend.«

Ein Polizist stieg aus und kam um das Auto.

Chandu ließ das Fenster hinunter. »Guten Abend«, sagte er lächelnd. »Was können wir …«

»Steigt sofort aus, ihr Perversen«, unterbrach der Mann wütend.

»Bitte, was?«

»Glaubt ihr, ich weiß nicht, was ihr hier macht? Habt ihr keinen Anstand?« Ein zweiter Mann verließ den Streifenwagen, stellte sich neben seinen Kollegen und legte die Hand auf die Pistole.

»Hier gibt es ein Missverständnis«, beschwichtigte Chandu. »Wir überwachen für die Kripo eine Verdächtige, die …«

»Dann zeigt mir eure Marken.«

»Das ist nicht so einfach«, versuchte Chandu. »Eigentlich sind wir nicht fest angestellt, aber …«

»Dachte ich es mir doch. Raus aus dem Auto«, befahl der Polizist. »Typen wie ihr machen mich krank.«

»Hast du dir den Dödel in der Tür eingeklemmt?«, fuhr Zoe auf. »Einen Scheiß machen wir.«

Der Polizist legte seine Hand an das Pfefferspray. »Ich gebe euch drei Sekunden, um auszusteigen, ansonsten kriegt jeder von euch eine Ladung ab, die für einen Elefanten reicht.«

»In Ordnung«, sagte Chandu. Er öffnete die Tür und stieg mit erhobenen Händen aus dem Auto. Während Zoe den Polizisten weiter beleidigte, sah er Plaths Freundin aus dem Haus kommen. Sie winkte ihm zu und machte mit einem breiten Grinsen eine obszöne Geste. Dann klickten die Handschellen, und Chandu wurde in das Polizeiauto geschoben.

KAPITEL 9

Jan winkte dem Wächter, als er in Begleitung von Chandu und Zoe die Haftanstalt verließ.

»Wieso hat das so lange gedauert?«, fragte die Rechtsmedizinerin. »Ich habe kaum geschlafen, und das Frühstück war fürchterlich.« Sie steckte sich eine Zigarette an und inhalierte genüsslich. Für einen Moment fühlte sich Jan an eine Drogenabhängige erinnert. »Haferschleim«, murrte sie. »Wer zum Teufel isst Haferschleim?«

»Ich war die ganze Nacht damit beschäftigt, den Kollegen in den Hintern zu kriechen, damit sie ihre zahlreichen Anzeigen wegen Beamtenbeleidigung zurückziehen.«

»Beamtenbeleidigung?«, bemerkte Zoe. »Sind die empfindlich.«

»Bettnässer ist schon grenzwertig, aber Sitzpisser würde ich auch persönlich nehmen.«

»Nicht zu vergessen die zahlreichen Varianten von Dödel«, bemerkte Chandu.

»›Deine Eltern wären besser die fünf Minuten spazieren gegangen‹ ist nicht höflich.«

»›Wie sahst du eigentlich vor deinem Unfall aus?‹ auch nicht«, ergänzte der große Mann.

»Ist ja gut«, unterbrach Zoe. »Die Typen waren mir halt unsympathisch.«

»Wäre ich nicht drauf gekommen«, sagte Jan. »Ich musste den Kollegen erst eine Stunde lang erklären, warum ihr vor Neebs Wohnung gestanden seid. Danach haben sie mir den Rest der Nacht ihr Leid geklagt. Eine Pizza, vier alkoholfreie Bier und zwei Sitzplatztickets für die Eisbären später haben sie ihre Anzeige zurückgezogen.«

»Warum haben sie uns überprüft?«, fragte Chandu.

»Bei der Leitstelle ist ein anonymer Anruf eingegangen, dass ein Pärchen in einer Parklücke des Eichborndamms einen Porno dreht. Die Beschreibung deckte sich mit euch.«

»Vera Neeb«, sagte Chandu.

»Höchstwahrscheinlich.«

»Also hat sie uns bemerkt.«

»Vielleicht sie, vielleicht war auch Plath in der Nähe. Wolfs ehemaliger Partner hat ein Gespür für so etwas.«

»Über sie werden wir nicht mehr an ihn herankommen«, sagte Chandu.

»Halte ich auch für unwahrscheinlich, aber Max hat gestern Abend noch einen Halbbruder gefunden. Plaths Mutter hat vier Jahre nach seiner Geburt noch mal geheiratet, daher hat er einen anderen Nachnamen. Die beiden wohnen noch im selben Viertel, vielleicht ist er dort untergetaucht.«

»Hast du eine Adresse?«

Jan nickte. »Ich schicke sie euch aufs Handy.«

»Zeit für eine Dusche.« Chandu streckte sich und gähnte. »Nach ein paar Stunden Schlaf bin ich wieder einsatzbereit.« Er nickte Zoe zu, die gerade ihre Zigarettenkippe wegschnippte. »Mal sehen, ob die Prinzessin und ich heute Abend mehr Erfolg haben.«

Jan winkte ein Taxi herbei und drückte Chandu fünfzig Euro in die Hand. »Haltet mich auf dem Laufenden.« Er wandte sich ab, zog sein Handy aus der Tasche und wählte eine Nummer.

»Kerima Elmas«, meldete sich die Psychologin.

»Hier ist Jan.«

»Hallo«, sagte sie freundlich. »Ich habe deinen Anruf erwartet.«

»Ich weiß, du hast viel zu tun, aber deine Einschätzung über Voelz würde mir sehr helfen.«

»Schlaf wird überbewertet«, sagte Kerima. Jan hörte Papierrascheln im Hintergrund. »Wie du schon gemerkt hast, lebt Voelz zurückgezogen, daher war es nicht leicht, etwas über ihn herauszufinden, was nicht von ihm in die Öffentlichkeit gebracht wurde.« Sie räusperte sich. »Voelz hat eine beeindruckende Karriere. Privatuni, vier Jahre Vorstandsassistent bei der Crédit Suisse, Wechsel zu einer Privatbank und sechs Jahre später Einstieg in einen großen Exchange-Traded Fund mit einem Volumen von siebenhundert Millionen Euro, wo er heute noch arbeitet.«

»Ein Mann, der aus Geld noch mehr Geld macht.«

»Was man hört, wohl auch gut, denn er sitzt in dieser erfolgsorientierten Branche noch im Sattel.«

»Was schließt du daraus?«

»Seine Position ist ein Problem für dich. Er hat politischen Einfluss und kann sich Horden von Anwälten leisten. Seine Zurückgezogenheit lässt auf eine gewisse Klugheit schließen, weil es ihn weniger exponiert macht. Wenn man seine Villa und seinen Fuhrpark betrachtet, dann gibt er sein Geld auch gerne aus, aber er protzt nicht damit.«

Jan hörte wieder Papier rascheln.

»Das wird dir nicht helfen«, sagte Kerima, »daher habe ich mit einer Staatsanwältin aus der Abteilung für allgemeine Wirtschaftssachen telefoniert. Bei einem vertraulichen Gespräch hat sie mir ein paar Details zu Voelz gegeben.«

»Ich wusste nicht, dass er vor dem Unfall mit dem Gesetz in Konflikt geraten ist.«

»Offiziell nicht, aber er wurde wegen Verstoßes gegen die AIFM-Richtlinie und illegaler Zinsabsprachen befragt, konnte allerdings seinen Kopf aus der Schlinge ziehen. Die Staatsanwältin hat mir im Vertrauen gesagt, dass Voelz schuldig war, aber er seine Geschäfte gut verschleiert hat.«

»Er hat kein Problem, das Gesetz zu übertreten ...«

»... macht dabei aber keine Fehler«, beendete Kerima den Satz für Jan.

»Was schließt du daraus?«

»Voelz ist klug, einflussreich, aber auch skrupellos und machtbesessen. Was immer sich in seinem Weg befindet, wird er gnadenlos beseitigen lassen.«

Neun Uhr dreißig ist viel zu früh, um einen Arbeitstag zu beginnen, dachte Max, als er im Gang zu seinem Zimmer schlurfte. An seinen zwar frisch geschnittenen, aber ungekämmten Haaren, dem zerknitterten T-Shirt und den zwei unterschiedlichen Socken konnte auch ein Außenstehender erkennen, dass der junge Hacker ein Spätaufsteher war. Seine halb geöffneten Augen waren zu Boden gerichtet, während er mit dem Laptop unter dem Arm die Tür zum Abstellraum aufschloss. Er schaltete das Licht an, wich den leeren Colaflaschen auf dem Boden aus und genehmigte sich ein Stück kalte Peperonipizza vom Vortag, die er glücklicherweise auf dem Schreibtisch noch hatte liegen lassen. Zusammen mit seiner Lieblingscolamischung meldeten sich die ersten Lebensgeister wieder zurück.

Fünf Minuten später war der Laptop hochgefahren, die Musik aufgedreht und der erste Mailcheck erledigt, als eines seiner Suchprogramme einen Treffer anzeigte. Max ging näher an den Bildschirm. Dieser Algorithmus durchsuchte jede Nacht die Zeitungsartikel im Internet nach bestimmten Schlüsselbegriffen. Hierzu gehörten Worte wie *Necklacing*, *Brandenburger Tor* oder *Mord* ebenso wie die Namen Beteiligter wie Dana Wolf über Bertrand Moke bis hin zu Rainer Bormeier. Der heutige Treffer war Zacharias Voelz, was wegen der Zurückgezogenheit des Industriellen einen näheren Blick wert war, da man kaum ungefilterte Informationen über ihn finden konnte. Der Artikel stammte aus einer Wirtschaftszeitung, die Voelz mehrere Seiten widmete.

Als Max den Bericht fertig gelesen hatte, waren die letzten Reste seiner Müdigkeit verflogen. Er speicherte das PDF auf dem Laptop, sprang aus dem Stuhl und rannte grinsend aus dem Büro.

Der Artikel würde Jan gefallen.

Es gab nur zwei Gründe, warum jemand durch die Gänge der Kripo rannte. Einer war eine Schießerei im Flur, der zweite ein junger Hacker, der darauf brannte, seine neusten Erkenntnisse mit jemand zu teilen. Da keine Schüsse fielen, war Jan auf Max' Ankunft vorbereitet. Zwei Sekunden später flog die Tür auf, die mit lautem Getöse gegen eine Stellwand donnerte. Max kam mit drei schnellen Schritten zum Schreibtisch und schob Jans Unterlagen achtlos zur Seite, um Platz für seinen Laptop zu schaffen. Jan konnte im letzten Moment seine Kaffeetasse retten, die beinahe Opfer der Aufräumaktion geworden wäre.

»Komm doch rein«, sagte Jan in dem Wissen, dass seinem Freund die Ironie auch dieses Mal entgehen würde. Trotz des Mangels an Benehmen war Max eine Bereicherung. Seine Gewissenhaftigkeit, gepaart mit seiner fast kindlichen Begeisterung, an einem Fall zu arbeiten, hatte Jan schon zu einigen Durchbrüchen verholfen. Auch dieses Mal würde der junge Hacker mehr Licht in das Dunkel des Falls bringen, dessen war sich Jan sicher.

»Schau dir das an.« Max klappte freudestrahlend den Laptop auf. Auf dem Bildschirm war ein Zeitungsartikel über Voelz zu sehen, der mit *Das dunkle Geheimnis des Zacharias V.* überschrieben war. Auf der rechten Seite prangte ein Bild des Industriellen, das bei einer abendlichen Veranstaltung gemacht worden war. Im Licht eines Kristallleuchters stand Voelz bei einer Gruppe Männer in schwarzen Anzügen mit einem Champagnerglas in der Hand. Sein Gesichtsausdruck war eine Mischung aus Verärgerung und Verachtung, als würde ihm die Richtung des Gesprächs nicht gefallen.

»Kein schmeichelhaftes Bild«, sagte Jan, der von Voelz nur gestellte, nachgearbeitete Bilder gesehen hatte.

»Warte ab, bis du den Artikel liest«, sagte Max und stellte sich hinter Jan.

»Was steht denn drin?«, fragte Jan und begann zu lesen.

»Zacharias Voelz ist zum Jahreswechsel auf einen Vorstandsposten bei dem Exchange-Traded Fund gerutscht«, begann der Hacker. »Seine Mühen werden mit einer läppischen Million im Monat vergütet, den Bonus nicht eingerechnet.«

»Peanuts.«

»Voelz' neuer Posten hat einen Wirtschaftsjournalisten dazu verleitet, in dessen Vergangenheit zu wühlen, und schau mal, was er dabei ans Tageslicht befördert hat.« Max scrollte weiter nach unten, bis das Foto eines ausgebrannten Autos erschien.

»Der Unfall auf der B 100«, sagte Jan überrascht.

»Mit erstaunlich vielen Details«, ergänzte Max, »fast, als hätte der Journalist Zugang zum Unfallbericht gehabt.« Der Hacker deutete auf einen Satz. »Hier spricht er von einer ungenannten Quelle, die ihn mit Informationen versorgt hat.«

Jan überflog den Teil des Artikels. »Der Journalist hat sehr gut recherchiert, aber die Details aus dem Polizeibericht, die der Öffentlichkeit nicht zugänglich waren, fehlen«, sagte er.

»Von uns hat er die Informationen nicht. Eine undichte Stelle können wir ausschließen.«

»Wer ist dann seine Quelle?«

»Das werden wir nie herausfinden«, sagte Jan. »Investigative Journalisten reden nur mit der Polizei, wenn sie etwas wollen. Etwas über eine Quelle preiszugeben wäre undenkbar.«

»Ungeachtet dessen sind aber genug unangenehme Fakten aufgelistet, um Voelz den Schlaf zu rauben.« Max deutete auf den Bildschirm. »Da wird sein Wiesmann-Roadster erwähnt, dann die Zeugenaussage von Oswald Nickel sowie dessen Rückzieher ein paar Tage später bis zur Einstellung des Verfahrens wegen Mangels an Beweisen.«

»Der Verdacht auf Totschlag oder Fahrerflucht könnte Voelz' Vorstandskarriere schnell wieder beenden.«

Max nickte. »Dass der Fall wieder hochkocht, wird ihm nicht gefallen haben.«

»Von wann ist der Artikel?«

»Er ist erst seit heute Morgen im Netz«, erklärte der Hacker, »aber die Wirtschaftszeitung stellt die Berichte immer erst zwei Wochen, nachdem sie in der Printausgabe erschienen sind, online. Dort wurde der Artikel am 25. Januar veröffentlicht.«

»Zwei Tage vor Dana Wolfs Tod.«

»Ein interessanter Zufall.« Max' Grinsen wurde breiter.

»Ich glaube schon lange nicht mehr an Zufälle«, sagte Jan.

»Gott, ist das langweilig«, wiederholte Zoe.

Chandu seufzte und krallte seine Finger in das Lenkrad, dass die Lederummantelung knirschte. Ein weiteres Mal verfluchte er das Schicksal, das ihm diese Frau in sein Leben gebracht hatte. »Seit gestern hat sich das Grundprinzip der Überwachung nicht geändert.«

»Und was macht man dagegen? Ein Buch lesen?«

»Das lenkt ab«, sagte Chandu. »Ich empfehle einen Plausch zu einem interessanten Thema.«

»Hattet ihr schon Sex, Marie und du?«

»Bitte, was?«

»Sex. Da ist man meistens nackt und …«

»Ich weiß, was Sex ist«, unterbrach Chandu. »Wie kommst du darauf?«

»Wir wollten doch über ein interessantes Thema reden.«

»Dazu gehört aber nicht mein Liebesleben«, empörte er sich.

»Gott, wie spießig«, sagte Zoe. »Also ich habe im Fitnessstudio eine Animateurin kennengelernt. Wirkte wie ein braves Hausmütterchen, aber wenn die sich gehen lässt …«

»Das Liebesleben von anderen interessiert mich auch nicht.«

»Was ist bei dir schiefgelaufen?«

»Gar nichts«, sagte Chandu. »Ich behalte meine Abenteuer gerne für mich.«

»Also habt ihr es schon getan?« Sie zwinkerte ihm zu. »Du böser Junge.«

Der große Mann wandte verlegen den Kopf zur Seite. »Vielleicht war das mit dem Reden keine gute Idee. Wir sollten uns wieder auf das Beobachten konzentrieren.«

Zoe grunzte mürrisch und wandte sich wieder dem Haus zu. »Gott, ist das langweilig.«

Chandu schüttelte den Kopf. Er betete für ein schnelles Erscheinen von Plath. Das Mehrfamilienhaus, in dem sie ihn vermuteten, wäre nicht einmal für den sozialen Wohnungsbau akzeptabel gewesen. Der Altbau war schon vor dem Zweiten Weltkrieg alt gewesen und war seitdem nicht mehr renoviert geworden. Der Putz war abgebröckelt, Fenster waren mit Brettern zugenagelt, sodass die Graffiti fast zur Verschönerung beitrugen. Ein paar Jugendliche lungerten in der Nähe herum, tranken Bier und malten mit einem schwarzen Stift obszöne Bildchen auf ein Werbeplakat. Natürlich fehlte auch nicht der tätowierte Klischeehalbstarke mit Bullterrier an der Leine.

»Wenn sich nichts geändert hat, stelle ich die gleiche Frage wie gestern. Warum gehen wir nicht hinein und fragen … höflich …, wo sich Henning Plath versteckt.«

Chandu legte Zoe eine Akte auf den Schoß. »Darf ich vorstellen: Christian, genannt ChrisCross, Eble. Halbbruder von Henning Plath. Drei Verhaftungen wegen illegalen Waffenbesitzes. Mit neunzehn Jahren eingefahren wegen schwerer Körperverletzung. Mitglied der Lunatics, einer Gang in Wedding.« Er drehte den Kopf zu Zoe. »Und jetzt darfst du dreimal raten, wo die Gang ansässig ist.«

»Ich verstehe.« Zoe blätterte durch die Akte. »Wenn wir jetzt bei ihm klingeln würden, hätten wir es gleich mit allen zu tun.«

»Das ist der Grund, warum ich mir ein anderes Auto besorgt habe. Der Opel ist unauffällig und hat getönte Scheiben. ChrisCross' Wohnung liegt in einer vielbefahrenen Hauptstraße mit Geschäften, die lange Öffnungszeiten haben. In einer Seitenstraße wären wir schon aufgefallen.«

»ChrisCross«, murmelte Zoe. »Was für ein bescheuerter Name.«

»Sag das nicht zu laut.« Chandu deutete auf den Hauseingang.

Ein junger Mann trat auf die Straße. Er hatte eine rote Basecap über seinen langen schwarzen Haaren. Trotz der Kälte trug er nur ein T-Shirt, das seine Tattoos an den Armen und am Hals besser zur Geltung brachte. Er hatte eine Zigarette im Mundwinkel und telefonierte.

»Hallo, ChrisCross.« Zoe gab Chandu die Akte zurück.

»Wir geben ihm ein paar Meter Vorsprung und folgen ihm.«

»Mit dem Auto?«

»Zu auffällig und zu unflexibel«, sagte Chandu. »Es ist acht Uhr. Noch sind auf der Straße genug Leute unterwegs, damit wir uns verbergen können.« Chandu stieg aus und beobachtete ChrisCross von der anderen Straßenseite.

»Und wenn er in sein Auto steigt und wegfährt?«, fragte Zoe, während sie zu dem großen Mann aufschloss.

»Laut Zulassungsstelle gehört ihm der rote Mercedes.« Chandu deutete auf ein Auto mit auffälligen Spoilern und einem Rennchassis. »In dem knappen T-Shirt wird er bei minus vier Grad nicht weit laufen. Sein Ziel liegt in der Nähe.«

ChrisCross gestikulierte wild beim Telefonieren. Er war so in das Gespräch vertieft, dass Chandu einen Meter hinter ihm laufen könnte, ohne dass es ihm aufgefallen wäre. Nach hundert Metern blieb der Mann vor einem asiatischen Imbiss stehen. Er beendete das Gespräch mit einem lauten Fluch und steckte das Handy in die Tasche seiner Jeans. Dann warf er die Zigarette weg und bog in die Seitenstraße ein. Chandu zog Zoe zu einem Ein-Euro-Shop mit einem Spiegel im Schaufenster. Damit hatte er einen guten Blick in die Seitenstraße, ohne sich umdrehen zu müssen.

Vor dem Hauseingang stand ein Asiate mit einem beeindruckenden Bauch. Er hatte die Arme vor der Brust verschränkt. Die kalte Luft schien ihm nichts auszumachen. Als er ChrisCross sah, nickte er und öffnete ihm die Tür. Dann stellte er sich wieder vor den Eingang und verschränkte die Arme.

»Das ist interessant«, sagte Chandu.

»Der Türsteher?«

»Eher die Tatsache, dass es einen Türsteher gibt.«

»Vielleicht das Hauptquartier der Lunatics?«

»Unwahrscheinlich. Dann würde man mehr Gangmitglieder sehen und Tags an den Wänden. Auch passt der Asiate nicht ins Bild. Ich denke, wir haben es mit illegalem Glücksspiel zu tun. Davon gibt es in Wedding einige.«

»Und wie hilft uns das weiter?«, fragte Zoe. »Tattoo-Chris zockt gerne. Das bringt uns nicht näher an Wolfs Assistenten ran.«

»Wenn du Plaths Akte gelesen hättest, wüsstest du, dass er ein notorischer Spieler ist, der sich deswegen sogar in psychologische Behandlung begeben hat.«

»Du vermutest ihn drinnen?«

»Seit Wolfs Tod ist er quasi arbeitslos, und hier kommt kein Polizist vorbei.« Chandu fuhr sich nachdenklich mit der Hand über das Kinn. »Ich muss da rein.«

»Verpasse Jackie Chan eins auf den Schmerbauch.«

»Zu riskant. Solche Spielhöllen haben noch eine Kamera am Eingang. Selbst wenn ich den Türsteher zur Seite räume, werde ich drinnen von einer Kugel begrüßt.«

»Wie willst du sonst hineinkommen? Durch die Küche?«

»Wir müssen für Ablenkung sorgen«, erklärte Chandu. »Unser Freund muss freiwillig seinen Posten verlassen. Dann kann ich rein, ohne dass jemand misstrauisch wird.«

»Hast du noch dein Multitool in der Tasche?«

»Ja. Wieso?«

Zoe hielt ihm die Hand hin.

»Was hast du vor?« Er reichte ihr das Werkzeug, das neben einer Zange auch Schraubenzieher und eine Säge enthielt.

»Ich sorge für Ablenkung.« Sie deutete mit dem Finger auf den Boden. »Warte hier.«

Bevor Chandu nach ihrem Plan fragen konnte, ging sie über die Straße am Imbiss vorbei in einen Hinterhof. Der große Mann fluchte. Es war keine gute Idee, Zoe alleine losziehen zu lassen. Zu oft hatte er sie in Schwierigkeiten gebracht. Chandu beobachtete den Türsteher durch den Spiegel. Sein Blick war starr nach vorne gerichtet. Er hatte sie nicht bemerkt.

Eine Minute später kam Zoe, so schnell es ihre Stöckelschuhe zuließen, über die Straße. Ihr dunkler Mantel war an der Seite schmutzig. Sie gab Chandu das Werkzeug zurück.

»Ablenkung folgt sogleich«, sagte Zoe.

»Was hast du …?«

Eine ohrenbetäubende Explosion ließ die Straße erbeben, ein dumpfer hallender Knall, der Chandus Ohren zufahren ließ. Eine Stichflamme erhellte das Dunkel der Nacht. Chandu warf sich instinktiv zu Boden. Eine volle Mülltonne flog aus der Gasse und verteilte ihren stinkenden Inhalt auf der Straße, während das Seitenfenster des Imbisses zerbarst. Zwei Gäste stolperten zur Theke, hinter der sich schon das Personal in Sicherheit gebracht hatte.

»Ups«, bemerkte Zoe und ging in Deckung. »War doch mehr Gas drin.«

»Du hast eine Gasflasche angezündet?«

»Die Scheibe war sowieso schon kaputt.« Zoe zuckte die Achseln. »Der Besitzer wird mir dankbar sein, wenn er die Versicherung kassiert.«

Die Druckwelle hatte die Alarmanlagen einiger Autos ausgelöst. Die Menschen auf der Straße flüchteten vom Imbiss weg.

»Du bist irre.«

Zoe deutete auf den Türsteher, der seinen Posten verlassen hatte und in den Imbiss gerannt war. Dort diskutierte er mit einer Frau hinter dem Tresen und deutete auf die zerstörte Scheibe.

»Hat doch geklappt.«

»Ich wollte, dass der Türsteher abgelenkt ist, nicht dass das ganze Viertel in Aufruhr gerät.« Eine Handvoll Männer kam aus dem Seiteneingang gerannt. Sie waren ähnlich gekleidet und tätowiert wie ChrisCross. Einer von ihnen hatte eine Waffe gezogen. Ein weiterer hielt eine Bierflasche am Hals, bereit, zuzuschlagen, doch ein Mann überragte die anderen mit seiner massigen Gestalt. Er war einen Kopf größer als der

Rest, hatte einen fassartigen Oberkörper und dicke Arme. Sein Gesicht war schwabbelig, und sein Kopf schien direkt auf seinen Schultern zu sitzen.

»Schau mal, wer zum Essen kommt.« Zoe deutete auf Henning Plath.

Wolfs Assistent betrachtete den brennenden Wagen, dann zog er seinen Mantel an und klappte den Kragen hoch. Während die ersten Gaffer Fotos mit ihrem Handy machten, entfernte sich Plath unauffällig.

»Brauchst dich nicht bedanken.« Zoe zwinkerte Chandu zu. »Ich weiß, dass ich genial bin.«

Chandu schloss seufzend die Augen. »Lass uns Plath folgen, bis wir an einen ruhigen Ort gekommen sind. Dann sehen wir, ob er freiwillig mitkommt oder ob wir ihm gut zureden müssen.«

Es war nach einundzwanzig Uhr, als Jan die Treppen zu seiner Wohnung hochschlurfte. Er brauchte dringend ein paar Stunden Schlaf; daher war er froh, dass Chandu und Zoe die Suche nach Plath übernommen hatten. Im zweiten Stock angekommen, sah er seine Nachbarin Lan die Blumen vor ihrer Tür gießen. Sie trug einen weiten dunkelblauen Kimono, der eng um ihren sportlichen Körper lag. Am Hals konnte Jan den Ansatz eines großen Tattoos erkennen. Ihre langen Haare fielen weit über ihre Schultern.

»Guten Abend, Herr Kommissar«, sagte sie lächelnd.

»Frau Hoang«, erwiderte Jan und tippte sich an die Stirn. Seit ihrem letzten Date in einer berüchtigten Kreuzberger Cocktailbar zog sie ihn immer mit seiner Rolle als Kripobeamter auf. Jan spielte gerne mit. Er mochte ihren Humor und liebte es, sie zum Lachen zu bringen.

»Irgendwelche Beschwerden? Lustmolche, Exhibitionisten oder andere Leute, die Sie belästigen?«

»Heute nicht«, sagte die junge Asiatin. »Nur ein paar Kokainabhängige, die mit meiner Drogenlieferung nicht zufrieden waren.«

»Das Problem kenne ich«, antwortete Jan. »Man kann es einfach nicht jedem recht machen.«

Sie winkte ab. »Nachdem ich zwei von ihnen erschossen und die Leichen im Garten vergraben habe, wurde es merklich ruhiger.«

»Frau Hoang, Sie sind ein Vorbild an bürgerschaftlichem Engagement.« Sie unterdrückte ein Kichern. »Andere hätten die Polizei gerufen, aber Sie haben es selbst in die Hand genommen und somit geholfen, Steuergelder zu sparen. Ich werde Sie für einen Orden vorschlagen.«

Lan kam näher. »Schade, Kommissar.« Sie zwinkerte ihm zu. »Ich hatte gehofft, dass Sie mir für diese Tat Handschellen anlegen.«

Jan hüstelte nervös. »Oh. Ja, also. Das könnte ich auch tun.« Er hoffte, dass er nicht rot wurde. »Was haben Sie denn noch so gemacht?«, stammelte Jan.

Lan war sichtlich über seine Unsicherheit amüsiert. Sie packte ihn am Kragen. »Was soll's«, sagte sie und zog ihn mit in ihre Wohnung.

Chandu war zum ersten Mal in Bergmans Büro. Die schweren Holzmöbel und die Regale voller Akten passten eher zu einer Verwaltung als zur Kripo. Einzig Bergmans Auszeichnungen an der Wand lockerten die Strenge des Raums auf. Der Kripochef hob eine Plastiktüte mit einem Feuerzeug in die Höhe. Es war schwarz verkohlt und an manchen Stellen geschmolzen.

»Mit diesem Feuerzeug wurde die Propangasflasche angezündet«, sagte Bergman zu Zoe, die sich neben Chandu in einem Sessel fläzte. »Das sieht verdächtig nach dem Feuerzeug aus, das eine gewisse Rechtsmedizinerin benutzt.«

»Reiner Zufall.« Zoe winkte ab. »Von denen gibt es Tausende.«

»Außerdem habe ich einen Augenzeugen, der vor der Explosion eine attraktive Frau in die Seitengasse des Imbisses hinein- und kurz darauf wieder hat hinauslaufen sehen.«

»Hat er attraktive Frau gesagt?«, fragte Zoe.

»Wörtlich sagte er ›geile Blondine mit Nuttenschuhen‹.«

»Das sind keine Nuttenschuhe!«, fuhr Zoe auf. »Die stammen aus der neuesten Kollektion von …«

Ein Stoß von Chandu ließ sie verstummen.

»Bedauerlicherweise ist der Mann mehrfach wegen Taschendiebstahls vorbestraft und hatte außerdem noch 1,6 Promille, daher können wir ihn als Zeugen vergessen.«

»So ein Pech aber auch.«

»Und da auf dem Feuerzeug sicher keine Fingerabdrücke mehr festzustellen sind, wird der Täter wohl auch nie gefasst werden«, sagte Chandu. »Glücklicherweise gab es weder Verletzte noch Tote.«

»Glücklicherweise für euch.« Bergman ließ die Drohung einen Moment im Raum stehen. Dann legte er das Feuerzeug auf den Tisch. »Und glücklicherweise ist bei dem ganzen Chaos Henning Plath einem … freien Mitarbeiter der Kripo über den Weg gelaufen, aber anscheinend hat es dabei ein Missverständnis gegeben.«

»Er hat angefangen«, rechtfertigte sich Chandu. »Ich wollte nur mit ihm reden.«

»Seien wir wohlmeinend und lassen Plaths schmerzendes Kinn unter Notwehr laufen«, sagte der Kripochef. »Wieso behauptet der Mann im Verhörraum, dass sich besagter freier Mitarbeiter mit einer Kripomarke ausgewiesen hat?« Bergman zeigte sein bestes Haifischlächeln.

»Der lügt«, sagte Zoe. »Ich war dabei.«

»Zweifelsohne waren Sie dabei.« Bergman wandte sich wieder der Rechtsmedizinerin zu. »Weil sich Plath auch über die Polizeibrutalität beklagt hat. Angeblich hat sich die … Partnerin des Kripobeamten in den Kampf eingemischt und ist ihm mit ihren Absätzen auf seinen Fuß getreten. Wenn man bedenkt, wie Wolfs Assistent in den Verhörraum gehumpelt ist, glaube ich ihm.«

»Weichei.«

»Wenigstens haben wir ihn für ein Verhör«, versuchte Chandu das Positive hervorzuheben.

»Das ist der einzige Grund, warum ich euch nicht nach Guantánamo verschiffe«, fuhr Bergman auf. »Denn meine Freunde in den höheren Positionen nerven mich schon seit sieben Uhr heute Morgen, und wenn ich etwas nicht leiden kann, dann Stress vor meinem ersten Kaffee.« Er wandte sich an Zoe. »Für diesen Fall möchte ich die beteiligte Rechtsmedizinerin nicht mehr im Außendienst sehen, sondern nur noch in der Nähe von Leichen.«

»Spielverderber«, murmelte Zoe.

»Des Weiteren möchte ich alle im Raum befindlichen Informanten daran erinnern, dass das Nutzen einer gefälschten Kripomarke unter Strafe steht«, wandte sich Bergman an Chandu, »die im Wiederholungsfall auch ausgesprochen wird.«

Der große Mann hob abwehrend die Arme und nickte.

»Ich rufe Jan an und informiere ihn über unseren neuen Gast.« Der Kripochef nahm das Telefon ab. »Ich hoffe, er schläft nicht.«

Jan torkelte aus Lans Wohnung. Sein Haar stand zerzaust von seinem Kopf ab, und sein Hals war mit Lippenstift verschmiert. Das Hemd war nur noch ein Fetzen um seine Schulter, und er hatte einen Schuh verloren. Mit der linken Hand hielt er seine Hose, deren Knöpfe alle abgerissen waren. Mit der Rechten zog er sich am Geländer die Treppen hoch.

Eine ältere Dame mit Pudel kam ihm entgegen. Sie schien sichtbar über seinen Zustand irritiert, also wartete sie, bis sich Jan an ihr vorbeigeschleppt hatte, den Pudel fest an sich gedrückt.

Eigentlich wollte Jan Guten Abend sagen, aber außer »Gnhgn« kam nichts aus ihm heraus.

Die Frau schüttelte den Kopf und murmelte etwas über den Verfall der Sitten.

Jan ging stöhnend weiter. Sein Körper war ein einziger Schmerz. Er wollte sich nicht vorstellen, was passiert wäre, wenn Bergman nicht angerufen hätte.

Vor seiner Wohnung angekommen, lehnte sich Jan an die Tür und schloss die Augen. Er wollte nur noch schlafen, aber Plath zu befragen durfte er sich nicht entgehen lassen. Mit einem Seufzen öffnete er die Tür und wankte ins Bad.

Er brauchte dringend eine kalte Dusche.

Plath war eine beeindruckende Gestalt. Im Gegensatz zu Chandu war er eher dick als muskulös, aber trotzdem einen Kopf größer als Jan und mindestens doppelt so schwer. Er rieb sich den rechten Fuß, als Jan eintrat.

»Guten Tag, Herr Plath. Mein Name ist Kommissar Tommen und …«

»Erst will ich Ihr Wort, dass der Deal steht«, unterbrach Plath.

»Was für ein Deal?«, fragte Jan verwirrt.

»Ihr großer schwarzer Kollege hat mir versprochen, dass ich nach dem Verhör wieder gehen kann und die Fahndung nach mir aufgehoben wird, wenn ich kooperiere. Noch heute. Außerdem erhebt er keine Anklage wegen Angriffs auf einen Polizisten.«

»Hat er das versprochen?« Jan lächelte in Richtung des Spiegels, hinter dem er Chandu vermutete. »Wenn mein …

Kollege das gesagt hat, dann halte ich mich auch daran.« Jan setzte sich Plath gegenüber. »Unter der Voraussetzung, dass ich Sie als Mordverdächtigen ausschließen kann.«

Plath lachte dröhnend. »Wenn Sie mich des Mordes an Dana verdächtigen, sind Sie wirklich verzweifelt.«

»Warum sind Sie gleich nach ihrem Tod abgetaucht?«

»Sie haben keine Ahnung, wer unsere Kunden sind.«

»Doch.« Jan nickte. »Wir haben den Computer im Auto ihrer Chefin gefunden und das Passwort geknackt.«

Offensichtlich hatte Plath nicht mit dieser Enthüllung gerechnet, denn er riss überrascht die Augen auf. »Dann wissen Sie, wie viele Karrieren mit diesen Unterlagen zerstört werden könnten.«

»Was hat das mit Ihnen zu tun?«

»Unsere Auftraggeber machen sich Sorgen, dass ihre Geheimnisse an die Öffentlichkeit kommen könnten. Ich hätte keine ruhige Minute mehr gehabt. Außerdem war mir klar, dass ich verdächtigt werde, und ich hatte keinen Bock auf ein Verhör.«

»Hat Dana Wolf keine Vorkehrungen im Falle ihres Todes getroffen?«

»Dana war es scheißegal, was nach ihrem Tod passiert. Sie war wegen ihres Rufs so diskret, nicht weil ihr die Kunden am Herzen gelegen haben.«

»Kommen wir zu der Mordnacht zurück. Wo waren Sie vergangenen Sonntag?«

»Ich habe den ganzen Tag bei meiner Freundin verbracht. Dana und ich hatten einen größeren Fall abgeschlossen, und wir wollten uns erst am Montag im Büro treffen, um die möglichen neuen Aufträge durchzugehen.«

»Welcher Art waren die Fälle?« »Das habe ich Dana überlassen. Sie erzählte mir von einem Spaziergang mit viel Geld.«

»Spaziergang?«

»So nannte sie die leichten Fälle mit wenig Arbeit.«

»Um was ging es?«

»Um einen Arzt, der einen Hygieneskandal in einem Krankenhaus aufdecken wollte.«

»Welcher Arzt? Welches Krankenhaus?«

»Keine Ahnung«, sagte Plath. »Sie wollte sich am Wochenende mit dem Mann treffen und mir montags die Details geben.«

»Ihnen ist schon klar, dass sie bei diesem Treffen ihrem Mörder begegnet ist?«

»Sorry.« Er zuckte die Achseln. »Mehr weiß ich nicht.«

»Warum ging sie alleine zu den Treffen? Warum haben Sie sie nicht begleitet?«

»Dana nahm mich nicht gerne mit, weil mein Anblick viele Leute einschüchtert.«

»Das kann von Vorteil sein.«

»Wir arbeiteten nicht für den Abschaum Berlins«, sagte Plath. »Unsere Kunden waren reiche Banker, Professoren und Politiker. Die sollte man bei der ersten Begegnung nicht erschrecken.«

»War Dana Wolf bewaffnet?«

»Selten. Bei Treffen auf der Straße nahm sie manchmal Pfefferspray mit, aber wenn sie zu einem Kunden nach Hause ging, trug sie niemals eine Waffe.«

»Ein trainierter Schläger hätte sie überwältigen können.«

»Dana war clever und hatte einen guten Instinkt«, erklärte Plath. »Wäre sie blind in jede Falle getappt, hätte sie nicht so lange überlebt.« Er lehnte sich näher zu Jan. »Was soll der Scheiß hier? Ich habe mit Wolf mehr Kohle verdient, als ich es mir je erträumt habe. In meiner Garage steht ein Ferrari, und ich mache zweimal im Jahr Urlaub in Las Vegas. Warum sollte ich meine Geldquelle töten?«

»Vielleicht hatten Sie ein Verhältnis …«

Plath lachte wieder. Er schlug mit der flachen Hand auf den Tisch, dass Jan Angst hatte, die Beine würden brechen. »Dana hat sich für ihr Alter gut gehalten, aber meine älteste Freundin ist vierundzwanzig.«

»Sie haben mehrere Freundinnen?«

Plath zeigte ein breites Lächeln.

»Vielleicht haben Sie mehr Spielgeld gebraucht und wollten das Geschäft übernehmen. Dann müssten Sie nicht mehr teilen.«

»Ich bin nicht der Klügste«, sagte Plath, »aber so bescheuert bin ich nicht. Dana war das Gehirn der Detektei. Ich lieferte die Muskelkraft. Alleine hätte ich keinen Auftrag an Land gezogen.«

»Wie war Ihr Verhältnis zu Rainer Bormeier?«

Plath schnaubte. »War ja klar, dass das kommen würde.«

»Beantworten Sie bitte die Frage.«

»Bormeier war ein Kunde wie alle anderen auch. Wenn Sie Danas Computer gehackt haben, wissen Sie alles.«

»Ich würde es gerne von Ihnen hören.«

»Mann, das ist so lange her, ich kann mich kaum noch an etwas erinnern.«

Jan zog ein Foto aus den Akten und legte es auf den Tisch. Es zeigte Plath und Cassel bei der Geldübergabe. »Das sind Sie und der damalige Assistent des Innensenators Bormeier bei der Geldübergabe. Fällt es Ihnen wieder ein?«

Plath lehnte sich zurück und seufzte. »Was gibt es dazu zu sagen. Ein reicher Fuzzi hat uns beauftragt, den Zeugen eines Unfalls zu schmieren. Der Zeuge hat viel Geld bekommen, und der Fuzzi wurde nicht angeklagt. Alle waren glücklich.«

»Bis auf die Angehörigen der Opfer.«

»Wissen Sie, wer der Auftraggeber war?«

»Zacharias Voelz«, antwortete Jan.

»Bei Voelz' Kohle und Einfluss muss Ihnen klar sein, dass

er niemals in den Bau marschiert wäre. Wir haben die Sache nur beschleunigt.«

»Und für den Auftrag, den Bormeier Ihnen vermittelt hat, haben Sie ihn ein halbes Jahr später über die Klinge springen lassen.«

»So ist das Geschäft. Wenn die Summe stimmt ...« Plath zuckte die Achseln.

»Wer wollte Bormeiers Sturz?«

»Keine Ahnung. Ich habe mich um die Nutte gekümmert und das Treffen eingefädelt. Alles andere hat Dana gemacht.«

»Alles andere?«

»Fotos geschossen, der Presse zugespielt, Geld kassiert und mir meinen Anteil überwiesen.«

»Hat es Sie nie interessiert, für wen Sie das machen?«

»Null.«

Jan blätterte durch die Akten. Er hatte zwei Morde, und ein Verdächtiger nach dem anderen glitt ihm durch die Finger. Er hatte Plath nirgends festnageln können. Jan wollte auf die Art der Morde zu sprechen kommen, als jemand an die Scheibe klopfte. Jan hasste es, beim Verhör unterbrochen zu werden. Er sah fragend zu dem Spiegel. Einen Augenblick später öffnete sich die Tür, und Bergman winkte ihn zu sich.

Es gab etwas Neues.

Max hatte in Jans Büro die Jalousien heruntergelassen und seinen Beamer aufgebaut. Zoe, Chandu und Bergman hatten es sich schon auf Stühlen bequem gemacht, als Jan von seinem Verhör kam.

»Ich hoffe, es ist wichtig«, murrte er. »Lange kann ich Plath nicht mehr hier halten.«

»Es dauert nur einen Moment.« Max startete ein Video. »Die Aufnahme vom Eingang der Kneipe kennt ihr.« Es zeigte Erik Escher beim Rauchen. »Ich habe die Bilder immer wieder angeschaut, und irgendetwas hat mich daran gestört. Heute Morgen ist mir aufgefallen, was.«

»Wir sind schon sehr gespannt«, bemerkte Zoe.

»Escher raucht als Einziger eine Zigarette am Eingang.«

»Worauf willst du hinaus?«, fragte Jan.

»Das *Altbier* ist gut besucht. An manchen Tagen an die hundert Gäste. Da wäre es ein großer Zufall, wenn Escher der einzige Raucher ist.«

»Vielleicht spazieren die anderen im Hof herum«, sagte Chandu.

»Während es schneit und bei minus zehn Grad?«, fragte Max. »Unwahrscheinlich.«

»Dann gibt es ein Raucherzimmer«, sagte Zoe.

»Bingo.« Max deutete mit dem Finger auf die Rechtsmedizinerin. »Heute Mittag habe ich dem *Altbier* noch mal einen Besuch abgestattet und in einem Nebenraum eine ganze Schar Raucher gefunden.«

»Das ist noch nicht verdächtig«, sagte Jan. »Vielleicht geht Escher gerne an die Luft.«

»Schau dir die Aufnahme noch mal genau an.« Der Film ging weiter. Escher lehnte an der Wand neben dem Eingang und rauchte. Nach einer Minute ging er zwei Schritte vor, sah direkt in die Kamera, drückte seine Zigarette aus und schlurfte wieder in die Kneipe zurück. Max stoppte die Aufnahme.

»Habt ihr das gesehen?«

»Er wollte erkannt werden«, bemerkte Chandu.

»Es wird noch besser«, sagte Max. »Ich habe mir die Aufnahmen der Woche zuvor angesehen. Escher war regelmäßig Gast im *Altbier*, und er hat nicht ein einziges Mal vor der Tür geraucht.« Max drehte sich zu Jan. »Jetzt darfst du raten, wann er damit angefangen hat.«

»Sonntags«, antwortete Jan. »Am Tag des ersten Mordes.«

Max nickte. »Mithilfe der Kamera hat er sich ein Alibi verschafft …«

»… weil er wusste, dass Wolf an dem Abend sterben sollte«, beendete Jan den Satz.

KAPITEL 10

Die Inneinrichtung der Kneipe war in den Achtzigerjahren stehen geblieben. Braune Fliesen umgaben eine braune Theke mit braunen Barhockern vor einer beigen Wand mit einem Braunstich. Die obligatorische Holzdecke war ebenso vorhanden wie die zur Zierde gedachten leeren Bierfässer. Es gab ein Nebenzimmer für Familientreffen. Einzig der Flachbildschirm in einer Ecke brachte ein modernes Element in den Raum.

Die Speisekarte führte die Idee des *Altbier* fort. Es gab Biersuppe, Bierfleisch, einen Brauerteller, Biergulasch und selbst Fisch in einer Bierrahmsoße. Damit endete der Bereich der Speisen, um genug Platz für die unzähligen Altbiersorten aus allen Ecken der Republik zu lassen. Selbst belgisches Bier gab es in Fülle.

Die Kundschaft war weder exklusiv noch hip. Wahrscheinlich hatte der überwiegende Teil der Gäste auch ein Alkoholproblem, aber die Kneipe war für die Mittagszeit gut besucht. Die meisten Tische waren besetzt, und die Bedienungen liefen hektisch umher, die Tabletts voller Getränke.

Nur den Mann hinter den Zapfhähnen schien das alles nicht aus der Ruhe bringen zu können. Er trug eine Plastikschürze über seinem dicken Bauch, die sein verwaschenes

Hemd nur unzureichend schützte. Er zapfte ein Bier nach dem anderen. Nach seinem Gesichtsausdruck zu schließen, stand er kurz vor dem Einschlafen.

»'n Bier?«, fragte er nuschelnd.

»Ich bin leider im Dienst.« Jan legte seine Kripomarke auf den Tresen. Für einen Augenblick hoben sich die schläfrigen Lider des Wirts, und er betrachtete die Marke. Dann kehrte er wieder in seine bequeme Position zurück.

»'s gibt auch alkoholfrei.«

Jan winkte ab. »Sagen Sie mir lieber etwas über Erik Escher.«

»Erik? Was hat er ausgefressen?«

»Wie gut kennen Sie ihn?«

»Wir sind seit zwanzig Jahren Freunde«, antwortete der Mann und stellte ein Bier auf ein Tablett. »Er kommt dreimal die Woche.«

»Schon immer?«

Der Wirt schüttelte den Kopf. »Erst seit seine Frau gestorben ist. Vorher nur zur Bundesliga.«

»Was ist Herr Escher für ein Mensch?«

»Ganz okay. Macht keinen Ärger. Manchmal ein wenig traurig. Dann trinkt er einen über den Durst.« Der Mann füllte Cola in ein halb volles Bierglas. »Sind Sie wegen der Aufnahmen vom Eingang hier?« Er unterdrückte ein Gähnen. »Ich habe Ihrem jungen Kollegen doch alles gegeben.«

Jan legte seine Arme auf den Tresen. »Nein. Ich glaube, dass Sie Erik Escher ein Alibi beschafft haben. Das macht Sie zu seinem Mordkomplizen.«

Die Müdigkeit fiel von dem Wirt ab. Er hörte auf, Bier zu zapfen. »Blödsinn«, stotterte er. »Wie kommen Sie auf so was?«

Jan legte ein Foto neben die Zapfsäule. Es zeigte ein verbranntes Auto. »Können Sie sich an den Unfall erinnern?« Der Wirt wandte das Gesicht ab. »Dabei wurden zwei Menschen getötet. Nora Escher, die Frau von Erik Escher, und ein gewisser Kurt Müller.« Jan deutete mit dem Finger auf den Mann. »Ihr Bruder.«

Der Wirt wich einen Schritt zurück.

»Ich gebe zu, dass ich dem Unfall nicht ausreichend Aufmerksamkeit gewidmet habe, aber seit Ihr Kumpel Erik wieder in unserem Fokus steht, haben wir uns den Fall genauer angesehen.« Jan nahm das Foto wieder an sich. »Es hat ein paar Stunden gedauert, da es eine Menge Müllers in Berlin gibt, aber mein besagter Freund ist ein Computerfreak. Dem entgeht nichts.«

»Erik hat den ganzen Abend da drüben gesessen.« Der Wirt deutete mit der Hand auf einen Ecktisch. »Und ich war hinter der Theke. Sie haben die Aufnahmen gesehen.«

»Das habe ich«, sagte Jan. »Ich sah Ihren Freund hineingehen, eine Zigarette rauchen und spät in der Nacht wieder hinausgehen. Dazu noch Ihre Aussage, dass er die ganze Zeit hier gewesen war, und schon hat er ein gutes Alibi. Es sei denn …«, Jan machte eine kurze Pause, »… Sie stecken in der Sache mit drin.« Jan deutete auf die Küche. »Bevor ich in den Schankraum gekommen bin, habe ich nach einem Hinterausgang gesucht. Um der Kamera zu entgehen, muss man durch die Küche, an den Bediensteten vorbei, in den Hof und über das abgeschlossene, mit Stacheldraht versehene Tor hinaus. Das geht nur, wenn man einen Schlüssel für das Tor hat.« Jan lächelte. »Wenn ich Ihre Angestellten über diese Nacht befrage, wird mindestens einer Erik Escher beim Hinausgehen bemerkt haben. Wollen wir wetten?«

Der Wirt sah mit zu Fäusten geballten Händen zu Boden.

»Wollen Sie noch etwas dazu sagen?«

Müller schüttelte den Kopf.

»Dann setzen wir das Gespräch auf der Wache fort.«

Der Biergeruch hatte Achim Müller bis auf die Wache begleitet. Im Sitzen wirkte sein Bauch noch größer, fast bedrohlich. Seine Hände und sein runder Kopf hätten eher zu einem Mann von kleinerer Statur gepasst. Müller hatte während der ganzen Fahrt kein Wort gesprochen. Er wirkte ruhig, als hätte er geahnt, dass dieser Moment kommen würde.

»Fangen wir von vorne an«, sagte Jan. »Woher kennen Sie Herrn Escher?«

»Vor seiner Heirat mit Nora hat Erik in der Nähe gewohnt. Er mochte Altbier, und so kamen wir ins Gespräch. Mit der Zeit wurden wir Freunde, die auch außerhalb der Öffnungszeiten etwas miteinander unternommen haben.«

»Wann haben Sie beschlossen, Dana Wolf zu töten?«

»Gar nicht«, rechtfertigte sich Müller.

»Glaube ich nicht.«

»Erik kam eines Tages zu mir und sagte, dass er es nicht mehr ertrage, dass der Mörder seiner Frau nicht bestraft worden ist. Er und all die korrupten Schweine, die ihm bei der Vertuschung geholfen haben. Ich hatte Angst, dass er sich das Leben nimmt, also ließ ich mich darauf ein. Ich hätte nie gedacht, dass er ernst macht.«

»Was hatte er vor?«

»Dana Wolf töten.«

»Und dabei haben Sie ihn unterstützt?«

Müller schüttelte den Kopf. »Er wollte nur ein Alibi für den Sonntag.«

»Rein rechtlich macht das keinen Unterschied«, sagte Jan. »Die Helfer eines Mörders werden genauso bestraft. Nennt sich Beihilfe.«

»Erik hat jahrelang davon geredet, dass er das Miststück Wolf umbringen will.« Müller wrang nervös die Hände. »Ich konnte nicht ahnen, dass er dieses Mal Ernst macht.«

»Ihr Bruder war auch unter den Toten«, sagte Jan. »Erzählen Sie mir nicht, dass Sie keine Rachegedanken gehegt haben.«

»Ich wollte nur, dass die Beteiligten bestraft werden, nicht dass sie umgebracht werden«, sagte Müller. »Auch nicht Dana Wolf.«

»Als Sie von ihrem Tod erfahren haben, hätten Sie zur Polizei gehen müssen.«

»Und was hätte ich gesagt? Dass ich dem Mörder ein Alibi verschafft habe?«

»Dann wäre Bormeier noch am Leben. Haben Sie Ihrem Freund dafür auch ein Alibi verschafft?«

»Mit seinem Tod habe ich nichts zu tun.«

Die Tür ging auf, und Max kam mit einer Tasse Kaffee hinein. Die andere Hand war in seiner Jacke verborgen.

»Wir sind die Kripo Berlin, nicht die CIA«, begann der junge Hacker.

Jan sah ihn verwirrt an.

»Laut Paragraf 14, Abschnitt 3 der Regeln für ein ordnungsgemäßes Verhör muss sich die Kripo auch um die Grundbedürfnisse eines zu Verhörenden kümmern.«

»Danke«, sagte Müller unsicher, als er den Kaffee entgegennahm.

»Gerne geschehen.« Max nickte dem Wirt zu und verließ den Raum wieder.

Jan hatte keine Ahnung, was gerade passiert war, aber es musste einen guten Grund für diese Aktion geben. »Entschuldigen Sie mich«, sagte er und stand auf. Zeit für einen Besuch im Abstellraum.

Max hatte gerade sein Handy mit dem Laptop verbunden, als Jan zur Tür hereinkam.

»Was war das denn?«, fragte er verwundert. Seine Aktion schien ihn aus dem Konzept gebracht zu haben. Er wirkte mehr verblüfft als verärgert. »Es gibt keine Regeln für ein ordnungsgemäßes Verhör, und wieso bringst du Müller in der Befragung einen Kaffee?«

»BTCrack.«

»Ist das ein Freund von dir?«

»BTCrack liest mir mithilfe eines Brute-Force-Angriffs die PIN von Müllers Handy aus und gibt mir freien Zugang zu seinem Handy.«

»Das ist illegal.«

Max zuckte die Achseln. »Dann sag es nicht weiter.«

»Mit Zoes … Ablenkung und der Verhaftung von Plath haben wir unser Limit erreicht. Hätte der Zeuge beim asiatischen Imbiss nicht ordentlich Promille intus gehabt, wären wir am Arsch gewesen. Bergman wird keine weitere Entgleisung mehr decken.«

»Es ist unsere einzige Chance«, sagte Max. »Die Fahndung nach Erik Escher ist erfolglos. Da der Wirt sein Komplize war, meldet er sich vielleicht bei ihm.«

»Und warum musstest du dazu die Befragung stören?«

»BTCrack funktioniert über Bluetooth. Die Wände des Verhörzimmers sind dicker als die eines Weltkriegsbunkers.«

»Warum hast du nicht gewartet, bis er rauskommt?«

»Dafür ist das Programm nicht schnell genug. Ich muss zwanzig Sekunden in der Nähe des Handys sein, damit der PIN gecrackt und ich Zugriff auf seinen Speicher habe. Deswegen der Kaffee und das Gerede.«

»Du hättest mich vorwarnen können.«

»War eine spontane Idee.«

»Die letzte spontane Idee führte zur Verwüstung eines Imbisses und hatte mehrere Zehntausend Euro Sachschaden zur Folge.«

»Dies sind verzweifelte Zeiten, Mrs Lovett, die nach verzweifelten Maßnahmen verlangen.«

»Wer ist Mrs Lovett?«

»Vergiss es«, sagte Max. »Du solltest mal wieder ins Kino gehen.«

»Ihr macht mich noch fertig«, murmelte Jan, als er das Büro verließ. »Aber wenn du was findest, dann ruf mich gleich an.«

»In Ordnung.« Max hob die Hand und startete das Programm auf dem Laptop. »Mal sehen, mit wem unser Freund Müller die letzte Zeit telefoniert hat«, sagte er zu sich selbst.

»Die Küche hat mehr gekostet als mein Reihenhaus«, flüsterte Werner zu seiner Kollegin und deutete auf die große Kochnische aus Edelstahl. Der Boden war mit hellem Parkett ausgelegt. Die Schrankzeile war größer als die Medikamentenaufbewahrung einer Apotheke. Sie enthielt zwei Backöfen und eine Mikrowelle, farblich auf den Rest der Küche abgestimmt.

»Alleine die Abzugshaube übersteigt unser Monatsgehalt«, flüsterte Gabi. Sie schien sich ebenfalls unwohl zu fühlen, aber andererseits waren sie auch froh, dass Cassel sie in die Wohnung gebeten hatte. In dieser Gegend gab es weder einen Kiosk noch einen Schnellimbiss, und die Autoheizung hielt die Winterkälte nicht draußen.

Cassels Köchin deutete mit einem Lächeln auf zwei Hocker vor einer Essbar, welche in direkter Verlängerung zur Kochinsel angebaut war. Die Frau entsprach keinem Klischee, das man über Köchinnen hatte. Die Asiatin war klein, sehr schlank und trug einen kurzen, eleganten Rock. Ihre dunklen Haare waren zu einem aufwendigen Zopf geflochten. Doch als sie das Gemüse aus dem Kühlschrank und ein Messer aus der Schublade geholt hatte, zerteilte sie die Zutaten in einer Geschwindigkeit, dass Werner Angst um ihre Finger hatte.

Eine Minute später kam ein verführerischer Duft aus dem Wok, was den Magen des Polizisten zum Knurren brachte. Ihm wurde wieder bewusst, dass ein Schokoriegel kein adäquater Ersatz für ein gutes Essen ist.

Als die Köchin das Gemüse in den Wok gab, kam Bastian Cassel in die Küche. Werner wollte sich vom Stuhl erheben, aber der Hausherr winkte ab. »Keine Formalitäten«, sagte er. »Bitte gönnen Sie sich ein paar Minuten Ruhe. Ich begebe mich in die Bibliothek und werde etwas lesen.«

»Nach dem Essen sind wir wieder draußen«, versprach Werner.

»Da Sie mich und nicht meine Einfahrt beschützen, können Sie das auch von hier«, sagte Cassel. »Sie werden noch genug Zeit bei diesem schlechten Wetter im Auto verbringen müssen.« Mit einem Lächeln verließ er die Küche.

»Ein netter Mann«, sagte Gabi. Musik ertönte aus der Bibliothek. Cassel hatte eine klassische CD aufgelegt.

»Wenn wir jeden Abend so ein Essen vorgesetzt bekommen, verzichte ich sogar auf eine Gehaltserhöhung.«

Die Köchin gab den Inhalt des Woks auf zwei Teller und stellte sie auf die Bar.

Werner hatte noch nie so etwas Gutes gegessen. Das von Sojasoße umgebene Gemüse hatte eine leichte Schärfe, die den Geschmack noch besser zur Geltung brachte. Obwohl er Hunger hatte, aß Werner langsam und genoss jeden Bissen. Die Kälte wich aus seinen Füßen, und die leise Musik machte ihn schläfrig.

»Hoffen wir, dass der Mörder sich noch Zeit lässt, sollte er es auf Herrn Cassel abgesehen haben«, sagte Gabi. An ihrem verzückten Gesichtsausdruck konnte er erkennen, dass es seiner Kollegin auch zu schmecken schien.

Als die Teller leer waren, störte das Piepsen seines Handys die Ruhe. Mürrisch griff Werner zum Telefon und öffnete die Nachricht mit Anhang.

»Es gibt einen neuen Tatverdächtigen.« Er zeigte das Bild seiner Kollegin. »Ein gewisser Erik Escher.«

»Fahndung läuft?«, fragte Gabi.

Werner nickte. »Haftbefehl ist ausgestellt.«

»Dann zurück auf unseren Posten. Nicht dass der Verdächtige hier hereinmarschiert, und wir sitzen in der Küche.«

»Lass uns vorher noch zu Herrn Cassel gehen und ihm das Bild zeigen, dass er gewarnt ist.«

Mit einem freundlichen Nicken verabschiedeten sich die beiden Polizisten von der Köchin und gingen ins Wohnzimmer. Die Musik war lauter. Eine Stehlampe beleuchtete den Sessel, in dem der Hausherr immer las. Er war leer.

»Herr Cassel?«, rief Werner. Vielleicht war er auf der Toilette, dachte er sich.

»Herr Cassel?« Seine Kollegin schaltete die Musik aus.

Werners Handflächen wurden feucht. Die Küche war an der Seite des Hauses. Von dort aus hatte man keinen Blick auf die Einfahrt.

Gabis Hand ging zur Pistole. »Ich gehe nach oben ins Schlafzimmer. Durchsuch du das Gelände um das Haus.«

Werner nickte und hastete zum Eingang. Die Tür war unbeschädigt. Keine Anzeichen für gewaltsames Eindringen. Draußen ließ er seinen Blick über die breite Einfahrt schweifen. Ihr Auto stand noch am Platz. Kein fremdes Fahrzeug war gekommen. Das Tor war geschlossen. Die Kastanien und Büsche boten im Sommer zahllose Möglichkeiten, sich zu verstecken, aber um die Jahreszeit hätte es ein Einbrecher schwer. Werner fiel die offene Garage auf. Cassels Sportwagen war weg.

Mit einem Fluch zog er sein Handy aus der Tasche und rannte wieder ins Haus. Der Kripo würde es nicht gefallen, dass sich Cassel der Bewachung entzogen hatte.

Als er das Gaspedal durchtrat und sein 911er beschleunigte, fiel die Anspannung von Bastian Cassel ab. Er hatte die Anwesenheit seiner Bewacher nicht mehr ausgehalten. Ständig hatten sie ihm von etwas abgeraten, abgeraten, das Haus zu verlassen, abgeraten, ein Restaurant zu besuchen, und abgeraten, ohne Polizeischutz im Auto zu fahren.

Schon als Kind hatte er Enge gehasst. Sooft es ging, war er von zu Hause weggegangen, hatte sich mit Freunden getroffen oder sich in die Schulbibliothek gesetzt, nur um weg von den Eltern zu sein. Nach dem Abitur hatte er in einer anderen Stadt studiert und war erst neun Jahre später wieder nach Berlin zurückgekehrt. Die Zeit im Innenministerium war hart gewesen, voller Bürokraten und einschränkender Regeln, aber schon damals hatte er einen Plan gehabt. Er hatte verstanden, dass der Weg zu den großen Posten in der Wirtschaft über die Politik leichter zu erreichen war. Hatte man erst Einfluss und Zugang zu den großen Fördertöpfen, kamen die Wirtschaftsbosse von alleine.

Seit drei Jahren war er da, wo er immer sein wollte. Er hatte ein Haus nach seinen Wünschen gebaut, konnte sich alles leisten, während sich sein Bankkonto stetig füllte. Niemand machte ihm Vorschriften, keine Frau mischte sich in sein Leben ein, und kein Kind behinderte seinen Aufstieg. Das hatte er immer gewollt, darum hatte er so viel Zeit mit Idioten verbracht, die kaum die Grundrechenarten beherrschten. Die absolute Freiheit, in seinem Sportwagen durch Berlin fahren, Strafzettel aus der Portokasse bezahlen, während die Musik aus den Boxen dröhnte.

Cassel näherte sich einer Kreuzung. Die Ampel stand auf Rot, er würde das Signal auch heute ignorieren, aber die parkenden Autos machten es schwer, die Straße einzusehen, daher verlangsamte er die Geschwindigkeit und fuhr bis zur Kreuzung, als sein Wagen plötzlich ausging. Binnen eines Augenblicks waren alle Lichter erloschen, und der Motor reagierte nicht mehr. Cassel versuchte, ihn wieder anzulassen, aber das Auto startete nicht. Er schlug wütend auf das Lenkrad.

»Die Porsche-Hotline wird keinen schönen Tag haben«, sagte er, als er seine Jacke nach seinem Handy durchsuchte. Im Augenwinkel bemerkte er einen weißen Opel. Er hielt direkt auf ihn zu. Es reichte noch für einen Fluch.

Dann kam der Aufprall und mit ihm der Schmerz.

Die schlaflosen Nächte machten sich bemerkbar. Chandu hatte zum ersten Mal seit Jahren sein Trainingspensum nicht erreicht. Er hatte sogar die Gewichte reduzieren müssen, um nicht von der Hantel erdrückt zu werden. Nur widerwillig war er nach Hause gegangen, wartete doch eine leere Wohnung auf ihn, was ihn wieder zum Nachdenken verleiten würde. Mit dem Nachdenken kehrten die Erinnerungen zurück, Bilder, die er schon längst verdrängt hatte, mit einer Eindringlichkeit, die ihm Angst machte, so erbarmungslos und so real, als wäre er wieder in Ruanda, damals, als die Hutu gekommen waren.

»Tu as l'air fatigué«, riss ihn eine Stimme aus den Grübeleien. Im Reflex ließ er seine Sporttasche fallen und nahm eine Kampfstellung ein. Es dauerte einen Moment, bis Chandu seinen Bruder im Schatten des Hauseingangs erkannte. Pierre hatte die Hände gehoben, um zu signalisieren, dass er unbewaffnet war.

»Was machst du hier?«, fragte Chandu auf Französisch.

»Ich hätte mir eine freundlichere Begrüßung gewünscht«, antwortete Pierre in derselben Sprache.

»Unser letztes Treffen ist nicht gut gelaufen«, sagte Chandu.

»Verzeih mir, Bruder.« Pierre senkte den Kopf. »Aber ich hatte noch Verwendung für Moke.«

»Wie kannst du es wagen?«, fuhr Chandu auf. »Uns all die Jahre im Ungewissen zu lassen, dass du noch am Leben bist, bei unserer Mutter, die der Tod ihrer beiden Kinder fast um den Verstand gebracht hat.« Er ballte die Fäuste. »Es gibt sogar ein Grab für dich und Suna. Hier in Berlin, mit leerem Sarg, weil wir einen Platz haben wollten, an dem wir um euch trauern konnten.«

»Seit dem Überfall auf unser Dorf habe ich von dem Tag geträumt, an dem ich euch wiedersehe, aber ich konnte nicht.«

»Was hat dich gehindert?«, fragte Chandu. »Du hast Beine, um zu laufen, einen Mund, um zu sprechen, und offensichtlich auch ein Visum, das dir die Einreise nach Deutschland ermöglichte.« Er ging auf Pierre zu. »Dich zu sehen wäre eine Erlösung gewesen, nicht nur für mich, sondern auch für unsere Mutter. Es hätte so viel Leid von ihren schwachen Schultern genommen, und was immer du jahrelang getan hast, es kann nicht wichtiger gewesen sein, als ihren Schmerz zu lindern.«

»Es war nicht so leicht, wie es den Anschein hat.«

»Dann fang an zu erzählen. Seit unserer Begegnung bekomme ich sowieso kaum noch Schlaf, also kann ich den Abend auch mit dir hier auf der Straße verbringen.«

Pierre setzte sich auf die Treppe. Er schwieg, als wüsste er nicht, wo er anfangen sollte. »In der Nacht des Angriffs habe ich bei Djamal übernachtet. Obwohl es seine Eltern verboten hatten, hat mein Freund gerne geraucht, daher haben wir uns nachts rausgeschlichen und uns eine Zigarette angesteckt.« Seine Stimme war leiser geworden. »Wir haben die Hutu erst bemerkt, als sie das Feuer eröffnet haben. Wir versuchten in Deckung zu gehen, aber eine verirrte Kugel streifte eine Gasflasche. Ich erinnere mich nur noch an eine gewaltige Feuerexplosion, die mich von den Beinen riss. Erst Stunden später bin ich wieder aufgewacht, mit Djamals Leiche auf mir. Die Hutu waren weg. Alle im Dorf waren tot.« Er sah zu Chandu. »Ich bin nach Hause gerannt, aber die Hütte war zusammengestürzt und ausgebrannt. Ich wusste nicht, dass ihr entkommen seid, also habe ich mich tagelang in der Nähe aufgehalten, in der Hoffnung, dass irgendjemand zurückkommen würde. In der Nacht habe ich mich in einem Erdloch vor den Hyänen versteckt, denen die Hutu ein wahres Festmahl beschert hatten, tagsüber habe ich nach Essen gesucht. Schließlich habe ich Überlebende eines anderen Dorfs gesehen, die auf dem Weg in den Kongo waren, in der Hoffnung, dort dem Morden entkommen zu können.« Pierre räusperte sich. »Alleine der Weg dorthin war eine Hölle, die sich selbst der kaputteste Verstand nicht hätte ausdenken können. Wir gingen durch zerstörte Dörfer mit verkohlten Leichen, erhängten Kindern und Männern, die man vom Bauch bis zum Hals aufgeschlitzt hatte. In einer Ansiedlung hatten sich die Hutu einen Spaß daraus gemacht, den Bewohnern die Arme und Beine abzuschlagen und auf einen großen Haufen zu legen. Manche Gliedmaßen hatten menschliche Bissspuren, als hätten sich die Mörder an ihnen genährt.«

Pierre richtete den Blick wieder zu Boden. »Binnen einer Nacht hatte man uns unsere Unschuld geraubt und uns vor Augen geführt, zu was der Mensch in der Lage ist.«

»Wie bist du entkommen?«, fragte Chandu.

»Schließlich erreichten wir die Grenze zum Kongo, aber man ließ uns nicht durch. Die Hutu rückten immer näher, also stellte uns einer der Grenzsoldaten vor die Wahl. Entweder würden wir für den örtlichen Warlord kämpfen, der dieses Gebiet kontrollierte, oder sie würden uns in den sicheren Tod zurückschicken.«

»Also hast du dich rekrutieren lassen.«

Pierre nickte. »Viele Jahre habe ich mich gefragt, ob zurückkehren nicht die bessere Wahl gewesen wäre, denn so kam ich von einem Krieg in einen anderen.«

»In Ruanda wärst du gestorben.«

»Das Leben eines Kindersoldaten ist nicht besser als der Tod.« Chandu konnte die Verbitterung in Pierres Stimme hören. »Ich hatte mit fünfzehn Jahren schon mehr Menschen getötet, als ich zählen konnte. Folter, Vergewaltigungen und

Plünderungen waren Teil meines Lebens geworden, ebenso wie essen und schlafen. Ich beging unvorstellbare Grausamkeiten, ohne dass es mir irgendetwas ausmachte. Ich lebte ohne Gedanken an das Morgen, also soff ich bis zur Ohnmacht, nahm alle Drogen, die ich finden konnte, und wärmte mir mein Bett mit geraubten Frauen.«

»Wie bist du herausgekommen?«

»Glück, ein Schutzengel, oder vielleicht war ich vorsichtiger als die anderen. Irgendwann war ich so weit in der Hierarchie aufgestiegen, dass mich der Warlord einen Konvoi mit Waffen bewachen ließ. Ein paar ausrangierte Kalaschnikows, nichts Besonderes, aber als ich sah, wie viel Geld der Käufer dafür bezahlte, hatte ich meinen Weg aus dem Krieg gefunden.«

»Waffenschmuggel.«

»Erst hatte ich nur mit den Handlangern zu tun, dann lernte ich die großen Spieler kennen. Russen, Südafrikaner und Amerikaner. Die Geschäfte wurden umfangreicher, und selbst mein geringer Anteil daran machte mich zu einem reichen Mann.« Pierre lachte verbittert. »Es ist zynisch, dass mir ausgerechnet Waffen das Leben retteten.«

»Also hast du dich selbstständig gemacht.«

»Eines Tages habe ich dem Warlord für seine Mühe gedankt und ihm eine Kugel in dem Kopf gejagt, nachdem ich seine Leibgarde geschmiert hatte.« Er zuckte die Achseln. »Binnen acht Jahren war ich von einem ängstlichen Flüchtling zu einem der einflussreichsten Waffenhändler im Kongo geworden.«

»Warum bist du nach Berlin gekommen?«

»Geschäfte«, sagte Pierre. »Europa ist wie eine verbotene Frucht. Ein schwieriger Platz für den Waffenschmuggel, aber der Ort, an dem die höchsten Preise erzielt werden. Ein Geschäftspartner hat sich in die kongolesische Regierung eingekauft und verprasst unter der diplomatischen Immunität sein

Vermögen. Gegen einen Anteil hilft er mir, Waren von Afrika nach Europa zu verschieben.«

»Und wozu brauchst du Moke?«

»Moke kennt einen Fälscher von Frachtpapieren mit guten Kontakten zum Hamburger Hafen.« Pierre zuckte die Achseln. »Du und dein Freund, ihr seid mitten in die Verhandlungen geplatzt, daher konnte ich nicht zulassen, dass er verhaftet wird.«

»Seit wann weißt du von mir und Mutter?« Chandus Stimme wurde wieder zornig. »Seit wann weißt du, dass wir überlebt haben?«

»Seit zwei Jahren.«

»Seit zwei Jahren?«, fuhr Chandu auf. »All die Zeit, und du hast es nicht für nötig gehalten, uns zu besuchen?«

»Ich hatte Angst«, sagte Pierre.

»Angst?« Chandu lachte kurz. »Ein Kindersoldat und Waffenschmuggler hat Angst, seine Familie zu besuchen. Was, glaubst du, hätte Mutter bei dem Anblick gemacht? Eine Pistole gezogen?«

»Nicht Angst um mich«, antwortete Pierre. »Um euch.«

»Um uns?«, fragte Chandu ungläubig.

»Du kennst dich in der Berliner Unterwelt aus. Wie viele von denen würden für fünf Millionen über Leichen gehen?«

»Alle«, antwortete Chandu.

»Meine letzte Lieferung war zehn Mal so viel wert. Was würde passieren, wenn einer meiner Konkurrenten von Mutters Existenz erfahren würde, dort in dem idyllischen kleinen Altersheim, in dem du sie untergebracht hast.«

»Sie würden sie entführen, um dich zu erpressen oder sie töten.«

Pierre nickte.

Chandu lehnte sich an die Wand und schloss die Augen. Sein Herz raste, und die Wut auf seinen Bruder war noch immer nicht verraucht, aber Pierre hatte recht. Wenn jemand erfahren würde, dass die Mutter und der Bruder eines einflussreichen Waffenhändlers in Berlin lebten, wären sie binnen eines Tages tot. Oder schlimmer.

»Meine Geschäfte sind erledigt.« Pierre ging zu einem Auto mit getönten Heckscheiben und öffnete die Tür. »Ich brauche Moke nicht mehr.« Der Kongolese saß angeschnallt auf dem Rücksitz. Die Hände waren hinter dem Rücken gefesselt. Er war geknebelt, und seine Augen waren verbunden. »Ich habe gehört, dass du für einen Freund bei der Kripo arbeitest«, fuhr Pierre fort. »Er wird sich über das Geschenk freuen.«

Chandu betrachtete Moke. Der Kongolese schwitzte stark, aber er wirkte unversehrt. »Jan hat mir einmal das Leben gerettet«, sagte er. »Er ist Polizist aus Überzeugung, treu, ehrlich und mit dem unerschütterlichen Glauben, dass man aus der Welt einen besseren Ort machen kann. Manchmal ist er naiv, aber ich würde ihm mein Leben anvertrauen, und wann immer er meine Hilfe braucht, stehe ich neben ihm.«

»Ich bin stolz auf dich, Bruder«, sagte Pierre und schloss die Autotür.

»Auf was? Auf meine Karriere in der Unterwelt oder dass ich vor lauter Arbeit kaum dazu komme, unsere Mutter zu besuchen?«

»Auf das, was aus dir geworden ist«, sagte Pierre. »Niemand kann unter schlechteren Umständen starten. Ein Kind des Krieges, von Flüchtlingslager zu Flüchtlingslager geschickt, der Heimat entrissen, in einem fremden Land, mit einer fremden Kultur und einer fremden Sprache. Und doch hast du deinen Weg gefunden, dir ein Leben aufgebaut und unsere Mutter in ein gutes Pflegeheim gebracht, direkt am Wald, den sie so sehr liebt.«

»Du kennst das Pflegeheim?«

»Einmal bin ich dir gefolgt, habe mir ein Versteck gesucht

und euch beide dabei beobachtet, wie ihr auf der Terrasse den Sonnenuntergang genossen habt. Genau wie früher.«

»Warum bist du nicht zu uns gekommen, und wenn es nur ein kurzer Moment gewesen wäre?«

»Selbst wenn mich keiner meiner… Geschäftspartner dabei beobachtet hätte, wollte ich ihr das nicht antun«, sagte Pierre. »Ich weiß nicht, ob sie mein plötzliches Erscheinen verkraftet hätte.«

»Du willst nicht zu ihr?«

»Nicht unvorbereitet«, sagte Pierre. »Wenn die Zeit reif ist, dann erzähl ihr bitte von mir, sag ihr, dass ich überlebt habe und sie besuchen werde, wenn sie es möchte.«

»Manchmal habe ich davon geträumt«, sagte Chandu mit leiser Stimme. »Dass du überlebt hast und dass wir uns wiedersehen. Dann nehme ich dich in die Arme, und ich sage dir, wie sehr ich dich vermisst habe. Wir sitzen die ganze Nacht zusammen und erzählen von den Jahren, in denen wir getrennt waren.« Chandu sah zu Pierre, betrachtete seine kräftige Statur, die Tätowierungen und seine selbstbewusste Haltung. »Aber ich erkenne kaum noch etwas von dem Bruder von damals in dir. Zu viel Zeit ist vergangen, und zu viel hat sich verändert. Wir sind andere Menschen geworden, und die Welt ist nicht mehr dieselbe.« Er senkte den Kopf. »Es tut mir leid, falls du dir deine Rückkehr anders vorgestellt hast, aber noch will mein Verstand nicht akzeptieren, dass ich wieder einen Bruder habe. Es wird die Zeit kommen, an der wir uns auf einen Hügel setzen und auf den Sonnenuntergang warten, aber dieser Tag ist nicht heute.«

Chandu schwieg. Sein Leben lang hätte er alles gegeben, um seinen Bruder wiederzusehen. Er müsste feiern, sich betrinken und der glücklichste Mensch der Welt sein, und doch spürte er nichts von alledem. Nur Unsicherheit und Zweifel.

»Ich danke dir, Bruder.« Pierre legte Chandu die Hand auf

die Schulter. »Es gibt noch so viel zu sagen, aber ich muss noch heute Nacht Berlin verlassen, doch werde ich vor dem Frühling zurück sein, ohne Verpflichtungen und heimliche Treffen mit der Unterwelt. Ich würde mich freuen, wenn ich bei dir willkommen wäre.«

Chandu nickte. »Das wirst du«, sagte er. »Jederzeit.«

Jan lief unruhig im Büro umher. Die Fahndung nach Cassels Sportwagen war seit zwanzig Minuten draußen, aber noch immer war er keiner Streife aufgefallen. Während Eschers weißer Opel unauffällig war, konnte Cassels 911er Turbo S nicht übersehen werden. Max hatte ihm die Verkehrsdatei des Unternehmers auf den Schreibtisch gelegt, die voller Geschwindigkeitsübertretungen war. Cassel war kurz davor, seinen Führerschein abgeben zu müssen. Er raste gerne, daher würde es für ihn nur einen Ort geben, zu dem er hinwollte: die Autobahn. Die Zeitspanne vom Moment seiner Flucht aus seinem Haus bis zum Fahndungsbeginn war groß genug gewesen, um die Stadt zu verlassen. Bei der geringen Verkehrsdichte hätte er schon in Sachsen sein können.

Jan hatte mehrfach versucht, Cassel über sein Handy zu erreichen, aber der Unternehmer hatte es in seinem Wohnzimmer liegen lassen. Jan verfluchte Cassels Dummheit, der offensichtlich keine Ahnung hatte, in welcher Gefahr er schwebte, sollte Escher tatsächlich auf einem Rachefeldzug sein. Die einzig gute Nachricht war, dass Eschers Opel keine Chance gegen einen 911er Porsche hatte, würde er es auf ein Verfolgungsrennen anlegen.

Die Tür öffnete sich, und Patrick kam hereingestürmt. Er hielt sein Handy in die Höhe. »Ich habe einen Anruf von der Verkehrspolizei mitgehört«, begann er. »Sie haben Cassels Auto gefunden, aber das wird dir nicht gefallen.«

KAPITEL 11

Als Jan und Patrick zum Unfallort kamen, war die Aufregung schon vorbei. Die Feuerwehr packte ihre Ausrüstung ein, und der Rettungswagen war bereits im Krankenhaus angekommen. Die Tatortermittler hatten die Straße weiträumig abgesperrt, während die Polizisten übereifrige Gaffer abhielten, Fotos zu machen. Für die Presse war es ein ganz normaler Unfall. Sie wussten weder, wer die Beteiligten waren, noch, dass diese im Zusammenhang zu den Morden an Wolf und Bormeier standen.

Auch wenn alles mit Löschschaum bedeckt war, war der Unfallhergang offensichtlich. Eschers Opel war seitlich in Cassels Porsche gerast. Während der Sportwagen vergleichsweise gut davongekommen war, hatte Eschers Auto großen Schaden genommen. Die Motorhaube war regelrecht zerfetzt, die Front eingedellt und die Scheibe gesprungen. Zusätzlich zu dem Blechschaden hatten die Fahrzeuge Feuer gefangen. Während Cassels Porsche rußgeschwärzt war, war der Opel ausgebrannt. Am Steuer saß noch eine verkohlte Leiche. Der Geruch verschmorten Plastiks überlagerte den Gestank des Fleisches, und doch fühlte sich Jan an die beiden anderen Tatorte erinnert. Während sich Patrick mit der Spurensicherung besprach, beobachtete Jan, wie sich sein Chef durch die Gruppe der Neugierigen an der Absperrung drängte und direkt auf ihn zuging.

»Wie kam es zu dem Feuer?«, fragte der Kripochef ohne Begrüßung. »Ein Brand bei einem Unfall ist selten.«

»Es sei denn, man hat einen Benzinkanister auf dem Beifahrersitz«, sagte Jan.

»Wie bitte?«

Jan deutete auf die Straße rechts von ihnen. »Der Opel kam von hier«, begann er. »Escher ist absichtlich in Cassels Porsche gefahren. Darauf deuten die fehlenden Bremsspuren.« Er ging näher an die Autowracks. »Der Aufprall war heftig. In beiden Fahrzeugen wurden die Airbags ausgelöst, aber der Porsche hat es besser überstanden.« Jan deutete auf die Leiche, die noch immer auf dem Fahrersitz des Opels saß. »Wahrscheinlich ist der Tote Erik Escher. Es ist nicht nur sein Auto, wir haben auch Plastikreste eines Kanisters und zweier Autoreifen auf dem Beifahrersitz gefunden.«

»Escher wollte Cassel auf die gleiche Art töten wie Wolf und Bormeier«, sagte Bergman.

»Ich vermute, dass der Benzinkanister beim Aufprall beschädigt wurde und sich entzündet hat. Wegen des Reifens als zusätzliches Brennmaterial hat sich das Feuer schnell ausgebreitet. Escher war zu dem Zeitpunkt tot oder zumindest ohnmächtig.«

»Oder eingeklemmt«, ergänzte Bergman.

»Trotz des enormen Schadens an der Front war der Fahrerbereich wenig beschädigt. Er hätte herauskommen können.«

»Zeugen?«

»Nein«, sagte Jan. »Der Unfall wurde erst gemeldet, als Eschers Opel schon in Flammen stand.«

»Und Cassel?«

»Er hat den Unfall schwer verletzt überlebt und ist im Krankenhaus. Ich weiß noch keine Details, aber er hat wohl

Knochenbrüche und Gesichtsverletzungen. Wenn ich hier fertig bin, rede ich mit dem Arzt. Lebensgefahr scheint nicht zu bestehen.«

»Ist der Tote mit Sicherheit Erik Escher?«

»Mein Gefühl sagt Ja, aber Zoe wird noch einen DNA-Vergleich machen, damit es keinen Zweifel gibt.«

»Dann haben wir unseren Mörder.«

»Ich werde noch weiterermitteln, inwieweit der Kneipenwirt und vielleicht andere in die Sache verstrickt sind, aber ich denke, wir werden die Akte bald schließen können.«

Bergman atmete hörbar aus. »Ich mache ein paar Anrufe. Sobald der Tote als Erik Escher identifiziert wurde, bringen wir eine Pressemitteilung heraus.«

»Heute Abend weiß ich mehr. Dann ist der Spuk hoffentlich vorbei.«

Chandu traf Bergman in der Vorhalle der Dienststelle. Er hätte nicht geglaubt, den Kripochef noch überraschen zu können, aber beim Anblick des gefesselten Moke schien er kurz sprachlos zu sein.

»Schauen Sie mal, wen ich gefunden habe«, sagte Chandu lächelnd.

»Ich hätte auf Bertrand Moke getippt«, erwiderte Bergman. Er winkte zwei Polizisten zu sich.

»Wie haben Sie ihn gefasst?«

»Offiziell habe ich sein Fahndungsfoto erkannt und bin meiner Bürgerpflicht nachgekommen.«

Die Polizisten nahmen Moke in Gewahrsam.

»Und inoffiziell?«

»Ist besser, Sie wissen es nicht.«

Der Kripochef gab ein mürrisches Grunzen von sich. »Ich möchte mal wieder einen Fall haben, bei dem ich nicht jeden zweiten Bericht … beschönigen muss.«

»Was zählt, ist das Ergebnis.« Chandu winkte Moke hinterher, als dieser zu den Zellen geführt wurde.

»Wenn das so leicht wäre«, murmelte Bergman. »Aber danke für Ihre Hilfe.« Er hob die Hand zum Gruß. »Sie sollten Ihren Freund Jan anrufen. In den letzten Stunden hat sich einiges getan.«

»Gutes oder Schlechtes?«

»Eigentlich Gutes. Wenn ich nicht so ein misstrauischer Mensch wäre, würde ich eine Flasche Single Malt aufmachen.«

»Dann gehe ich mal einkaufen«, sagte Chandu. »Wir wollten uns heute Abend sowieso treffen, dann haben wir endlich einen Grund zum Feiern.«

Es hatte wieder zu schneien angefangen. Ein paar Flocken, aber genug, dass sich die Autos auf den Hauptstraßen stauten. Es war schon dunkel, als Jan sein Auto auf dem Besucherparkplatz der Charité stellte. Er überquerte eine Straße, fast unmittelbar, nachdem ein Krankenwagen losgefahren war, dessen Sirene laut in Jans Ohren dröhnte. Er schob sich an einem älteren Ehepaar vorbei, das es sich trotz des Wetters nicht nehmen ließ, Arm in Arm einen Spaziergang zu machen. Glücklicherweise ging es in der Notaufnahme ruhig zu, keine schreienden Opfer von Schlägereien und keine verzweifelten Angehörigen. Ein Kind, das sich in eine Nierenschale aus Pappe erbrach, ein Mann mit einem Eisbeutel auf der Stirn und eine hinkende Frau in einem Fußballtrikot. Jan ging zur Anmeldung und zeigte einer jungen Blondine seine Marke. Die Frau konnte sich an Cassels Einlieferung erinnern und erklärte ihm den Weg zur Station des behandelnden Arztes. Jan folgte dem Gang bis zu einem Fahrstuhl. Seine vom Schnee feuchten Schuhe quietschten auf dem hellen Linoleum.

Nachdem er die Station gefunden hatte, traf er auf einen Arzt, der an einer Theke lehnte und in die Lektüre einer

Akte vertieft war. »Kommissar Tommen. Kripo Berlin.« Jan zeigte seine Marke. »Waren Sie der Notarzt bei dem Unfall am Hohenzollerndamm?«

»Manfred Reuter«, stellte sich der Mann vor und schüttelte Jan die Hand. Er hatte schwarzes, lichtes Haar und trug eine Lesebrille auf der Nase. Jan schätzte ihn auf Anfang vierzig, mit klugen Augen und einer selbstbewussten Aura, die auf viele Jahre Berufserfahrung schließen ließ. Er nahm seine Brille ab und steckte sie in eine Tasche seines Arztkittels. »Wie kann ich Ihnen helfen?«

»Wie ist Bastian Cassels Zustand?«

»Er hat mehrere Knochenbrüche erlitten, aber keiner davon ist lebensbedrohend. Sorgen macht mir noch eine starke Gehirnerschütterung, weswegen ich ihn zur Überwachung an eine Maschine angeschlossen habe. Auch im Gesicht hat er Frakturen erlitten. Das Nasenbein ist zertrümmert und der Kiefer angebrochen. Wenn alles gut verläuft, muss er ein paar Wochen einen Gips am Bein und einen Kopfverband tragen, aber es werden keine Schäden zurückbleiben.«

»Hat Herr Cassel etwas zu Ihnen gesagt?«

Reuter schüttelte den Kopf. »Als wir ihn aus dem Auto gezogen haben, war er bewusstlos, wahrscheinlich als Folge der Gehirnerschütterung.«

»Sie waren als einer der Ersten am Unfallort. Können Sie mir die Szenerie beschreiben?«

»Die Feuerwehr war am Löschen des Opels und verhinderte, dass die Flammen auf den Porsche übergriffen. Es war noch immer sehr heiß, aber ich konnte die Beifahrertür öffnen und an Herrn Cassel herankommen. Er saß noch immer angeschnallt auf seinem Sitz. Alle Airbags waren ausgelöst worden, was ihm das Leben gerettet hat. Wir haben ihn sofort herausgezogen und in eine stabile Seitenlage gebracht, damit er nicht an seiner Zunge erstickt. Dann habe ich die Atmung überprüft und seinen Nacken stabilisiert. Eine Minute später waren wir unterwegs zur Charité.«

Jan machte sich stichpunktartig Notizen. »Kann ich ihn befragen?«

»Die nächsten achtundvierzig Stunden nicht«, sagte Reuter. »Wegen der Schmerzen musste ich ihn stark sedieren. Er wird bis morgen durchschlafen. Danach wird er so träge sein, dass er kaum seinen Mund öffnen kann.« Der Arzt zog eine Röntgenaufnahme aus der Akte. »Das ist sein Schienbein.« Jan konnte den Knochenbruch deutlich sehen. »Die nächsten Wochen wird er Schmerzmittel brauchen, aber ich denke, dass er übermorgen ansprechbar sein wird. Wie dringend ist es?«

»Nicht sehr«, sagte Jan. »Wir werden den Unfallhergang auch ohne ihn rekonstruieren können, aber da der andere Fahrer im Auto verbrannt ist, fehlt uns ein Augenzeuge.«

»Für ihn konnte ich nichts mehr machen. Als wir ankamen, stand das Fahrzeug schon in Flammen.«

»Es war nicht Ihre Schuld.«

»Ich bedaure es trotzdem.«

Jan legte eine Visitenkarte auf den Tresen. »Wenn Sie noch Fragen haben oder Herr Cassel einen Polizisten sprechen will, zögern Sie bitte nicht, mich anzurufen. Ansonsten werde ich übermorgen selbst vorbeikommen und mich nach seinem Befinden erkundigen.«

»In Ordnung.«

»Vielen Dank, Dr. Reuter«, sagte Jan und schüttelte dem Arzt die Hand.

Er fuhr mit dem Lift nach unten, winkte der Krankenschwester in der Notaufnahme einen Abschiedsgruß und ging zu seinem Wagen zurück. Kurze Zeit später war er wieder auf dem Weg in die Dienststelle. Offensichtlich hatte sich der Fall von alleine gelöst und ein gutes Ende genommen. Noch etwas Papierkram, dann gehörten die Abende wieder ihm.

Der Gedanke an ein geregeltes Privatleben ließ ihn zufrieden seufzen.

Hoffentlich würde sich der nächste Mörder noch Zeit lassen.

Jan lehnte sich zufrieden auf seinem Stuhl zurück und schloss die Augen. »Mir hat es beinahe den Rachen weggebrannt, aber dieser Karrenreis war richtig lecker.«

»Karē Raisu.« Zoe legte ihre Stäbchen auf den Teller. »Das ist japanisch für ein Currygericht mit Reis.«

»Tatsächlich ist die japanische Art des Currys milder als die indische«, erklärte Chandu, »aber ich wollte nicht geizig sein und habe nachgewürzt.«

»Das ist dir gelungen«, sagte Max, während er sich seine Stirn mit einer Serviette abtupfte.

»Weicheier«, murmelte Zoe und trank einen Schluck Shōchū.

Während der große Mann die Teller abräumte, begann Max den Beamer aufzubauen, Zoe steckte sich eine Zigarette an, und Jan holte seine Notizen aus der Tasche. Es war ein liebgewonnenes Ritual und der einzige Grund, warum er es bedauerte, dass sich die Ermittlungen dem Ende zuneigten.

»Wir haben es fast geschafft«, begann Jan mit seinen Ausführungen.

»Wie heißen die Dinger?«, wandte sich Max an Zoe und tippte etwas auf seinem Laptop.

»1015/3 und 14er-Klingen«, antwortete die Rechtsmedizinerin.

»Ich wollte gerade den Fall zusammenfassen«, beschwerte sich Jan. »Könnt ihr nicht nachher spielen?«

»Wir spielen nicht, wir bestellen Arbeitsmaterialien«, erklärte Zoe.

»Ich wusste gar nicht, dass Max die Berechtigung dazu hat.«

»Habe ich auch nicht«, sagte der junge Mann. »Aber ich habe mich in die Verwaltung des Berliner Flughafens gehackt und eine Kostenstelle aufgetan, die monatlich mit einem Millionenbetrag für Baumaterialien belastet wird.«

»Du kaufst Skalpelle für die Rechtsmedizin auf Kosten des Berliner Flughafens?«

»Yo«, sagte Max. »Außerdem habe ich dir noch einen neuen Bürocomputer besorgt. Deiner ist echt alt.«

Jan keuchte. »Das ist so was von illegal, da fehlen mir die Worte.«

»Was ist das Problem?«, fragte Zoe. »Die Behörden haben einen Bestellstopp ausgegeben, um Kosten zu sparen, und beim Berliner Flughafen hauen sie es im großen Stil wieder raus.« Zoe zuckte die Achseln. »Es bleibt quasi in der Familie. In dem Milliardengrab fällt das nicht auf.«

»Ich habe die Sachen als Arbeitsmaterial deklariert«, sagte Max. »Uns kommt keiner auf die Schliche.«

Jan holte Luft und zählte im Geiste die Übertretungen, die seine Kollegen gerade begangen hatten. »Das könnt ihr doch nicht machen.«

»Doch«, sagte Max. »Ist gar nicht so schwer. Ich habe einem Mitarbeiter der Behörde einen Trojaner …«

»Ich will es nicht wissen«, unterbrach Jan. Obwohl er sich in den letzten Monaten so viel Mühe mit dem jungen Hacker gegeben hatte, war dessen Unrechtsbewusstsein immer noch auf dem Stand eines Höhlenmenschen.

»Zurück zur Arbeit«, sagte Max. Das Bild des Unfalls erschien an der Wand. »Schließen wir den Fall schnell ab, dann haben wir mehr Zeit zum Feiern.«

»Offensichtlich hat sich das Problem von alleine gelöst«, bemerkte Zoe mit Blick auf das ausgebrannte Wrack.

»Gestern Abend hat Escher das Auto von Cassel gerammt«, wandte sich Jan dem Fall zu. »Nach den neuesten Erkenntnissen hatte er einen Kanister mit Benzin und zwei Autoreifen auf dem Beifahrersitz.«

»Eine dumme Idee«, bemerkte Chandu. »Vor allem, wenn man vorhat, einen Unfall zu bauen.«

»Ich schlage Escher für den Darwin-Award vor«, bemerkte Zoe.

»Keine Ahnung, was ihn dabei geritten hat«, sagte Jan. »Er war Kfz-Mechaniker. Er hätte wissen müssen, was passieren kann.« Max wechselte das Bild zur verbrannten Leiche Eschers. Es erinnerte Jan an die Aufnahme des Unfalls, bei dem Eschers Frau ums Leben gekommen war.

»Es kam, was kommen musste. Der Kanister zerbrach, das Benzin-Sauerstoff-Gemisch entzündete sich, und Escher verbrannte.«

»Besonders tragisch ist, dass Escher noch gelebt hat«, sagte Zoe. »Ich habe Rußeinatmungen in seiner Lunge gefunden.«

Max wechselte zum nächsten Bild, das den zerbeulten Porsche mit ausgelösten Airbags zeigte.

»Cassel wurde bei dem Unfall zwar schwer verletzt, wird aber keine bleibenden Schäden erleiden. Wenn er wieder ansprechbar ist, werde ich ihn befragen. Da ihn der Notarzt ohnmächtig gefunden hat, wird er nicht viel zum Hergang beitragen können.«

»Ist der Tote wirklich Escher?«, fragte Chandu.

»Ich habe die DNA der Leiche mit Eschers gespeicherten DNA aus unserer Datenbank verglichen«, sagte Zoe. »Sie stimmen überein.«

Chandu schenkte sich Shōchū ein und hob das Glas zum Gruß. »Ein Hoch auf uns für einen weiteren gelösten Fall.« Er leerte das Glas in einem Zug.

»Ich muss mir den Kneipenwirt noch mal vornehmen, und außerdem ist uns Bertrand Moke ins Netz gegangen«, sagte Jan, ohne auf die Umstände des Ergreifens einzugehen. »Aber ich bin optimistisch, dass ich die Akte nächste Woche schließen kann. Eschers Rachefeldzug ist beendet, bevor wir ein drittes Opfer zu beklagen hatten.«

»Zum Glück habe ich genug Schnaps gekauft«, sagte Chandu und stellte eine weitere Flasche auf den Tisch. »Wir können morgen ausschlafen.«

Als Jan die Treppen zu seiner Wohnung hinaufging, sah er noch Licht unter Lans Türspalt hervorscheinen. Anscheinend war seine Nachbarin noch auf. Er klopfte leise an.

»So spät noch unterwegs, Kommissar?«, fragte Lan, als sie die Tür geöffnet hatte.

»Das Gute schläft nie.« Jan kicherte.

»Du bist betrunken.«

»Nur ein wenig angeschickert«, rechtfertigte sich Jan. »Eigentlich wollte ich nicht so viel trinken, aber dieser japanische … Shiitakeschnaps ist lecker.«

»Shōchū-Schnaps«, korrigierte Lan ihn. »Shiitake sind Pilze.«

»Egal.« Jan winkte ab. »War trotzdem lecker.«

»Und was machst du um diese Uhrzeit hier?«

»Ich habe Licht bemerkt und wollte nachsehen, ob alles in Ordnung ist.«

»Ich packe meinen Koffer. Morgen fahre ich auf ein Seminar.«

Jan verspürte Bedauern. Die Arbeit hatte ihn die letzten Tage so eingespannt, dass er sogar im Büro hatte übernachten müssen. Außer ein paar SMS und einem kurzen Anruf hatte er keine Zeit für Lan gehabt. Jetzt hatte er endlich sein Privatleben zurück und wollte all das nachholen, auf das er die letzte Zeit hatte verzichten müssen.

»Wie lange?«, fragte er sichtlich niedergeschlagen. Er würde die kleine Asiatin vermissen.

»Nur eine Woche.« Sie lächelte, als sie Jans Stimmungswechsel bemerkte.

»Dann lassen Sie mich noch nachschauen, ob sich in Ihrer Wohnung kein Sittenstrolch versteckt.« Jan plusterte sich ein wenig auf und straffte seine Schultern. »In dieser Gegend weiß man nie.«

Lan kniff die Augen zusammen und schwieg. »Man hat schon kreativer versucht, mich rumzukriegen«, sagte sie einen Augenblick später. »Aber ich will heute nicht so sein.«

Sie packte Jan am Kragen, zog ihn in die Wohnung und schloss die Tür.

Unter dem Verband war Bastian Cassel kaum wiederzuerkennen. Der ganze Kopf war umwickelt, und von seinem Gesicht waren nur Nasenspitze, Mund und Augen nicht mit weißer Mullbinde bedeckt. Am Hinterkopf ragten ein paar Haare heraus. Blumen oder Luftballons, die Jan auf seinem Weg durch die Station in jedem offen stehenden Patientenzimmer gesehen hatte, fehlten bei Cassel völlig. Er hatte keine Familie, und wahrscheinlich hatte er keinem Geschäftspartner mitgeteilt, dass er einen Unfall gehabt hatte. Das war der Preis dafür, in einer solchen Position zu sein. Ein Krankenhausaufenthalt würde als Schwäche ausgelegt werden.

»Bitte nur fünf Minuten«, sagte Dr. Reuter beim Hinausgehen, nachdem er Jan in das Zimmer begleitet hatte. »Herr Cassel braucht noch Ruhe.«

Jan nahm auf einem Stuhl neben dem Bett Platz. »Vielen Dank, dass Sie mich empfangen«, begann er und holte seinen Notizblock aus der Tasche. »Die gute Nachricht ist, dass die Mordserie ein Ende hat. Ihr Angreifer Erik Escher wurde bei dem Unfall getötet. Wir gehen nicht von weiteren Komplizen aus, daher wird die Akte geschlossen. Trotzdem hat der Polizeichef angeordnet, dass Sie und Herr Voelz noch bis zum

Ende der Woche Schutz erhalten, weniger, weil wir befürchten, dass es einen Mittäter gibt, sondern eher, um die Presse abzuhalten. In einer Stunde werden Kollegen eintreffen, die Tür bewachen und Sie am Tag ihrer Entlassung nach Hause begleiten.« Jan verkniff sich eine Bemerkung, dass Cassel dieses Mal nicht unbewacht das Haus verlassen sollte. Diese Lektion hatte er gelernt.

Cassel nickte. Jan wurde von den hellen grünen Augen in den Bann gezogen, die er schon bei ihrem ersten Gespräch in Cassels Haus bemerkt hatte. Der weiße Verband verstärkte deren Wirkung noch, doch im Bett liegend, mit einem Operationshemd bekleidet, hatte der Unternehmer viel von seiner strahlenden Aura verloren.

»Können Sie mir den Unfallhergang aus Ihrer Sicht beschreiben?«, fuhr Jan fort.

Cassel griff mit zittriger Hand zu einem Glas Wasser und trank einen Schluck. Auf seinem Handrücken war ein breites Pflaster über eine Kanüle geklebt.

»Viel kann ich dazu nicht sagen.« Seine Stimme war trocken und krächzend, kaum wiederzuerkennen. Der Unfall hatte Cassel merklich geschwächt. »Mein Auto ging vor einer Kreuzung einfach aus. Fragen Sie mich nicht, wie das passiert ist, aber der Porsche startete nicht mehr. Als ich ein weiteres Mal den Startknopf drückte, bemerkte ich im Augenwinkel das herannahende Auto. Dann kam der Aufprall, und ich verlor das Bewusstsein. Ich erinnere mich bruchstückhaft an die Fahrt im Krankenwagen, bis ich hier wieder aufgewacht bin, mein Schienbein in Gips und mit einem Verband um den Kopf.«

»Hatten Sie vor dem Unfall Kontakt mit Herrn Escher?«

»Nie.«

»Und während Ihrer Zusammenarbeit mit Dana Wolf?«

Cassel schüttelte den Kopf.

»Rückblickend betrachtet, ist Ihnen die letzten Tage etwas seltsam vorgekommen? Vielleicht ein neuer Handwerker oder ein Spaziergänger, der oft an Ihrem Haus vorbeigelaufen ist? Jemand, der sich an Ihrem Auto zu schaffen gemacht hat?«

»Nichts«, sagte Cassel. Ein Hustenkrampf unterbrach das Gespräch. Cassel griff nach dem Glas und trank das Wasser in einem Zug aus. Dann ließ er sich erschöpft wieder auf das Kissen fallen.

Jan steckte seinen Notizblock wieder ein. In dem Zustand machte eine Befragung keinen Sinn. Da er sich kaum an den Unfall erinnern konnte, war er als Zeuge unbrauchbar.

»Vielen Dank für Ihre Zeit«, sagte Jan und stand auf. »Ich komme nach Ihrer Genesung noch mal zu Ihnen nach Hause.«

Cassel nickte und drehte sich zur Seite, um zu schlafen. Jan verließ das Zimmer und ging zum Fahrstuhl. Beim Hinausgehen winkte Jan dem Arzt. Eine Uhr an der Wand zeigte 10.37 Uhr. Heute Mittag würde er mit dem Bericht anfangen, aber die Dienststelle pünktlich verlassen. Es bestand kein Zeitdruck mehr, und er musste erst am Montag wieder nüchtern sein.

Die Presse hatte mehr erfahren, als sie über die offiziellen Kanäle wissen konnte, daher war der Polizeischutz eine gute Idee gewesen. Eine große Boulevardzeitung hatte für ein Bild des verletzten Bastian Cassel fünftausend Euro Belohnung ausgesetzt. Am Ende hatten sie zwei Beamte abstellen müssen, um dessen Zimmer zu schützen. Voelz war es nicht viel besser ergangen. Er hatte alle offiziellen Termine abgesagt und war zu Hause geblieben.

Die Pressekonferenz war gut besucht. Der kleine Raum war für fünfzig Personen ausgelegt, aber es waren hundert Journalisten anwesend. Als Bergman und Jan den Raum betraten, klickten die Kameras in einem wilden Stakkato. Jan zwang sich, ob des Blitzlichtgewitters nicht das Gesicht abzuwenden, sonst wäre morgen wieder ein unvorteilhaftes Bild in der lokalen Presse gewesen. Stattdessen lächelte er und ignorierte die Fragen der Journalisten, die vom Moment ihrer Ankunft wild durcheinandergerufen wurden. Bergman hatte ihm abgeraten zu antworten, und Jan war froh, dass sein Chef das Reden übernehmen würde.

Es war heiß und stickig. Jan trug ein Hemd und ein dunkles Jackett, in dem er sich offensichtlich unwohl fühlte, aber Bergman hatte auf angemessene Kleidung bestanden. Trotz des kalten Februartages schwitzte Jan. Er hasste Veranstaltungen wie diese, und ein weiteres Mal war er froh, dass er nicht der Chef der Kripo war.

Der Fall war schon abgeschlossen, aber noch immer erhofften sich die Journalisten neue Enthüllungen und fragten nach möglichen Komplizen, also hatte Bergman die Pressekonferenz einberufen. Nachdem sich die erste Aufregung gelegt hatte, trat er ans Mikrofon.

»Guten Morgen«, begann Bergman. »Heute möchte ich die Ereignisse der letzten Tage nochmals zusammenfassen. Alle offenen Fragen werden im Anschluss beantwortet.«

Jan verschränkte die Hände hinter dem Rücken und nahm eine aufrechte, fast militärische Position ein, damit man ihm die Langeweile nicht ansehen konnte. Die letzten Tage hatte er zu oft die Geschehnisse um die Morde an Wolf und Bormeier zusammenfassen müssen. Zuerst innerhalb der Kripo, dann nochmals für Bergman, dann für unterschiedliche interne Gremien und den Senator für Inneres bis hin zur Presseabteilung. Das einzig Gute an dieser Pressekonferenz war die Tatsache, dass es die letzte war. Diese zwei Stunden würde er noch durchhalten müssen, dann folgte der unvermeidliche Papierkram, und das Leben wurde wieder langweiliger. Nach Lans Rückkehr konnte er abends wieder bei ihr sein, sich an ihren Kochkünsten erfreuen, um in der Nacht wieder an seine körperlichen Grenzen geführt zu werden. Der Gedanke an seine Freundin ließ ihn entspannter lächeln, während er Bergmans Gerede auszublenden versuchte.

Bald wäre es vorbei.

Ein weiteres Mal erkannte Zoe die Nützlichkeit eines Praktikanten. Ideal fürs Aufräumen nach einer Autopsie und willig, zu jeder Tages- und Nachtzeit Croissants zu besorgen. Das Einzige, was er noch nicht beherrschte, war, Berichte zu schreiben. Diese Monster voll leerer Worte waren fast noch schlimmer, als nach der Sektion einer Wasserleiche wieder sauber zu machen. Jan rief täglich an, weil der medizinische Teil seines Berichts fehlte, also hatte sich Zoe an den Computer gesetzt, um endlich Ruhe zu haben.

Die Morde an Wolf und Bormeier hatte sie schon abgeschlossen, als sie mit der Zusammenfassung des Unfalls begann, der zu Eschers Tod und Cassels schwerer Verletzung geführt hatte. Zoe öffnete ein Briefkuvert der Charité mit Cassels Röntgenbildern. Der behandelnde Arzt war nicht sehr kooperativ gewesen, als sie um die Aufnahmen gebeten hatte, aber am Ende hatte sich Dr. Reuter dem Druck der Kripo beugen müssen. Zoe hielt die Aufnahmen unters Licht ihrer Schreibtischlampe und verschaffte sich einen Eindruck von Cassels gebrochenem Schienbein, dem zertrümmerten Nasenbein und dem lädierten Kiefer. Er würde die nächste Zeit weder rennen noch Schnitzel essen können. Sie wollte die Bilder gerade einscannen, als ihr die Vorderfront seiner Zähne auffiel. Zoe kniff die Augen zusammen und betrachtete diesen Ausschnitt genauer. Mit einem Stöhnen griff sie nach ihrem Handy.

»Einmal mit Profis arbeiten«, murmelte sie.

Jan nahm nach dem zweiten Klingeln ab.

»Kannst du noch mal in die Charité fahren?«, fragte Zoe ohne Begrüßung.

»Warum? Cassel wurde gestern entlassen.«

»Cassel interessiert mich nicht. Ich brauche die richtigen Röntgenbilder vom Unfall, um den Bericht abschließen zu können.«

»Was ist damit nicht in Ordnung?«

»Seine Zähne.«

»Was ist mit seinen Zähnen?«

»Er hat Kronen.«

»Cassel?«

»Yup.«

»Woher weißt du das?«

»Vom Empfang des französischen Staatspräsidenten.«

»Ich blicke nicht mehr durch«, sagte Jan hörbar verwirrt.

Zoe seufzte. »Vor einiger Zeit gab es einen Empfang für den französischen Staatspräsidenten, der mit einer großen Wirtschaftsdelegation in Berlin eingefallen ist. Zu den deutschen Vertretern gehörte auch Bastian Cassel.«

»Woher hast du die Information?«

»Klatschpresse.«

»In der Klatschpresse steht, wer zur deutschen Wirtschaftsdelegation gehört?«

»Nein«, sagte Zoe. »Nur wenn einer aus der Delegation betrunken die Treppen hinunterfällt.«

»Habe ich gar nicht mitbekommen.«

»Offiziell ist Cassel auch nur gestolpert, aber ein Reporter stand direkt daneben, als er lallend einen Hechtsprung gemacht hat.«

»Wie lang ist das her?«

»Drei Jahre.«

»Ich bewundere dein Gedächtnis.«

»Hätte ich längst vergessen, wenn mir mein Zahnarzt nicht damals die Geschichte von Cassels Behandlung erzählt hätte.«

»Dein Zahnarzt hat Cassel versorgt?«

»Er nicht, aber er hat mit Cassels Kieferchirurg studiert, und wie das bei Zahnarzttreffen so ist, tauscht man sich rege aus.«

»Und ärztliche Schweigepflicht?«

»Wird überschätzt«, bemerkte Zoe.

»Und was hat das mit den Röntgenbildern zu tun?«

»Auf dem Röntgenbild von Cassel sind keine Kronen zu sehen, also hat der gute Doktor entweder ein schlechtes Ablagesystem, oder er wollte mich für dumm verkaufen.«

»Kannst du nicht Dr. Reuter anrufen und die richtigen Bilder verlangen?«

»Wir hatten bei unserem letzten Gespräch eine kleine Meinungsverschiedenheit. Die Bemerkung, dass er sich sein Skalpell in den Hintern schieben soll, war vielleicht unangebracht, aber ich hatte vorher schon eine gewisse … Dissonanz bemerkt. Jetzt redet er nicht mehr mit mir.«

Jan grunzte mürrisch. »Ich gehe besser direkt ins Krankenhaus. Dann kann er mich nicht abwimmeln. Was brauchst du?«

»Die richtigen Röntgenbilder von Bastian Cassel. Die mit den Kronen.«

»Besorge ich«, sagte Jan und legte auf.

Zoe speicherte die Zwischenergebnisse. Bis Jan die richtigen Bilder brachte, blieb noch Zeit für einen kleinen Abendsnack. Der Asiate hatte keinen Lieferservice, und ihre neuen Jimmy Choos waren nicht für längere Strecken geeignet, also machte sie sich auf die Suche nach dem Praktikanten.

Chandu hasste die kurzen Wintertage. Kaum war die Sonne aufgegangen, wurde es auch schon wieder dunkel. Es war trüb, regnerisch und viel zu kalt, aber wenigstens hatte er ein paar freie Tage. Erik Escher war tot, und den nächsten Kunden würde Chandu erst am Montag treffen. Wie er es Marie versprochen hatte, verbrachte er mehr Zeit mit ihr. Diesen Monat hatte sie die Spätschicht, daher ließ er es sich nicht nehmen, sie zur Arbeit zu fahren.

»Wir haben den Fall doch abgeschlossen«, bemerkte Chandu. »Warum steht Voelz' Anwesen noch unter Polizeischutz?«

»Voelz hat sich mehrmals negativ über die Presse geäußert«, erklärte Marie. »Auf einem Empfang des Bürgermeisters nannte er sie dreckiges Geschmeiß, weil sie ihm beim Fotografieren zu nahe gekommen waren. Das wiederum hat den Ehrgeiz der Journalisten angeheizt. Jetzt suchen sie nach einem Skandal, um ihn in die Pfanne zu hauen.«

»Nicht jeder, der von der Presse genervt wird, bekommt Polizeischutz.«

»Nein, aber rat mal, wer der Golfkumpel unseres Innensenators ist.«

»Oh«, sagte Chandu.

»Auch wenn es Steuerverschwendung ist, genieße ich die Tage bei ihm. Voelz ist arrogant und eitel, aber bei ihm gibt es keine betrunkenen Discogänger, Junkies oder Handtaschendiebe. Wir sitzen nur rum, während der Hausherr schläft.«

»Klingt langweilig.«

»Ein bisschen Langeweile ist nicht schlecht«, sagte Marie. »Heute könnte es hektischer werden, da sich Voelz mit Bastian Cassel trifft.«

»Mit Cassel?«, fragte Chandu überrascht. »Wieso das?«

»Frag mich nicht. Voelz hat uns gestern darüber informiert und uns gebeten, besonders aufmerksam zu sein.«

»Wenn das an die Presse durchsickert, ist die Hölle los.«

»Ich rechne trotzdem mit einem ruhigen Abend«, sagte Marie. »Das Grundstück ist auch ohne Polizei gut gesichert.

Außerdem ist Voelz' Tochter Zara zu Besuch. Ein echter Sonnenschein, ganz im Gegensatz zu ihrem Vater. Bis sie ins Bett muss, spielt sie immer mit uns. Gestern hätte sie beinahe meinen Partner in Mühle geschlagen.«

»Wenn man vom Teufel spricht.« Chandu deutete auf einen Uniformierten, der am Eingang von Voelz' Anwesen stand. Maries Partner Kevin war ein kräftiger, untersetzter Mann mit dunklem, struppigem Haar. Sein Gesicht war noch rot vom Rasieren. Er sah jung aus, kaum volljährig, aber laut Marie arbeitete er schon vier Jahre bei der Polizei. Sie waren seit zehn Monaten Partner, und Marie vertraute ihm. Außerdem schien er ein sehr guter Schütze zu sein. Mehr Informationen brauchte Chandu nicht, damit er Marie in guten Händen wusste.

Chandu fuhr das Auto an den Rand und winkte Kevin zu, der den Gruß mit einem Nicken erwiderte. Marie beugte sich zu ihm rüber und gab ihm einen langen Kuss. »Bis morgen früh«, sagte sie lächelnd.

»Wenn du kommst, steht das Frühstück auf dem Tisch«, sagte Chandu.

Marie strich ihm zärtlich über die Wange. Sie stieg aus und ging mit ihrem Kollegen zu Voelz' Anwesen. Chandu wendete den Wagen und fädelte sich in den Feierabendverkehr in Richtung Charlottenburg ein. Er kam einen Kilometer weit. Selbst für diese Uhrzeit war es ungewöhnlich voll auf den Straßen. Als knapp über die Autos ein Rettungshubschrauber flog und in hundert Meter Entfernung landete, fluchte Chandu ausgiebig. Er hasste Staus. Als ob das nicht genügen würde, begann es wieder zu schneien.

Chandu schaltete den Motor aus, drehte das Radio lauter und suchte einen Sender mit Reggae. Hoffentlich kam der Frühling dieses Jahr schneller.

Autofahren um diese Uhrzeit war eine dumme Idee, dachte Jan, als er sich in den Stau einfädelte. Die Invalidenstraße hatte sich wegen des einsetzenden Schneefalls zu einem Parkplatz gewandelt. Die Ausweichrouten waren noch schlimmer verstopft. Er wäre zu Fuß schneller in der Charité gewesen, und das alles wegen ein paar falscher Röntgenbilder und eines Berichts, den am Ende niemand lesen würde. Es dauerte zwanzig Minuten, bis er am Krankenhaus war, und noch mal zehn Minuten, bis er einen Parkplatz gefunden hatte. Er knöpfte die Jacke zu und kam mehr rutschend als laufend in der Charité an. Der Gang war voller Menschen, als wäre dies der einzige trockene Platz in Berlin. Natürlich ließ auch der Fahrstuhl ewig auf sich warten, sodass Jan mit seiner Geduld am Ende war, als er Dr. Reuters Station erreicht hatte.

Seit Cassel entlassen und die Polizisten abgezogen worden waren, war es auf dem Stockwerk merklich ruhiger geworden. Das Zimmer war wieder besetzt, und die Krankenschwestern konnten ihrer Arbeit nachgehen, ohne hinter jedem Besucher einen Reporter vermuten zu müssen. Dr. Reuter lehnte am Empfang und war in das Ausfüllen einer Akte vertieft. Er wirkte überrascht, als sich Jan neben ihn stellte.

»Ist noch etwas, Kommissar?«, fragte der Arzt.

»Nur eine Kleinigkeit«, sagte Jan. »Sie haben meiner Kollegin die falschen Röntgenbilder von Herrn Cassels Unfall zugesandt. Leider muss unser Abschlussbericht korrekt sein, daher muss ich Sie noch mal belästigen.«

»Die Röntgenbilder waren richtig. Vielleicht sollte Dr. Diek ihren Röntgenkurs auffrischen, bevor Sie sie hierherschickt, von einem Kurs für gutes Benehmen ganz abgesehen.«

»Manieren sind nicht ihre Stärke, ich weiß, aber auf ihr fachliches Urteil kann ich mich immer verlassen.«

»Was ist denn mit den Röntgenbildern nicht in Ordnung?« Reuter wirkte sichtlich genervt. »Ich habe noch acht Visiten zu machen und bekomme gleich zwei weitere Patienten auf die Station.«

»Sie erwähnte etwas von fehlenden Kronen auf dem Bild.«

»Hören Sie, Kommissar.« Der Arzt nahm die Brille ab. Jan machte sich auf eine weitere Ausrede gefasst, als Reuter ihm einen Schlag in den Magen verpasste. Mehr vor Überraschung als vor Schmerz knickte Jan kurz ein. Reuter ließ seine Brille fallen und rannte den Gang entlang, weg vom Fahrstuhl, und bog um die Ecke.

Wie ein Wolf, der eine flüchtende Beute erspäht, schaltete Jan in den Jagdmodus. Der Arzt hatte ein paar Meter Vorsprung, aber Jan war auf die kurze Distanz sehr schnell. Er lief um die Ecke und sah, wie Reuter in das Treppenhaus sprintete. Jan setzte ihm nach und kam Stufe um Stufe näher. Der Arzt drehte sich kurz um, dann öffnete er eine Tür, die mit *Chirurgie* beschriftet war.

Jan wunderte sich über Reuters Verhalten. Mit einem solch plumpen Fluchtversuch konnte er niemals entkommen. Selbst wenn er ihm im Krankenhaus entwischen würde, wäre die Charité in wenigen Minuten abgeriegelt. Reuter bog in einen Gang ein und wäre beinahe mit einer Krankenschwester zusammengestoßen, die im letzten Moment zur Seite springen konnte. Die Beinahekollision war genug gewesen, um den Arzt aus dem Tritt zu bringen.

»Was soll der Scheiß?«, brüllte Jan, als er aufholte. »Bleiben Sie sofort stehen.«

Reuter machte einen schnellen Haken nach rechts und hastete in ein Materiallager. Jan war zwei Schritte dahinter. Der Raum war klein und hatte weder ein Fenster noch einen anderen Ausgang. Die Flucht war zu Ende, aber Reuter wollte nicht aufgeben. Er öffnete eine Schublade und zog ein Skalpell heraus. Mit einem geübten Griff entfernte er die Schutzkappe und hielt die Klinge in Jans Richtung.

»Zurück«, sagte er mit zitternder Stimme. Der kurze Sprint hatte ihm sichtlich zugesetzt. Er keuchte schwer, und Schweiß tropfte von seiner Stirn.

Jan legte die Hand an seine Dienstwaffe und blieb außerhalb der Reichweite des Skalpells. »Was machen Sie?«, fragte Jan. »Ich frage Sie nach Röntgenbildern, und Sie bedrohen mich mit einem Messer.«

»Es ist zu spät«, sagte der Arzt.

»Zu spät für was?«

»Sie werden ihn nicht retten können.«

»Wen?«

Mit einer schnellen Bewegung zog sich Reuter die Klinge über den Hals. Das Blut spritzte bis an die Decke und verteilte sich im Raum. Jan hob den Arm und schützte seine Augen. Für einen Moment war er wie gelähmt. Als er sich wieder dem Arzt zuwandte, rutschte dieser zu Boden, und das Skalpell fiel aus seinen Händen. Zwei Atemzüge später war Reuter tot.

Diese Überwachung war fast wie Urlaub. Anstatt im Auto bei Minusgraden durch die Problemviertel Berlins zu fahren, saß Marie in einem warmen Wohnzimmer, trank Tee und spielte mit Voelz' Tochter Zara Mühle. Am ersten Tag hatte Marie sich mit den Privilegien schwergetan, aber da der Hausherr die meiste Zeit in seinem Büro saß und telefonierte, hatte sie schließlich ihre starre Haltung aufgegeben. Außerdem konnte man sich Zaras Charme nicht entziehen. Das kleine Mädchen mit den kurzen Zöpfen und dem entzückenden Lächeln hatte ihr Herz schnell erobert. Sie war freundlich, leicht zu begeistern und voller kindlicher Neugier, als wäre sie froh, dass jemand zum Spielen im Haus war. Sie war so anders als ihr Vater, dass sich Marie wunderte, wie sie von Voelz abstammen konnte.

Zara kniete auf dem Stuhl, den Blick starr auf das Spielbrett gerichtet, ihre Stirn in Konzentration gerunzelt. Ihre Haltung hätte einem Schachgroßmeister zur Ehre gelangt.

Marie hatte sich mit Blick zum Fenster gesetzt, sodass sie das Licht des Taxis bemerkte, als es in die Einfahrt fuhr. Sie nickte ihrem Kollegen zu.

»Wir müssen eine Pause machen«, sagte Marie. »Der Besuch deines Vaters ist auf dem Weg. Es wäre unangebracht, wenn er mich spielen sieht.«

»Wer kommt denn?«, fragte Zara, ohne den Blick zu heben.

»Bastian Cassel.«

»Den kenne ich nicht.«

»Kevin und ich begleiten ihn nur zu deinem Vater«, sagte Marie und stand auf. »Dann bin ich wieder zurück, und wir machen weiter.«

»In Ordnung.«

Marie strich dem Mädchen lächelnd über die Haare. Dann zog sie ihre Jacke an, während sich ihr Partner auf den Weg zur Tür machte. Sie richtete ihre Haare und überprüfte den Sitz ihrer Dienstwaffe.

Dann läutete es.

Chandu hatte es die letzten zehn Minuten zweihundert Meter weiter geschafft. Er dachte darüber nach, über den Gehweg zu fahren und in eine Seitenstraße abzubiegen, als sein Handy klingelte. Das Display zeigte Jans Nummer.

»Yo.« Chandu drehte die Musik leiser.

»Bist du noch bei Voelz?« Jans Stimme überschlug sich fast. Etwas schien ihn aus der Fassung gebracht zu haben.

»Ich bin auf dem Rückweg. Was ist los?«

»Irgendetwas stimmt nicht!«, brüllte Jan. »Geh zurück und warne Marie. Passt auf Voelz auf. Ich schicke die Kavallerie.«

Die Verbindung brach ab. Chandus Nackenhaare stellten sich auf. So aufgebracht hatte er Jan schon lange nicht mehr erlebt. Er wählte hektisch Maries Nummer. Das Klingelzeichen ertönte. Einmal. Zweimal. Dann sprang die Mailbox an.

»Bitte nicht«, sagte Chandu und wählte erneut. Wieder nahm Marie nicht ab.

Er zog seine Waffe unter dem Fahrersitz hervor, steckte sie in die Jacke und sprang aus dem Auto. Auch beim dritten Wählversuch ging sie nicht an ihr Telefon.

Er ließ den Autoschlüssel fallen und rannte los. Erst vorsichtig, weil der Schnee den Boden rutschig gemacht hatte. Dann immer schneller.

»Marie«, flüsterte er. Er wiederholte ihren Namen, fast wie ein Gebet, wie ein Flehen, dass es ihr gut ging.

Die Angst trieb ihn weiter. Meter um Meter. Nach zwei Minuten raste sein Herz, seine Beine brannten, und das Stechen in seiner Brust ließ ihn taumeln. Er bekam kaum noch Luft, der Schnee flog ihm in seine tränenden Augen, aber er wurde nicht langsamer. Der Schmerz durfte ihn nicht aufhalten, also konzentrierte er sich nur auf den nächsten Schritt und dann den nächsten und den nächsten. Er dachte an ihr Lächeln, an die Anmut ihres Körpers, als sich ein Schweißfilm auf ihrem Rücken gebildet hatte, der sanft das Mondlicht spiegelte, in ihrer ersten Nacht voller Leidenschaft. Wie lange er sie beobachtet hatte, eine schlafende Schönheit, bis er sich auch zur Ruhe gelegt hatte, eng umschlossen, von ihrer Wärme behütet.

Zwei Spaziergänger machten ihm ängstlich Platz, als er stöhnend an ihnen vorbeigerannt kam. Er biss sich auf die Lippe, um den Schmerz in seinen Lungen erträglicher zu machen, den Blick nach unten gerichtet, nur auf den nächsten Schritt konzentriert.

Als er bei Voelz' Anwesen ankam, hörte er eine Polizeisirene. Das Tor war unverschlossen. Ein Auto stand mit offener Tür und angeschalteten Lichtern in der Einfahrt. Im Laufen zog er seine Pistole und verlangsamte seine Schritte. Niemand war zu sehen.

Die Haustür war offen, und der Gestank nach verbranntem Fleisch wehte Chandu entgegen.

KAPITEL 12

Bergman hatte alle verfügbaren Männer zum Anwesen beordert. Das Gelände war weiträumig abgesperrt. Das Haus wurde von allen Seiten mit Scheinwerfern beleuchtet. Spürhunde durchsuchten den Garten und streiften durch die Nachbargrundstücke.

Drei Tatortermittler überprüften die nähere Umgebung, zwei das Haus, und der Rest befand sich im Wohnzimmer, dem eigentlichen Tatort.

Zacharias Voelz' verkohlte Überreste lagen auf der Couch. Trotz der Brandnarben konnte man sein Gesicht noch erkennen. Er war nicht annähernd so entstellt wie die Opfer zuvor. Die Leiche hatte sich regelrecht durch das Polster geschmort und sich mit der Couch verbunden. Die Mischung aus verbranntem Fleisch und geschmolzenem Plastik war der ekelerregendste Gestank, den Jan jemals hatte ertragen müssen. Er musste sich abwenden, um sich nicht zu erbrechen.

Davon unbeeindruckt, hatte sich Zoe über die Leiche gebeugt. In Momenten wie diesen wünschte Jan, eine ähnlich professionelle Distanz aufbauen zu können wie die Rechtsmedizinerin. Sie war in die Betrachtung vertieft, als ergründe sie den Pinselstrich eines Picasso-Gemäldes. Sie schien ihre

Umwelt ausblenden zu können, als wären Voelz' Überreste und sie alleine in diesem Raum.

»Es war Escher«, holte ihn Max aus seiner Beobachtung. Der junge Hacker drehte den Laptop zu Jan. Der Bildschirm zeigte eine dunkle Aufnahme des Mannes auf der Rückbank eines Wagens.

Jan fluchte. »Woher hast du das?«

»Von der Überwachungskamera am Tor.«

»Warum hat ihn Voelz reingelassen?«, fragte Jan.

»Als es geklingelt hat, wurde nur der Taxifahrer von der Kamera erfasst, nicht der Gast auf der Rückbank. Die Aufnahme entstand, als das Tor schon offen war und der Wagen hineingefahren ist. Um das zu erkennen, musste ich auf Einzelbildvorlauf umschalten. Escher war weniger als eine Sekunde zu sehen.«

»Voelz hat mit gutem Glauben seinen Henker eingelassen.«

»Er hatte Cassel erwartet, und das Taxi war pünktlich. Escher wurde offiziell für tot erklärt. Es gab keinen Grund, misstrauisch zu sein.«

»Gib diese Information Patrick«, sagte Jan. »Er soll eine Großfahndung initiieren.«

Max nickte und wandte sich von der Leiche ab.

Zoe schien die Betrachtung des Toten beendet zu haben und zog ihre Handschuhe aus.

»Kein schöner Tod«, begann sie.

»Warum ist er weniger entstellt als die anderen?«, fragte Jan.

»Escher hat Voelz keinen Reifen übergezogen, sondern ihn nur mit einem Brandbeschleuniger übergossen und angezündet«, erklärte die Rechtsmedizinerin. »Interessant sind auch die beiden Einschusslöcher am Bein.«

»Voelz wurde angeschossen?«

Zoe nickte. »Ich muss das noch genauer untersuchen, aber der Eintrittswinkel war sehr steil. Voelz saß auf der Couch, und Escher stand davor.«

»Ihn zu verbrennen hat dem Täter nicht genügt. Er wollte ihn noch mehr leiden lassen.«

»Ich kann nicht bestimmen, wie groß der Zeitraum zwischen den Schüssen und dem Feuer war, aber ich werde sicherlich Anzeichen finden, dass Voelz lebendig verbrannt wurde.«

Bergman kam in das Wohnzimmer. Er hatte sein Jackett ausgezogen und die Krawatte gelockert. Seine rechte Hand war noch mit Blut verschmiert. Der Kripochef war zufällig ein paar Querstraßen weiter gewesen, als er Jans Meldung über den Polizeifunk gehört hatte. Er war noch vor Chandu am Tatort gewesen und hatte den schwer verletzten Kevin gefunden.

»Wie geht es ihm?«, fragte Jan.

»Die Ärzte konnten noch nicht sagen, wie schwer der Kopftreffer war«, sagte Bergman. »Die Kugel hat Teile des Ohrs zerfetzt und ist in den Schädel eingedrungen, aber mit etwas Glück ist das Gehirn unbeschädigt geblieben. Durch den Schultertreffer hat er viel Blut verloren. Sein Leben hängt am seidenen Faden.« Bergman ballte die Fäuste. »Der Bastard wusste genau, wo er hinzielen musste, damit der Schuss nicht an der kugelsicheren Weste abprallt.«

»Wir kriegen ihn«, sagte Jan bestimmt. »Kein Polizist in Berlin wird ruhen, bis wir ihn haben, und wenn wir die ganze Stadt einreißen müssen.«

Bergman nickte. »Wie geht es deinem Freund?« Er deutete auf Chandu, der in der Mitte des Wohnzimmers stand und auf eine kleine Blutlache starrte. Sein Kopf war gesenkt, seine Arme hingen kraftlos an seinen Seiten hinunter. Seit Jan an den Tatort gekommen war, hatte sich Chandu keinen Zentimeter bewegt. Nur seine Brust hob und senkte sich, das einzige Zeichen, das er noch lebte.

»Nicht gut«, sagte Jan. Er schüttelte den Kopf. »Das ist ein verdammter Albtraum.«

Es war nicht viel Blut, redete sich Chandu immer wieder ein. Zu wenig, um daran zu sterben, und trotzdem beruhigte sich sein rasendes Herz nicht, und seine Knie hörten nicht auf zu zittern. Marie war weg, aber sein Verstand akzeptierte es nicht. Er konnte die sanfte Berührung ihrer Lippen noch spüren, wie ihre Finger an seiner Wange entlanggestrichen waren, und an den feinen Duft ihrer Haare. Er sah ihr Lächeln, als wäre sie erst eine Sekunde gegangen. Er hatte schon die Blumen gekauft, mit denen er sie morgen früh beim Frühstück überraschen wollte. Rote Amaryllis, majestätisch schön mit einem herben Duft der Blumen aus den Winterregengebieten Südafrikas. Sie hätten ein Lächeln auf ihr Gesicht gezaubert, und dann wäre alles wieder verschwunden gewesen: die Aussicht auf die Tage nach Voelz, die kräftezehrenden Nachtschichten mit Zuhältern, Schlägern und Junkies auf der Suche nach dem nächsten Schuss.

»Sie ist noch am Leben.« Chandu spürte die Hand seines Freundes auf der Schulter. »Er braucht Marie noch für irgendetwas, sonst hätte er sie erschossen.«

»Aber das Blut«, sagte Chandu. »Woher kommt denn das Blut?«

»Du kennst sie«, sagte Jan. »Sie würde sich niemals kampflos ergeben.«

»Ja«, stimmte Chandu nach einem Augenblick des Zögerns zu. Sie würde es ihrem Gegner nicht leicht gemacht haben, und für einen Moment löste der Stolz auf sie die Trauer in seinem Herzen ab.

»Alle verfügbaren Polizisten sind auf den Straßen. Die Fälle ruhen, und unseren Informanten steht die stressigste Nacht ihres Lebens bevor.«

»Ich fühle mich so hilflos«, sagte Chandu. »Was soll ich machen?«

»Gib uns noch ein paar Stunden«, sagte Jan. »Wir sammeln Spuren und machen uns ein Bild vom Tathergang. Morgen früh stelle ich alle Ergebnisse vor, und du sitzt in der ersten Reihe.«

»Morgen früh ist noch lange hin«, sagte der große Mann. »Ich fühle mich, als wären meine Beine am Boden festgewachsen. Ich traue mich nicht, diesen Ort zu verlassen, aus Angst, was ich da draußen sehen könnte.«

»Wir werden Marie lebend finden. Mit dir zusammen.«

»Momentan bin ich keine Hilfe.«

»Ich kann mir nicht vorstellen, wie du dich fühlst«, sagte Jan, »aber ich brauche den Mann, der die härtesten Schläger von Berlin zu Boden geschickt hat, selbst in einer Schießerei die Nerven behält und der die Unterwelt wie kein Zweiter kennt. Mit ihm zusammen fasse ich den Kerl, der für all das verantwortlich ist. Ohne ihn bin ich nicht stark genug.«

Chandu löste sich von dem Anblick der Blutlache und hob den Kopf.

»Hilf mir, alter Freund«, sagte Jan eindringlich. »Und ich verspreche dir, du wirst eine Gelegenheit zur Begleichung der Schuld bekommen.«

Chandu ballte seine rechte Faust und schloss die linke Hand darüber, bis die Knöchel knackten. Seine Schultern strafften sich. »Gehen wir.«

Der Besprechungsraum in der Dienststelle war bis auf den letzten Platz belegt. Selbst hinter den Sitzreihen war keine freie Stelle mehr. Niemand wollte Jans Bericht verpassen. Die Rollos waren heruntergezogen, einzig das Licht von Max' Beamer erhellte den Raum. Der Geruch von Zoes Gauloise mischte sich in den muffigen Duft eines Saals, der schon tagelang nicht mehr gelüftet worden war. Trotz der Enge war es ruhig. Jeder sprach nur das Nötigste. Es wurde nicht gelacht, und kein klingelndes Handy störte die Stille.

»Guten Morgen.« Jan trat neben die Leinwand. Obwohl er nicht geschlafen hatte, wirkte er weder müde noch unkonzentriert. Seine Stimme war fest, als er mit der Zusammenfassung der Ergebnisse begann.

»Am gestrigen Dienstagabend wurde Zacharias Voelz in seinem Haus ermordet, und zwar von einer Person, von der wir dachten, dass sie bei einem Autounfall ums Leben gekommen ist. Aber fangen wir von vorne an.« Das Bild von Eschers ausgebranntem Opel erschien an der Wand.

»Letzten Donnerstag rammte Erik Escher das Auto von Bastian Cassel mit der Absicht, den Industriellen zu töten. Escher war unser Hauptverdächtiger in den Mordfällen Dana Wolf und Rainer Bormeier. Eine Fahndung nach ihm lief. Aus diesem Grund haben wir das Anwesen von Bastian Cassel bewachen lassen, wobei dieser unsere Kollegen ausgetrickst und sich ohne Begleitschutz mit seinem Sportwagen entfernt hat. Woher Escher von dem Ausflug wusste, können wir nicht sagen, aber es gelang ihm, Cassel abzufangen.« Ein größeres Bild des Unfallorts erschien an der Wand. »Anfänglich deutete alles auf einen misslungenen Angriff hin. Nach unserer Einschätzung hatten sich zwei Benzinkanister im Fahrerraum des Opels entzündet und haben Escher bis zur Unkenntlichkeit verbrannt. Zur Identifikation hatten wir die DNA des Brandopfers mit jener aus unserer Datenbank verglichen und erhielten eine Übereinstimmung mit der DNA von Erik Escher. Bastian Cassel war zu dieser Zeit schon im Krankenhaus, und auch an seiner Identität bestand kein Zweifel. Der Fall schien gelöst zu sein. Doch wie sich jetzt herausgestellt hat, war der angeblich Verletzte tatsächlich Erik Escher, und der verbrannte Körper war Bastian Cassel.«

»Wie kann das sein?«, rief ein Kollege.

»Wegen eines Komplotts, das ebenso perfide wie genial war, dass niemand nur den Hauch eines Zweifels hatte.« Jan nickte Max zu, der sich von seinem Stuhl erhob.

»Alles begann mit der Manipulation der im System abgespeicherten DNA von Escher«, sagte der junge Hacker. »Vor vier Wochen wurde sein genetischer Fingerabdruck mit anderen Werten überschrieben.« Max stand auf und drehte sich zu den Zuhörern um. »Der Server wurde weder penetriert, noch gab es Ungereimtheiten, die sich im Nachhinein als Hackerangriff herausgestellt haben. Auch wurde kein Keylogger installiert. Für die Änderungen wurden die ID und das Passwort eines Admins benutzt, der zu dieser Zeit Skifahren in den Alpen war.«

»Inwieweit der Admin in die Sache verwickelt ist oder ob das Passwort ausgespäht wurde, prüfen wir noch«, sagte Jan. »Das hat nicht die höchste Priorität.«

»Wegen der Veränderung im System gab es keine Ungereimtheiten«, warf Zoe ein. »Die Leiche war völlig entstellt, Escher und Cassel hatten eine ähnliche Statur, und da ich die DNA-Probe aus dem Knochenmark des Toten entnommen hatte, konnte diese nicht manipuliert sein.« Sie zuckte die Achseln. »Der Tote musste Escher sein.«

»Und jetzt kommen wir zu einem neuen Beteiligten: Dr. Reuter.« Das Bild des Arztes erschien an der Wand. Reuter zeigte ein freundliches Lächeln, sodass sich Jan erneut wunderte, was den Mann zu dieser Tat getrieben hatte. »Der Notarzt steckte mit Escher unter einer Decke. Da er als Erster vor Ort war und den Unfallbericht geschrieben hat, zweifelte niemand daran, dass es sich bei dem angeblich Schwerverletzten um Cassel handeln musste.« Max projizierte zwei Röntgenbilder an die Wand. »In einer ersten Maßnahme verpasste Dr. Reuter Escher einen Gesichtsverband, weil er angeblich ein zertrümmertes Nasenbein und einen angebrochenen Kiefer hatte.« Jan deutete auf das erste Bild. »Weiterhin legte er Eschers linkes Bein in Gips und schob ihm die Aufnahme eines gebrochenen Schienbeins unter. Er besorgte dem braunäugigen Escher sogar Kontaktlinsen, um Cassels markante grüne Augen zu simulieren. Mit einer vorgegebenen Sedierung verschaffte Dr. Reuter seinem Patienten zwei ruhige Tage. Als ich den vermeintlichen Cassel dann zu dem Unfall befragte, wirkte er schwach und war wegen der Kieferverletzung kaum zu verstehen. Ich dachte mir nichts dabei und schloss den Fall.« Max vergrößerte die Aufnahmen der Röntgenbilder. »Erst Tage später fiel Dr. Diek auf, dass das Gesichtsröntgenbild falsch war, da darauf Cassels Zahnkronen nicht zu sehen waren. Selbst da schöpften wir noch keinen Verdacht und gingen von einer Verwechslung aus. Ich wollte einen wasserdichten Abschlussbericht, also machte ich mich auf den Weg ins Krankenhaus und fragte bei Dr. Reuter nach. Anfänglich wollte mich der Arzt abwimmeln, bis er mich plötzlich angriff und flüchtete.« Ein Foto des blutverschmierten Zimmers erschien auf der Wand. »Als ich ihn gestellt hatte, sagte er mir, dass es zu spät sei, griff nach dem Skalpell und schlitzte sich die Halsschlagader auf.« Jan schüttelte den Kopf, als könnte er den Sinn hinter dieser Tat noch immer nicht verstehen. »Wir haben lange gebraucht, bis wir die Verbindung zwischen Escher und Dr. Reuter gefunden haben, aber glücklicherweise habe ich einen Freund, der mit dem Computer umzugehen weiß.«

Das Bild des ausgebrannten Kleinbusses erschien. »Die Verbindung geht zurück ins Jahr 2009«, begann Max. »Bei einem Unfall auf der B 100 starben Nora Escher, die Frau von Erik Escher, und Kurt Müller, der Bruder von Achim Müller, dem Kneipenwirt des *Altbier*, der Escher ein Alibi für den Mord an Dana Wolf verschafft hatte.«

»Diesen Zusammenhang hatten wir schnell aufgedeckt«,

sagte Jan. »Unser Fehler war, dass wir uns während der Ermittlungen auf die Toten konzentriert haben, denn es gab noch eine dritte Beteiligte, die den Unfall schwer verletzt überlebt hat.«

»Eine gewisse Heike Grube, die Verbrennungen im Gesicht und am Oberkörper erlitten hat«, ergänzte Max. »Sie war die Schwester von Manfred Reuter. Ich sage ›war‹, weil sie kurz vor Weihnachten 2013 Selbstmord begangen hat.«

»Dieser Selbstmord wurde zum auslösenden Ereignis für die Mordserie«, hakte Jan ein. »Denn im Zeitraum von 2009 bis zum Dezember 2013 ist keiner der Beteiligten auffällig geworden. Somit erklärt sich auch die Wahl der Opfer.« Die Bilder der vier Toten erschienen an der Wand. »Im Jahr 2009 half Dana Wolf dem Innensenator Rainer Bormeier und dessen Assistenten Bastian Cassel bei der Vertuschung des erwähnten Unfalls, der von Zacharias Voelz verursacht wurde.« Jan deutete auf Voelz' Foto. »Da nicht alle über die Vorkommnisse von gestern Abend informiert sind, fasse ich noch mal das Wichtigste zusammen.« Er räusperte sich kurz. »Um zwanzig Uhr kam Erik Escher in der Rolle des Bastian Cassel zu Zacharias Voelz nach Hause. Den Grund für das Treffen kennen wir nicht. Wir wurden nur darüber informiert, weil sich Voelz noch unter Polizeischutz befand, weniger weil wir einen Mord befürchteten, sondern um das Grundstück vor den Paparazzi zu schützen.« Max wechselte zum Bild des Wohnzimmers. »Erik Escher kam mit einem Taxi zu dem Anwesen. Wir haben den Fahrer ausfindig gemacht. Er hat bestätigt, dass er Escher vor Cassels Haus abgeholt hat.« Jan deutete auf den Eingang zu Voelz' Wohnzimmer. »In diesem Bereich hat Escher unseren Kollegen Kevin Irmer angeschossen. Dank der Durchsage über den Polizeifunk war Dr. Bergman als Erster am Tatort und hat Kevin schwer verletzt gefunden. Die Pistole steckte noch im Halfter, also hat Escher ohne Vorwarnung geschossen.« Jan atmete hörbar aus. »Die gute Nachricht ist, dass Kevin die Operation überstanden hat. Er ist noch nicht über den Berg, daher ist es unsere verdammte Pflicht, den Mann zu finden, der dafür verantwortlich ist.« Zustimmendes Gemurmel machte sich breit.

»Kevins Partnerin Marie Peters stand im Moment des Angriffs neben dem Tisch beim Kamin. Es kam zu einem Handgemenge, bei dem sich ein Schuss gelöst hat, den unsere Ermittler aus der Decke geholt haben. Weiterhin wurde eine zerbrochene Vase mit Blut und Haaren von Marie Peters gefunden. Die Vase war sehr robust, daher wird der Schlag unsere Kollegin zeitweise außer Gefecht gesetzt haben. Nachdem die Bewacher ausgeschaltet waren, vollzog Escher seine Rache an Voelz.« Das Bild der verbrannten Leiche erschien. »Er ließ ihn auf der Couch Platz nehmen und schoss ihn zweimal ins Bein, vermutlich um ihn bewegungsunfähig zu machen, sicher auch, um sich an seinem Leid zu ergötzen. Dann übergoss er den Hausherrn mit Benzin und zündete ihn an.« Jan zuckte die Achseln. »Eigentlich hätte der Fall aus Eschers Sicht abgeschlossen sein müssen. Bis auf Oswald Nickel, den Zeugen, der seine Aussage zurückgezogen hatte, waren alle Beteiligten tot. Und doch sind wir nicht am Ende.« Maries Bild erschien. »Seit gestern Abend fehlt jede Spur von unserer Kollegin. Wir haben das Anwesen mit Hunden abgesucht und alle Steine im Umkreis von einem Kilometer umgedreht ohne Hinweis über ihren Verbleib. Der Täter muss sie mitgenommen haben. Wahrscheinlich hat er dafür Voelz' Mercedes genommen, der schon nicht mehr in der Garage stand, als Dr. Bergman zum Tatort gekommen ist.« Das Bild eines jungen Mädchens erschien neben Maries. Sie hatte lange braune Zöpfe und ein entzückendes Kleines-Mädchen-Lächeln. »Weiterhin vermissen wir Voelz' Tochter Zara. Ihre Mutter, die von Zacharias Voelz getrennt lebt, hat sie seit vorgestern Abend nicht mehr gesehen, also muss Escher auch sie entführt haben.«

Ein Raunen zog sich durch den Raum. Manche Kollegen schüttelten den Kopf.

»Ich verstehe es auch nicht«, erklärte Jan. »Die Entführung von Marie und Zara ergibt keinen Sinn. Ganz im Gegenteil. Durch diese Geiselnahme setzt sich Escher einem höheren Risiko aus. Wir müssen etwas übersehen haben, daher werde ich mir nochmals Dana Wolfs Datenbank vornehmen. Die Tatortermittler durchsuchen die Wohnungen und Häuser der Opfer erneut. Alle anderen möchte ich bitten, jedem Hinweis nachzugehen, der bei uns eingeht, und die Augen nach dem gestohlenen Mercedes offen zu halten. Entweder finden wir Eschers Versteck, oder wir verstehen den Grund für die Entführung, um ihm so auf die Spur zu kommen. Wir können nicht absehen, wie schwer Maries Verletzungen sind, daher zählt jede Minute«, sagte Jan eindringlich.

In dem hinteren Bereich des Besprechungsraums entstand Unruhe. Wegen der Dunkelheit konnte Jan nicht sehen, warum, aber dann hörte er Bergmans Stimme. »Vielleicht wissen wir bald mehr!«, rief der Kripochef. »Schaltet die Fernseher ein. Der Entführer hat eine Botschaft gesendet.«

Während sich die meisten Kollegen vor den Fernsehapparat im Gang drängten, war Jan mit seiner Truppe zu Bergman ins Büro gekommen. Der junge Hacker saß auf dem Boden und tippte auf seinem Laptop, die verrückte Rechtsmedizinerin hatte sich Bergmans Tasse als Aschenbecher ausgeliehen, während sich Jan leise mit seinem Freund Chandu besprach. Der ehemalige Geldeintreiber war in seiner Rolle als Informant und Partner nicht von allen Kollegen der Berliner Polizei akzeptiert worden. Bergman hatte sich oft rechtfertigen müssen, dass Chandu in Fälle eingeweiht worden war und streng geheime Informationen erhalten hatte, aber diese Zweifel hatten sich mit dem heutigen Tag verflüchtigt. Jeder konnte sehen, wie sehr der große Mann litt. Der Schmerz über die Ungewissheit von Maries Schicksal war ihm ins Gesicht geschrieben, und so hatte er alle überzeugt, dass er einer von ihnen war. Selbst die Kollegen vom organisierten Verbrechen, die ihn schon zu manchem Fall befragt hatten, hatten ihm aufmunternd auf die Schulter geklopft und ihm Mut zugesprochen.

8.00 Uhr. Die Nachrichten begannen. Eine Aufnahme von Voelz' Anwesen erschien, wahrscheinlich von gestern Nacht, denn durch die Lücken im Zaun konnte man viele Polizeifahrzeuge sehen. Die Stimme eines Sprechers aus dem Off erklang.

»Am gestrigen Abend wurde das Anwesen von Zacharias Voelz Schauplatz eines Verbrechens. Unserem Sender liegen Hinweise vor, dass der bekannte Industrielle und Kunstsammler ermordet wurde.«

Bergman stöhnte. Sie hatten die Informationen noch zurückhalten wollen, um ungestört ermitteln zu können. Außer dem Polizeipräsidenten und dem Senator für Inneres war noch niemand eingeweiht worden.

»Die Polizei schweigt zu diesen Vorfällen und hat noch keine Pressemitteilung herausgegeben, aber heute Morgen um 7.21 Uhr erhielten wir eine Mail mit brisantem Inhalt. Erik Escher, der Hauptverdächtige in diversen Mordfällen, hat uns eine Videobotschaft zukommen lassen.« Die Szenerie wechselte in einen dunklen Raum, dessen Wände mit Industriefolien abgehängt waren. Erik Escher saß auf einem Hocker und sah in die Kamera. Er hatte nur noch wenig mit dem niedergeschlagenen, depressiven Mann zu tun, den Jan vor Tagen noch befragt hatte. Alles in seiner Haltung drückte Entschlossenheit aus. Er war herausfordernd nach vorne gereckt, als wollte er jedem seine Furchtlosigkeit zeigen. Er trug weder einen Verband um den Kopf noch einen Beingips. Auch hatte er keine grünen Augen mehr. Reuters geschaffene Illusion war perfekt gewesen.

»Vor fünf Jahren starb meine Frau Nora bei einem Unfall.« Seine Stimme war ruhig und gut zu verstehen, als hätte er diese Ansprache geübt. »Der Verursacher dieses Unfalls fuhr nicht nur weiter, während die Insassen verbrannten, er nutzte seine Kontakte zur Berliner Politik, um seine Beteiligung zu vertuschen. Dieser Mann ohne Gewissen war Zacharias Voelz, und er starb gestern auf die gleiche Art wie meine Frau. Zuvor starben seine willigen Partner Dana Wolf sowie der damalige Innensenator Rainer Bormeier und sein Assistent Bastian Cassel.« Escher ballte die Faust. »Sie alle haben sich von einem mordenden Monster kaufen lassen und verhindert, dass Recht gesprochen wurde.« Seine Stimme wurde schärfer. »Alle vier erhielten ihre gerechte Strafe. Die Tat ist beinahe gesühnt, aber es gibt noch eine Person, die beteiligt war.«

»Oh, scheiße«, sagte Jan und ging näher an den Fernseher heran.

»Sein Name ist Gerold Haag, ein Polizist, der geschworen hat, die Bürger Berlins zu beschützen. Doch stattdessen hat er sich zu einem Handlanger machen lassen, zu einer Marionette von Zacharias Voelz.«

Escher stand auf und ging vor die Kamera, bis nur noch sein Gesicht zu sehen war. »Ich verlange, dass mir Gerold Haag in den nächsten vierundzwanzig Stunden ausgeliefert wird, sonst wird es weitere Opfer geben.« Escher hantierte an der Kamera, dann schwenkte das Bild auf zwei Gestalten, die gefesselt am Boden saßen. Das kleine Mädchen hatte eine Binde über den Augen, und doch konnte man die Tränen sehen, die ihr die Wangen hinunterliefen. Marie zitterte am ganzen Leib und wimmerte leise. Ihr Kleid war schmutzig, und sie hatte einen Schuh verloren. Daneben lehnte eine Frau an der Wand. Ihr Kopf war auf die Brust gesunken, und sie atmete in kurzen Stößen. Escher hatte ihr die kugelsichere Weste ausgezogen. Blut hatte einen kreisförmigen Fleck um ein Einschussloch auf der rechten Schulter gebildet. Sie war in keinem guten Zustand.

»Marie«, flüsterte Chandu. Er hob seine Hand, als wollte er sie berühren.

»Das Mädchen und die Frau sind mein Einsatz für Gerold Haag«, sagte Escher weiter. »Wird er mir ausgeliefert, lasse ich sie frei. Ist Haag bis morgen früh sieben Uhr nicht in meiner Gewalt, töte ich die Frau und weitere vierundzwanzig Stunden später das Mädchen.«

»Mein Gott«, sagte Jan.

Die Kamera zoomte näher an Maries Bein. Auf dem Oberschenkel waren eine kleine Kugel aus Plastik und eine Digitaluhr zu sehen, die mit Industrieband festgeklebt waren. »Die Bombe enthält genug Schwarzpulver, damit es der Frau das Bein zerfetzt. Keine Minute später wird sie tot sein.« Die Kamera schwenkte näher auf die Uhr. »Ich habe einen Countdown eingestellt, der morgen um sieben Uhr den Zünder auslöst. Selbst wenn ich gefasst oder erschossen werde, wird die Uhr weiterlaufen.« Die Kamera schwenkte zu Zaras Fußknöchel, an dem der gleiche Mechanismus angebracht war.

»Wie krank muss man sein, um eine Bombe an einem unschuldigen Mädchen zu befestigen?«, fragte Zoe.

Dann drehte sich die Kamera wieder auf Eschers Gesicht zurück. »Jetzt dürfte jedem klar sein, wie ernst ich es meine. Gebt mir Haag, oder die Geiseln sterben.«

Dann brach das Video ab.

Ihr Kopf schmerzte bei der kleinsten Bewegung, und sie hatte sich schon zweimal übergeben müssen. Ihr war schwindelig, als wäre sie betrunken. Auf der Fahrt war sie in Ohnmacht gefallen. Sie musste sich eine schwere Gehirnerschütterung zugezogen haben, als Escher sie mit der Vase bewusstlos geschlagen hatte. Vielleicht sogar einen Schädelbruch.

Die Schusswunde an der Schulter machte ihren Zustand nicht besser. Der Blutverlust ließ ihr Herz rasen, und sie atmete wie nach einer Verfolgungsjagd. Der Kreislaufkollaps war nicht mehr fern, und sie wusste nicht, ob sie dann noch einmal aufwachen würde; zu stark waren ihre Verletzungen und zu lange waren diese unbehandelt geblieben.

Zara hatte sich eng an sie gekuschelt. Wegen der Augenbinde konnte sie das Mädchen nicht sehen, und wegen der Fesseln konnte sie nicht ihren Arm um sie legen, aber es war ein beruhigendes Gefühl, jemand bei sich zu haben, auch wenn sie ihr das Schicksal gerne erspart hätte.

Das Zittern in Maries Händen verstärkte sich. »Ich weiß, dass du Angst hast«, begann sie mit schwacher Stimme. »Aber du wirst bald wieder zu Hause sein.« Marie gab sich Mühe, überzeugend zu klingen. Sie musste dem Mädchen die Angst nehmen. »Ich habe einen Freund, der ist groß und stark und so tapfer wie der Feuerwehrmann aus den Zeichentrickfilmen, die wir gestern gesehen haben. Und er hat auch ganz viele Freunde bei der Polizei. Die suchen alle nach uns. Und wenn sie uns gefunden haben, sperren sie den bösen Mann für immer ein. Dann darfst du wieder zu deiner Mama und musst nie wieder fort.«

Maries Kräfte ließen nach. Sie hatte sich noch nie in ihrem Leben so schwach gefühlt. »Bleib tapfer, Zara«, flüsterte sie. »Sie kommen dich bald holen.«

Ihre Augen fielen zu. Sie konnte nicht weiterreden. Chandus Bild erschien in ihren Gedanken, wie er in der Küche stand und den Speck für die Rühreier briet. Er war so groß, so stark und doch so sanftmütig mit seinem strahlenden Lächeln und seiner dunklen Stimme. Es gab noch so viel, was sie ihm gerne gesagt hätte, hätte sie nur gewusst, dass ihr Glück so kurz sein würde. Aber es waren schöne Tage gewesen, sagte sie sich. Ein gutes Ende. Das Lächeln verbrauchte ihre letzte Kraft. Und ihr Kopf sank auf die Brust.

KAPITEL 13

Da jede Sekunde zählte, machte sich Jan nicht die Mühe, Gerold Haag auf die Wache mitzunehmen. Er würde ihn gleich in seiner Wohnung verhören. Auf die Aufzeichnung musste er verzichten. Jan klopfte an seine Tür und trat ohne die sonst übliche Vorstellung ein. Haag trug eine alte Jogginghose und ein verwaschenes Sweatshirt, das roch, als hätte er die letzten Tage darin geschlafen. Er hatte einen Bierbauch und fettige schwarze Haare, denen einen Friseurbesuch nicht geschadet hätte. Von der Pflege seiner Fingernägel hielt Haag auch nicht viel.

Die Wohnung war aufwendig eingerichtet, mit einem großen Fernseher, einer schicken Ledercouch und einem Kühlschrank direkt neben einem Massagestuhl. Einzig die herumstehenden Bierflaschen nahmen dem Wohnzimmer die Gemütlichkeit.

»Schick«, sagte Jan beim Eintreten. »Eigentlich zu schick für einen Streifenpolizisten, der die Frühpensionierung in Anspruch genommen hat.«

»Was wollen Sie damit sagen?«, fragte Haag. Leider roch sein Atem wie sein Sweatshirt.

Jan packte den Mann am Ausschnitt und zog ihn zu sich.

»Okay, Arschloch. Du sagst mir, wie du in der Sache mit Escher drinsteckst. Jedes schmutzige Detail, sonst nehme ich dich mit auf die Wache, und wir laufen durch den Pulk an Reportern, die sich wie die Geier auf dich stürzen werden. Dann übergebe ich dich an Maries Freunde, die es kaum erwarten können, dich in die Finger zu kriegen.«

Jan gab Haag einen Stoß, der ihn auf die Couch fallen ließ. Der Mann war von der harten Behandlung sichtlich überrascht. Er wollte nach einem Bier greifen, aber Jan kickte die Flasche vom Tisch. Sie zersprang klirrend am Boden.

»Saufen kannst du später.«

»Ich habe mit der Entführung nichts zu tun«, rechtfertigte sich Haag.

»Ist mir auch klar«, fuhr Jan auf. »Warum will dich Escher haben?«

»Ich weiß es nicht«, jammerte er.

Jan packte den Couchtisch und warf ihn mit lautem Getöse um. »Wenn du mich noch einmal anlügst, prügle ich jeden Schluck Bier aus deinem Fettbauch heraus.« Er packte Haag wieder am Sweatshirt. »Du hast keine Freunde mehr bei der Polizei. Selbst wenn ich dir jeden Knochen breche, wird die interne Untersuchungskommission das als Notwehr deklarieren. Du bist an der Vertuschung des Unfalls auf der B 100 beteiligt, sonst würde sich Escher einen Scheiß für dich interessieren. Wegen dir hat der Wahnsinnige einem kleinen Mädchen und einer Kollegin eine Bombe umgebunden, die sie in zweiundzwanzig Stunden in Fetzen reißen wird, also rede.«

»Hast du mal hunderttausend Euro in der Hand gehabt?«, fragte Haag.

»Noch nicht.« Jan ließ den Mann wieder los.

»Das ist mehr, als ich im Jahr verdient habe«, rechtfertigte er sich. »Hunderttausend. In bar. Steuerfrei.«

»Und wer hat dir das Geld gegeben? Dana Wolf?«

Haag schüttelte den Kopf. »Bastian Cassel.«

»Und was musstest du dafür tun?«

»Meinen übereifrigen Kollegen bremsen.«

»Wen?«

»Jochen Quass«, sagte Haag. »Mein damaliger Partner.«

»Und wieso?«, brüllte Jan. »Lass dir nicht alles aus der Nase ziehen!«

»Quass und ich haben den B 100-Unfall bearbeitet. Mein Partner hatte gerade die Ausbildung abgeschlossen und war noch voller Ideale, also hat er sich reingehängt. Selbst als der Zeuge seine Aussage zurückgezogen hatte und die Akte geschlossen war, hat ihm die Sache keine Ruhe gelassen. Er hat in seiner Freizeit weiterermittelt in der Hoffnung, einen zweiten Zeugen zu finden, der den Unfall gesehen hat. Quass hat sogar auf eigene Kosten eine Anzeige in der Zeitung geschaltet.«

»Und das hat dir nicht gefallen«, stellte Jan fest.

»Eigentlich war es mir egal, aber dann kam Cassel zu mir.«

»Woher kanntest du ihn?«

»Ich war im Jahr zuvor bei einem Fall von Vandalismus involviert. Ein paar Verrückte haben in der Klosterstraße die Fassade besprüht und Autos demoliert, unter anderem auch Cassels nagelneuen Mercedes. Ich habe ihn über die Ermittlungen auf dem Laufenden gehalten, und so sind wir auch über Privates ins Gespräch gekommen.«

»Woher wusste er von deiner Beteiligung an dem Fall?«

»Keine Ahnung, Mann. Er hat mich an der Wache abgefangen und zum Bier eingeladen.«

»Und dir dann die hunderttausend gegeben?«

»So schnell nicht«, erklärte Haag. »Wir haben erst über den Job geredet, wie schwer die Nachtschichten sind und dass es am Ende des Monats immer wieder knapp mit dem Geld wird, wenn man sich was leisten will. Irgendwann ist er mit dem Angebot rausgerückt.«

»Das war Bestechung, kein Angebot.«

»Der Fall war abgeschlossen. Völlig legal. Alles wäre gut gewesen, wenn mein Partner nicht den Moralischen bekommen hätte.«

»Für einen Polizisten sollte es nicht zufriedenstellend sein, wenn der Verursacher eines Unfalls mit mehreren Toten ungestraft davonkommt.«

»So ist die Welt.« Haag zuckte die Achseln. »Wie viele schuldige Straftäter hast du schon gehen lassen müssen?«

»Zu viele«, sagte Jan. »Aber ich habe alles versucht, sie zu kriegen, und bin nicht den einfachsten Weg gegangen. Ebenso wie dein Partner.«

»Ich habe ihm die Hälfte von der Kohle angeboten«, rechtfertigte sich Haag. »Fünfzigtausend. Aber statt dankbar zu sein, hat er gedroht, zu unserem Vorgesetzten zu gehen.«

»Und dann?«

Haag sah beschämt zu Boden.

»Rede, verdammt!«, brüllte Jan.

»Ich habe ihm was untergeschoben«, sagte er leise.

»Und was? Drogen, Kinderpornos, Falschgeld?«

»Eine Prise Koks in seinen Kaffee. Nicht viel, nur genug, dass sich das Zeug bei ihm nachweisen lässt, und dann noch ein paar Gramm in seine Schreibtischschublade. Zusammen mit einem anonymen Tipp war's um ihn geschehen.«

»Wo hast du das Zeug her?«

»Ich kenne einen Dealer.«

»Was passierte mit Quass?«

»Er wurde vom Streifendienst abgezogen und zu einem Job in der Verwaltung degradiert. Keine Marke, keine Waffe und schlechtere Bezahlung. Hätte er nur das Geld genommen«, rechtfertigte sich Haag.

»Wenn es nach mir ginge, würde ich dich Escher ausliefern und ihm das Streichholz geben, das dich brennen lässt.« Jan senkte seinen Kopf, bis er nur noch eine Handbreit von Haags Gesicht entfernt war. »Aber wenn dich der Richter verknackt hat, werde ich dich persönlich in Moabit abliefern. Wenigstens das gönne ich mir.«

Jan wandte sich von Haag ab, zog sein Handy aus der Tasche und wählte Max' Nummer. Er hatte eine Idee, wer Eschers DNA im System vertauscht hatte.

Max hatte auf seinem Laptop eine App programmiert, die die Lautstärke der Musikwiedergabe reduzierte, sollte Jan bei ihm anrufen. Binnen eines Augenblicks war von dem Technosound nur noch ein leises Wummern zu hören.

»Hi, Jan«, meldete sich Max. »Wie war dein Date mit Haag?«

»Ein Traum«, sagte Jan. »Gespräche mit korrupten Polizisten gehören zu meinen Lieblingsbeschäftigungen. Aber jetzt weiß ich, wer Eschers DNA ausgetauscht hat.«

»Jochen Quass«, sagte der junge Hacker.

»Woher weißt du …«

»Vor zehn Minuten ist er auf die Dienststelle gekommen und ist direkt in Bergmans Büro gerannt. Bevor dein Chef seine Kaffeetasse abgesetzt hatte, hatte Quass schon die Tat gestanden und uns ein lückenloses Geständnis geliefert. In jedem zweiten Satz beteuerte er aber, dass er das nicht gewollt hat und aufs Kreuz gelegt worden ist. Er hat nur die DNA ausgetauscht, weil Escher Wolf einen kleinen Denkzettel verpassen wollte. Angeblich war die Probe von Eschers gehbehinderter Nachbarin. Von Mord war angeblich nie die Rede gewesen.«

»Als Dana Wolf bis zur Unkenntlichkeit verbrannt unter dem Brandenburger Tor gefunden wurde, hätte ihm etwas komisch vorkommen müssen.«

»Anscheinend hat Escher ihn nach dem Mord angerufen und gesagt, dass ihm die Arbeit abgenommen worden war.

Quass hat es auf sich beruhen lassen, auch weil bei dem Unfall nicht in der Zeitung stand, dass Escher aufgrund der DNA identifiziert worden war.«

Jan fluchte. »Hat er etwas zu Eschers Aufenthaltsort gesagt?«

»Nope. Quass schwört bei seinem Leben, dass er keine Ahnung hat.«

»Wäre auch zu schön gewesen«, murmelte Jan. »Behaltet Quass auf der Wache. Um ihn kümmere ich mich später.«

»Drei Kollegen haben sich seiner angenommen, ihn ausgiebig gefilzt und ihn in den Verhörraum gesetzt«, sagte Max. »Wenn er nicht Naruto Uzumaki ist, kommt er da nicht mehr raus.«

»Wer ist Naruto …?«

»Ich kläre dich ein anderes Mal über Animes auf«, unterbrach Max. »Ich habe gerade eine Nachricht von Patrick erhalten.«

»Was steht drin?«

»Eschers Fluchtwagen wurde gefunden.«

Tims Lieblingskneipe war morgens noch nicht geöffnet, also trafen sie sich in einer Spelunke am Kotti. Es war kalt und trüb, ein typischer Februartag, an dem man am liebsten zu Hause bleiben würde. Während die meisten Bürger um diese Uhrzeit arbeiteten und sich auf ihr Feierabendbier freuten, hatte eine Gruppe Männer den Teil schon hinter sich. Sie lungerten um eine Telefonkabine herum, die Schutz vor dem kalten Wind bot. Ein paar Jugendliche saßen auf dem Geländer zur U-Bahn, rauchten und waren vertieft in ihre Handys.

Chandu rührte abwesend in seinem Kaffee. Er hatte nicht vor, die Brühe zu trinken, aber irgendwas hatte er bestellen müssen.

Tim kam wie immer fünf Minuten zu spät. Sein Kopf ging

bei jedem Schritt unruhig hin und her, als erwarte er hinter jeder Ecke einen Todfeind mit Maschinenpistole. Er hastete zu einem nahen Baum, beäugte die Männer an der Telefonkabine über seine Brille und ging dann in die Kneipe. Mit einem Seufzen setzte er sich an Chandus Tisch. Tim roch wie ein nasser Pudel, sein Pullover enthielt Reste von Tomatensoße, und seine wild abstehenden Haare hätten jeden Punker neidisch gemacht, aber irgendwie war es tröstlich, die Ratte zu sehen. Auch wenn er immer wieder versuchte, Chandu fehlerhafte Hehlerware zu verkaufen, hatte er stets zu seinem Wort gestanden, wenn er ihn gebraucht hatte.

»Ich habe noch nie in meinem Leben so wenig über jemanden herausgefunden wie über Erik Escher«, begann Tim ohne Begrüßung.

»Was ist das Problem?«

»Erik Escher ist ein normaler Typ, der irgendwann durchgedreht ist.« Tim wandte sich Chandu zu. »Ich habe Leute in seiner Umgebung befragt. Keine großen Fische. Dealer, Autoknacker und einen Zuhälter. Niemand konnte was mit Escher anfangen. Ein Typ kannte ihn, weil er im Haus gegenüber wohnt.«

»Also hat er alles alleine geplant.«

»Ich habe mich mit einem Rumänen unterhalten, der sein Geld mit Kidnappen von Diplomatenkindern verdient hat«, fuhr Tim fort. »Wenn was gelaufen wäre, hätte er davon erfahren.«

»Man kann keinen Vierfachmord planen, ohne aufzufallen.«

»Warum nicht?«, fragte Tim. »Alles, was du brauchst, gibt es im Internet. Überwachungstechnik, Satellitenbilder und Programme, die das Handy hacken. Außerdem hatte er Helfer, die bisher ein ebenso unbescholtenes Leben geführt haben wie er.«

Chandu schüttelte den Kopf. »Sag mir, was ich machen soll. Ein Wahnsinniger hält ein Kind und meine Freundin gefangen und droht, sie in die Luft zu sprengen.«

»Geh zu deinen Freunden«, sagte Tim. »Niemand in Berlin hat so viele Möglichkeiten wie die Kripo.«

»Ich nütze denen nichts«, erklärte Chandu. »Seit heute Morgen zwei Uhr zapfe ich jede meiner Quellen an, ohne Erfolg. Ich hatte gehofft, dass ich Jan irgendwas bieten kann. Du warst mein letzter Trumpf.«

»Mir gehen die Ideen aus«, sagte Tim. »Ich rede noch mit ein paar Waffendealern. Vielleicht hat einer von denen Escher eine Knarre verkauft und kann mir weiterhelfen, aber rechne nicht mit einem Glückstreffer.«

Chandu legte Tim die Hand auf die Schulter. »Danke, Alter. Ich schulde dir was.«

Tim verzog seinen breiten Mund zu einem Lächeln. »Ganz Berlin sucht Escher«, sagte er. »Wir finden ihn.«

Selbst der Besuch des Präsidenten der Vereinigten Staaten hatte nicht einen solchen Aufmarsch erzeugt wie die Nachricht von Eschers gefundenem Fluchtauto. Die Straßen waren weiträumig um den Abstellort abgesperrt. Auf den Gehwegen patrouillierten Polizisten, die selbst die Anwohner nicht durchließen. Alle trugen kugelsichere Westen und hatten eine MP5 umgeschnallt. Der Verkehr rund um den Häuserblock war zum Erliegen gekommen, befand sich der Fundort doch nahe der Falkenberger Chaussee, einer wichtigen Verkehrsachse in Hohenschönhausen.

Jan erkannte Voelz' Wagen schon von Weitem, da die wuchtige S-Klasse deutlich von den preiswerten Modellen auf dem Parkplatz abstach. Trotz der Kälte waren alle Fenster des zwölfstöckigen Plattenbaus geöffnet und besetzt. Manche Zuschauer hatten sich Kissen unter die Arme gelegt, als rechneten sie mit einem langen Schauspiel. Andere hatten ein Bier in der Hand oder filmten mit ihrem Handy.

Die Türen des Wagens waren geöffnet worden. Ermittler untersuchten das Auto nach Spuren und gaben Proben an wartende Kollegen, die sofort mit der Auswertung begannen. Patrick hatte auf dem Gehweg daneben eine Einsatzzentrale geschaffen, in der er die Polizisten nach Bezirken einordnete, um die Anwohner zu befragen. Es war nach elf Uhr. Die letzten drei Stunden waren viel zu schnell vergangen.

»Was gibt's Neues?«, fragte Jan ohne Begrüßung.

»Der Wagen wurde vor vierzig Minuten von einer Streife entdeckt«, sagte Patrick. »Auf dem Rücksitz befindet sich eine Blutspur, die wahrscheinlich Marie hinterlassen hat. Weiterhin wurden lange braune Haare gefunden, die von Voelz' Tochter stammen könnten. Zoe macht mit den Haaren aus Eschers Wohnung gerade ein neues DNA-Profil von ihm, damit wir die Spuren sicher zuordnen können.

»Wie lange steht das Auto schon hier?«

»Seit Viertel nach neun gestern Abend.«

»Dann ist Escher von Voelz' Anwesen direkt hierher gefahren. Woher weißt du es so genau?«

»Wir haben eine Zeugin, die alle drei beim Aussteigen beobachtet hat.«

»Wer?«

Patrick deutete auf eine ältere Dame, die neben einem Einsatzfahrzeug auf einem Stuhl saß und wartete. Sie trug eine dicke Pelzjacke, die wohl schon bessere Zeiten gesehen hatte, Winterboots und einen knallbunten Schal. Auf ihrem Schoß ruhte ein überfütterter Dackel, der vom Bellen schon heiser war.

»Ortrud Grube«, sagte Patrick. »Sie gehört dir.«

Jan zog seine Marke hervor und stellte sich in sicherem Abstand vom Dackel vor die Frau. »Kommissar Tommen«, sagte er kurz. »Frau Grube, mein Kollege hat mir gesagt, dass Sie die Insassen des Wagens gesehen haben.«

»Na ja, mein Hund hat Durchfall.«

»Wie bitte?«

»Durchfall. Dabei wird der Kot des Hundes …«

»Ich weiß, was Durchfall ist«, sagte Jan ungeduldig. »Aber was hat das mit der Entdeckung des Mercedes zu tun?«

»Normalerweise wäre ich um diese Uhrzeit nicht mehr vor der Tür. Ist keine schöne Gegend hier, aber ich habe einen kleinen Perser im Wohnzimmer, und wenn mein Wauzi sein Kaka nicht halten kann …«

»Frau Grube«, unterbrach Jan. »Können Sie mir den Fahrer und seine Begleitung beschreiben?«

»Schwierig. Mein Wauzi hatte sich gerade hingesetzt, und ich …«

»Wenigstens ungefähr.«

»Ein Mann, groß, mit Bauch, ein Mädchen und eine torkelnde Frau. Sie war wahrscheinlich betrunken.«

Jan seufzte. Es wäre auch zu schön gewesen, einen verlässlichen Zeugen gehabt zu haben. »Wo sind sie hingegangen?«

»Zur Kellertreppe.« Sie deutete nach rechts zu einer Tür, die von der Straße kaum zu sehen war, weil sie unter einem Balkon lag. Sie war offen. Jan erkannte Fingerabdruckpulver am Griff.

»Haben Sie die drei wieder herausgehen sehen?«

»Als ich von meiner Runde zurückgekommen bin, nicht.«

Ein großes gepanzertes Fahrzeug kam um die Ecke gefahren. Das SEK war angekommen.

»Danke, Frau Grube.« Jan eilte zu Patrick zurück und stellte sich mit den Männern an den Tisch. Sie waren in voller Kampfmontur. Helme, Strumpfmasken, kugelsichere Westen, Maschinengewehre und Pistolen. Harte Jungs, gegen die Escher chancenlos war.

Patrick breitete einen Plan des Gebäudes auf dem Tisch aus. »Der Keller ist eine lang gezogene Röhre, von der rechts und links immer wieder Räume abzweigen«, begann Patrick. »Der Hausmeister hat uns mit einem Set von Universalschlüsseln versorgt. Damit kommen wir in die Heizungsräume, Lagerräume und die Fahrstuhlschächte.« Er deutete auf einen Punkt auf der Karte. »Die Keller der Hochhäuser sind verbunden und nur durch Türen voneinander abgetrennt. Der Schacht ist hundertzwanzig Meter lang.«

»Was ist mit den Ausgängen nach oben?«, fragte ein SEK-Mann.

»Sind dreifach von Polizisten besetzt. Da kommt kein Grashüpfer durch.«

»Wir dringen ein und teilen uns in zwei Gruppen auf«, sagte der Anführer der Kampftruppe. »Fünf Männer gehen direkt durch den Hauptgang, bis wir das Ende erreicht haben. Drei Mann nach vorne ausgerichtet, zwei nach hinten. Der Rest lässt sich zurückfallen und durchsucht Raum für Raum.«

Die Männer nickten.

»Wir haben eine verletzte Kollegin und ein kleines Mädchen als Geiseln, also nur bei klarem Ziel schießen.«

»Der Strom im Keller ist lahmgelegt«, sagte Patrick. »Bis auf ein paar Fenster kommt kein Licht hinein.«

»Sobald wir unten sind, Nachtsichtgeräte auf«, sagte der Anführer. »Wir haben keine Zeit zu verlieren. Formieren, Waffen entsichern und rein. Und haltet Funkdisziplin«, mahnte er.

Zehn Sekunden später waren die Männer im Keller verschwunden.

Patrick stellte das Funkgerät auf volle Lautstärke und wechselte auf den Kanal des SEK.

Jan rieb sich unruhig die Hände. Wie gerne wäre er mitgegangen, aber die Männer hatten solche Einsätze hundert Mal trainiert. Er wäre nur eine Last. So oder so, in ein paar Minuten wäre alles vorbei.

Die Zeit zog sich ewig. Immer mehr Polizisten ohne Wachauftrag fanden sich am Zelt ein. Keiner sprach ein Wort, alle starrten auf das Funkgerät, als würde der kleine Kasten über das Schicksal der Geiseln entscheiden. Jan sah auf seine Uhr. Drei Minuten waren vergangen. Die Stille machte ihn wahnsinnig. Eigentlich war es ein gutes Zeichen, dass keine Schüsse fielen, vielleicht waren die Geiseln aber schon tot und Escher geflüchtet.

Fünf Minuten.

Wie lange konnte es dauern, den Gang zu sichern und die Räume zu durchsuchen?

Sieben Minuten.

Das Knacken in der Leitung war wie eine Erlösung.

»Hier Gruppenführer«, hörte Jan die Stimme in dem Rauschen. »Keller gesichert. Keine Spur von den Geiseln oder dem Geiselnehmer. Aber schickt die Männer von der Kripo nach unten«, sagte der Mann. »Hier ist etwas, das sie sehen müssen.«

Es war Maries Blut. Jan hatte keine Zweifel, als er den Fingerabdruck an der Tür sah. Trotz der Schmerzen hatte sie ihnen eine Spur gelegt, einen Hinweis, den der Entführer nicht auf seiner Rechnung haben konnte. Escher war mit seinen Geiseln am ersten Haus des Wohnblocks hineingegangen, hatte zwei Zwischentüren aufgebrochen und war über die Kellertreppe nach oben gelaufen. An dieser Tür fand sich Maries letzte Blutspur. Von hier aus hätte er über den Eingangsbereich nach draußen gehen oder mit dem Fahrstuhl nach oben fahren können.

Patrick kam zu ihm. »Wir haben alle Ausgänge überprüft und keine weiteren Blutspuren gefunden. Anscheinend haben sie hier den Keller wieder verlassen.«

Jan ging nach draußen. Er drehte sich einmal um die eigene Achse und nahm alle Eindrücke auf. Hochhäuser, so weit das Auge reichte. Manche höher, manche niedriger, einige weiß gestrichen, andere rot. Überall standen Autos, auf der Straße, in Parkplätzen hinter oder neben den Häusern. Nicht weit von hier fuhr die S-Bahn. Auf der anderen Straßenseite war eine Ladenzeile. In der Gegend lebten mindestens fünfzigtausend Leute auf engstem Raum. Eher mehr.

»Warum hier?«, murmelte Jan.

»Was hast du gesagt?«

»Wenn wir als Ankunftszeit Viertel nach neun annehmen und davon ausgehen, dass Escher nicht wie ein Henker gefahren ist, ist er direkt von Voelz' Wohnung hierhergekommen. Warum dieser Ort?«

»Weil er hier ein Versteck hat«, sagte Patrick.

»Unwahrscheinlich«, erwiderte Jan. »Dann wäre er direkt in seine Wohnung und hätte nicht den Keller benutzt. Die Mühe können wir uns sparen.«

»Es ist anonym«, sagte Patrick. »Alle kümmern sich um ihren Kram. Ein fremdes Gesicht fällt nicht auf.«

»Escher und Reuter haben das seit Wochen geplant. Es gibt tausend Orte, die besser geeignet wären.«

»Vielleicht war der Gang durch den Keller eine Ablenkung, und Escher hat sich doch in eine Wohnung geflüchtet.«

»Fangen wir von vorne an. Zaras Entführung war geplant. Damit wollte er an Haag herankommen. Marie war eher eine Gelegenheit.« Jan ging umher. »Ich habe mein Opfer im Auto, was plane ich als Nächstes?«

»Ich fahre direkt zu meinem Unterschlupf, bevor die Polizei Straßensperren errichtet hat«, sagte Patrick.

»Oder ich tausche mein Auto, damit die Fahndung erschwert wird«, hakte Jan ein. »Wie mache ich das?«

»Ich stelle es an einem unauffälligen Ort ab.«

»Ein öffentliches Parkhaus?«

»Zu viele Kameras«, sagte Patrick. »Vielleicht eine Waldlichtung.«

»Zu leicht zu verfolgen. Eine Spur hin, eine weg.«

»Dann ein öffentlicher Parkplatz. Einer ohne Schließzeiten, also kein Supermarkt oder Möbelhaus.«

»Eine Wohngegend wie hier«, sagte Jan.

»Kein schlechter Ort«, stimmte Patrick zu. »Aber warum geht er durch den Keller anstatt direkt zum Auto?«

»Wegen Leuten wie Ortrud Grube und ihrem Dackel«, sagte Jan. »Der dicke Mercedes fällt auf. Damit hat er gerechnet. Also läuft er durch den Keller und geht zwei Häuser weiter durch den Haupteingang hinaus zu dem Auto.«

»Ortrud Grube hat ihn zwar aussteigen sehen, weiß aber nicht, welches Auto er zum Wegfahren benutzt hat.«

»Und wer ihn wegfahren gesehen hat, zieht keine Schlüsse zu dem abgestellten Mercedes.« Jan seufzte. »Wir müssen alle Leute fragen, ob sie an diesem Abend mitbekommen haben, wie ein Mann, eine Frau und ein Kind zusammen weggefahren sind.«

»Und das im Dunkeln, während es geschneit hat.«

»Das wäre der größte Glückstreffer aller Zeiten«, sagte Jan. »Wir müssen noch andere Wege versuchen.«

Max kam die Straße entlanggerannt. Mit einer Hand hielt er seinen Laptop, mit der anderen versuchte er, seine zu weite Hose vom Herunterrutschen abzuhalten. Ein breites Grinsen zierte sein Gesicht. »Ich weiß, warum er sein Auto hier abgestellt hat!«, rief der junge Hacker. »Adolf und Edelgard Huebner.« Er drehte den Laptop zu Jan, auf dem ein Bild eines älteren Ehepaars zu sehen war.

»Wer ist das?«

»Adolf und Edelgard sind die Eltern einer gewissen Nora Huebner, die mit der Heirat den Namen ihres Mannes angenommen hat und dann Nora Escher hieß.«

»Erik Eschers Schwiegereltern«, sagte Jan. »Hast du eine Adresse?«

»Das ist das Problem. Adolf Huebner starb kurz nach Noras Tod, Edelgard letztes Jahr. Die Wohnung wurde an ein junges Ehepaar mit Kind vermietet, das in keinem Zusammenhang zu Escher steht.«

»Inwieweit hilft uns das weiter?«, fragte Patrick.

»Da muss ich etwas ausholen«, erklärte Max. »Und zwar bis zu meiner Großtante Adelheid.«

Jan runzelte die Stirn.

»Tante Adelheid war eine alleinstehende Jungfer, die einen Vorort weiter in einem Mehrfamilienhaus gewohnt hat. Ab und zu ist sie zu ihrer Schwester nach England gefahren. Dann sind meine Mutter und ich zu ihr, und ich habe ihre Fische gefüttert.«

»Ich verstehe den Zusammenhang nicht«, bemerkte Patrick.

»Gleich«, sagte Max und erzählte weiter. »Um in die Wohnung zu kommen, hatten wir ein Bund mit Hausschlüssel, Schlüssel für die Balkontür und so weiter. Als Tante Adelheid verstorben war, wurde ihre Wohnung geräumt und neu vermietet, aber die Schlüssel haben wir behalten. Meine Mutter brachte es nicht übers Herz, sie wegzuwerfen oder zurückzugeben.« Max wandte sich Patrick zu. »Natürlich wurde kein Schloss getauscht, also hätten wir noch Jahre später in das Haus und in die Wohnung kommen können.«

»So ist er in den Keller gelangt«, sagte Jan. »Escher hatte noch die Schlüssel seiner Schwiegereltern.«

»Und er kannte sich hier aus, weil er sie ab und zu besucht hatte«, ergänzte Max.

»Kannst du eine Liste von Adolf und Edelgard Huebners Nachbarn erstellen?«, fragte Jan. »Ein paar werden Erik Escher gekannt haben. Vielleicht hat einer von ihnen unseren Entführer gesehen.«

»Gib mir fünf Minuten«, sagte Max und setzte sich mit seinem Laptop auf eine Stufe.

Als sich Jan von dem jungen Hacker abwandte, kam ein Polizist zu ihm gelaufen. Er war etwa in Bergmans Alter, nur hatte er ein paar Kilos mehr um die Hüften. Zusammen mit seinem dunklen Vollbart strahlte er etwas Ruhiges, fast Väterliches aus.

»Kommissar Tommen«, begann er. »Wir haben einen Zeugen, der nur mit dem Einsatzleiter reden will, damit er auch die Belohnung bekommt.«

Jan seufzte. Er hasste Zeugen, die ausschließlich auf das Geld aus waren. Meist hatten sie nur spärliche oder erfundene Hinweise, aber wenn es den entscheidenden Tipp brachte, würde Jan sein Gehalt noch dazulegen. Ein junger Mann schob sich unsicher durch die Gruppe von Polizisten. Sein Friseur war entweder betrunken gewesen oder hatte eine Heckenschere zum Schneiden benutzt. Vorne fielen die Haare weit über die Stirn, an der rechten Seite waren sie ungeschnitten, links fast vollständig abrasiert. Der Mann schüttelte Jan die Hand. Seine Finger waren feucht und zitterten. Seine Augen waren stark gerötet, und Schweiß stand auf der Stirn.

»Kommissar Tommen«, stellte sich Jan vor. »Wie lautet Ihr Name?«

»Piotr«, sagte der Mann mit nervöser Stimme. Er trippelte auf der Stelle, als könnte er seine Füße nicht still halten.

»Und Sie haben einen Hinweis auf den Entführer?«

»Gibt es die Belohnung noch?«

»Zehntausend Euro für sachdienliche Hinweise, die zur Ergreifung des Täters führen.«

Piotr zog sein Handy aus der Tasche. Das Display zeigte eine unscharfe, verwackelte Aufnahme von Escher.

»Wann haben Sie das gemacht?«

»Heute Morgen.«

»Wo?«

»Im letzten Wohnblock hinten an der Straße. Oberstes Stockwerk. Der Mann kam mit dem Fahrstuhl hoch.«

»Woher wussten Sie, wer er ist?«

»Bei mir läuft den ganzen Tag der Fernseher. Der Typ kam in den Nachrichten.«

»In welche Wohnung ist er verschwunden?«

»In die am Ende des Gangs.«

Jan winkte Patrick zu sich. »Ruf die Jungs vom SEK zusammen. Wir gehen noch mal rein.«

Der Schmerz in ihrer Schulter holte Marie aus der Ohnmacht. Escher hatte ihr die Augenbinde abgenommen und versorgte ihre Wunde mit einem Verband. Ihr Hals war trocken, und sie konnte kaum ihren Kopf heben. Escher hatte ihre Fesseln gelockert, aber in ihrem momentanen Zustand wäre sie für niemanden eine Gefahr.

Ihr Entführer hatte ein Campingklo in den Raum gestellt, dessen scharfer chemischer Geruch die muffige Luft überlagerte. Daneben standen zwei Flaschen Wasser und eine Packung geschnittenes Brot aus dem Supermarkt.

Zara sah sie aus besorgten Augen an. Wenigstens hatte Escher ihr ebenfalls die Augenbinde abgenommen und die Fesseln gelockert. Die braunen Locken hingen ihr verschwitzt über die Stirn, aber sie war unverletzt. Einzig die Bombe war noch immer um ihr Bein geschnallt.

»Warum tun Sie das?«, fragte Marie.

»Ich will Gerold Haag.«

»Nicht die Entführung. Warum haben Sie mich verarztet? Sie werden uns sowieso nicht laufen lassen.«

»Ich brauche Sie noch. Und wenn Ihre Kollegen mir Haag liefern, können Sie gehen.«

Marie lachte kurz. »Schwer zu glauben.«

»Sie halten mich für ein Monster?«

»Sie haben vier Menschen bei lebendigem Leib verbrannt, mich und meinen Partner angeschossen und ein kleines Mädchen entführt. Wenn das Wort für jemanden geschaffen wurde, dann für Sie.«

»Haben Sie eine Ahnung, warum ich das mache?«

»Aus Rache für Ihre verstorbene Frau.«

»Nein. Für viel mehr. Für Kurt Müller, der neben ihr verbrannt ist, und seinen Bruder, der seitdem Alkoholiker ist, für Heike Grube, deren Entstellungen sie in den Selbstmord getrieben haben, und für ihren Bruder Manfred Reuter, der seinen Beruf nur noch unter Drogen ausüben konnte.«

»Und was ist mit Ihnen?«

»Mit mir?«, fragte Escher aufgebracht. »Ich erzähle Ihnen, was mit mir ist.« Er kniete sich vor Marie. »Jedes Mal, wenn ich den Namen Zacharias Voelz gehört habe, bin ich fast wahnsinnig geworden. Ich konnte keine Zeitung mehr lesen aus Angst, ein Bild von Innensenator Bormeier zu sehen oder dem Liebling der Klatschpresse, Dana Wolf. Ich konnte nicht schlafen, hatte Albträume und habe zwei Jahre lang Stütze bekommen, weil mir nur der Alkohol geholfen hat, alles zu vergessen. Und so lebte ich, Jahr um Jahr, verlor meine Freunde, meine Lebenslust und alles, was mir je Freude bereitet hat.« Er krallte seine Hände um seinen Kopf. »Nachts hörte ich manchmal Noras Stimme, in den letzten Minuten ihres Lebens, festgeklemmt auf dem Autositz, wie sie ihr Leben herausschreit.« Seine Stimme überschlug sich. »Die Schreie verfolgten mich, wohin ich auch rannte und egal, wie viel ich trank, sie ließen mich nicht in Ruhe. Ich presste die Hände auf meine Ohren und versuchte, sie mit meinen Schreien zu übertönen, aber es half nichts, meine sterbende Frau verstummte erst, als ich mich bewusstlos getrunken hatte.« Eschers Atem kam keuchend. Er schwitzte stark. Es dauerte eine Minute, bis er wieder zur Ruhe kam. Dann erhob er sich und stellte sich vor Marie, aber sein Blick war immer noch der eines wild gewordenen Tieres. »Letztes Weihnachten kam Manfred Reuter zu mir und erzählte vom Selbstmord seiner Schwester, der einzigen Familie, die er noch gehabt hatte. Er saß zusammengesunken auf einem alten Stuhl und weinte wie ein Kind. Irgendwann wurde uns klar, dass wir ein Leben führten, das nicht mehr lebenswert war und es auch nie mehr werden würde. Ich schlug vor, uns zu rächen.« Escher lächelte. »Der Entschluss war, als hätte man uns beiden eine Last von der Seele genommen. Plötzlich hatten wir etwas, wofür es sich lohnte weiterzumachen. Noch in der Nacht besprachen wir die ersten Pläne.«

»Und dann ermordeten Sie Dana Wolf«, stellte Marie fest.

»Es war eine Erlösung«, sagte Escher. »Ihr Flehen nach Gnade, die Angst in ihrem Gesicht und die qualvollen Schreie, während sie ihre verdiente Strafe empfing.« Seine Stimme klang verklärt. »Da habe ich zum ersten Mal seit dem Unfall gut geschlafen, und Noras Schreie waren verstummt. So hatte sich das Leben angefühlt, als es noch gut gewesen war, als ich morgens noch neben meiner Frau aufgewacht bin.« Er schloss die Augen und lächelte, als würde er sich an der Erinnerung dieses Moments ergötzen. Dann durchzuckte ihn ein kurzer Schreck, als hätte er etwas gehört. Er rannte aus dem kleinen Raum, knallte die Tür zu und ließ Marie mit Zara alleine.

Der Erfolg eines Einsatzes hing wesentlich von der Planung ab. Je mehr man über die Umgebung und die Zielperson wusste, umso geringer war das Risiko für Fehler. Würde man vorschriftsmäßig nach dem Handbuch des SEK gehen, war dieser Einsatz Irrsinn.

Sie wussten nichts über die Anwohner in dem Stockwerk und hatten sich kaum mit den Fluchtwegen des Hauses vertraut gemacht, aber sie durften keine Zeit verlieren. Es ging nicht nur um Maries Verletzungen. Die Experten von der Kampfmittelräumung hatten Eschers Video analysiert und sich auf die Bomben fokussiert. Wer immer die Sprengsätze gebaut hatte, hatte nur rudimentäre Kenntnisse von der Materie. Der Zünder war wackelig montiert und unsauber gelötet. Eine ruckartige seitliche Bewegung könnte die Kontakte abreißen und die Bomben detonieren lassen.

Jan nahm sich vor, mehr zu trainieren, als er schwer atmend im achten Stock angekommen war, während seine Kollegen vom SEK erfrischt wie nach einem Spaziergang wirkten, und das trotz ihrer beeindruckenden Montur.

Der Plan war einfach. Die Wohnungen bestanden aus drei Räumen, zwei Zimmern und einem Bad. Der Einsatzleiter hatte vier Mann eingeteilt, einer, der die Tür aufbrach, und drei für die Räume. Der Rest seiner Truppe postierte sich auf dem Gang und konnte nachrücken, sollte es zu einer Schießerei kommen. Jan und acht weitere Polizisten bezogen neben den Eingängen der anderen Wohnungen Stellung, einerseits um zu verhindern, dass Anwohner hinausrannten und ins Sperrfeuer gerieten. Der Fahrstuhl war lahmgelegt, und die Notausgänge waren besetzt. Es konnte losgehen.

Jan sah auf seine Uhr. Dreißig Sekunden bis zum Einsatz. Die Männer vom SEK standen bereit. Ihr Blick war starr auf die Tür gerichtet.

Jan versuchte es ihnen gleichzutun. Alles Unwichtige vergessen, keinen Gedanken an Maries Zustand oder die Bombe verschwenden. Seine Aufgabe war die Sicherung der Nachbartür. Er durfte niemanden hinauslassen. Als sich sein Puls beruhigte, fiel ihm der chemische Geruch auf, der durch den Gang waberte, nicht so scharf wie Reinigungsmittel, eher wie bei einem gechlorten Schwimmbad.

Das Knirschen der brechenden Tür riss ihn aus seinen

Grübeleien. Der Einsatz begann.

Chandu war schweißgebadet, als er im abgesperrten Bereich ankam. Er war die letzten zwei Kilometer gerannt, weil sich der Verkehr bis zur Falkenberger Chaussee zurückgestaut hatte. Jan hatte ihn gleich nach dem Fund des Fluchtautos angerufen, und doch hatte er mal wieder über eine Stunde für eine Strecke gebraucht, die er normalerweisc in zwanzig Minuten geschafft hätte.

Im Einsatzzelt waren nur wenige Polizisten, kein Jan, kein Patrick und kein Max. Jan hatte ihm eine SMS mit der Adresse geschickt. Das Fluchtauto war gefunden worden, also konnte Escher nicht weit sein. Nach kurzem Suchen entdeckte er Bergman, der ihn zu sich winkte.

»Wir haben einen Tipp bekommen.« Der Kripochef deutete auf ein Hochhaus. »Ein Zeuge hat Escher in eine Wohnung gehen sehen.«

»Und Marie und Zara?«

»Noch keine Spur von ihnen. Wir wissen nur, dass sie hier ausgestiegen sind, aber wenn wir Escher haben, werden wir ihn zum Reden bringen.«

»Verlassen Sie sich darauf.« Chandu knackte mit den Fingerknöcheln. »Von wem haben Sie den Tipp?«

»Ein Anwohner hat von Escher ein Foto geschossen.« Bergman deutete auf einen Mann neben dem Zelt. Er saß auf seinem Klappstuhl und hatte den Kopf gesenkt. Seine wild geschnittenen Haare waren schweißnass, und er trippelte nervös mit dem Fuß auf. Neben ihm stand ein Polizist, der den Mann wahrscheinlich davon abhalten sollte, wegzulaufen. Als Chandu näher kam, hob er den Kopf. Überraschung spiegelte sich in seinem Gesicht. Dann sprang er vom Stuhl auf und rannte los. Piotr rempelte zwei Polizisten zur Seite, stieß den Kartentisch um und versuchte sich durch einen Busch zu drücken, aber seine Füße verfingen sich in den Ästen, und er stolperte. Mit zwei schnellen Schritten war Chandu bei ihm und packte ihn am Kragen. Er verdrehte seinen Arm und legte sein Knie auf seinen Rücken.

»Piotr, du Wichser«, fluchte er.

»Was ist hier los?«, fragte Bergman.

»Das ist Piotr Zacher«, erklärte Chandu. »Ein mieser Methdealer und Handlanger einer Gang, die den Drogenverkauf in Hohenschönhausen kontrolliert. Piotr würde für kein Geld der Welt mit der Polizei kooperieren.«

»Aber er hat Escher gesehen.«

»Einen Scheiß hat er.« Chandu verdrehte den Arm, bis Piotr wimmerte. »Warum bist du hier?«, schrie er.

»Die haben mich gezwungen.« Tränen schossen Piotr in die Augen. »Die Anweisung kam vom Anführer.«

»Zu was hat man dich gezwungen?« Chandu verlagerte sein Gewicht auf das Knie.

Piotr zappelte vor Schmerzen. »Die Bullen auf die falsche Spur zu locken, damit sie die Wohnung stürmen.«

»Warum?«

»Da betreiben ein paar Typen ein Labor und produzieren astreines Ice. Eigentlich wollten wir uns selbst drum kümmern, aber wenn die Bullen schon in der Nähe sind …«

»Brechen Sie den Einsatz ab«, wandte sich Chandu an Bergman. »Wenn dort ein Labor ist, sind die Jungs bewaffnet.«

Bergman rannte zum Funkgerät. Als er den Sprechknopf drücken wollte, zerriss eine Explosion die Stille. Scherben rieselten klirrend zu Boden.

Es war zu spät.

KAPITEL 14

Es war ein nutzloser Einsatz gewesen: das Großaufgebot der Polizei, das SEK, die Straßensperren und die Luftüberwachung. Wertvolle Stunden waren verstrichen, ohne dass sie Escher nur einen Schritt näher gekommen waren.

Bergman saß auf einem wackligen Klappstuhl und beobachtete den Abtransport der Methkocher. Die Schießerei war kurz, aber heftig gewesen. Zwei Dealer waren angeschossen worden, würden aber in ein paar Tagen das Krankenhaus verlassen können. Von Bergmans Männern war niemand verletzt worden.

Der Blick des Kripochefs ging zu Chandu. Er lehnte an einer Hauswand und starrte auf seine Uhr. Noch sechzehn Stunden, dann würde die Bombe an Maries Bein explodieren.

Bergman hatte alles gemacht, was möglich war, Urlaubssperre, Öffentlichkeitsfahndung und den Abzug von Kollegen von weniger wichtigen Fällen, und doch fühlte es sich für den Kripochef an, als wäre es nicht genug. Sie hatten sich von Escher am Nasenring durch die Arena führen lassen, von einem wahnsinnigen Amateur auf Rachefeldzug. Der Tod von Dana Wolf würde ihm keine schlaflosen Nächte bereiten, aber bei Zara und Marie war das etwas anderes.

Bergman stand auf und machte sich auf den Weg zurück zur Dienststelle. Vielleicht hatte der groß angelegte Fahndungsaufruf noch Erfolg. Ansonsten konnte er nur hoffen, dass Jan wieder einen genialen Einfall hatte.

Als Max in die Dienststelle zurückkam, konnte er die fluchende Zoe schon von Weitem hören. Die Nachricht des Fehlschlags schien sich bis zur Rechtsmedizin herumgesprochen zu haben. Zoe wartete vor seinem Zimmer. Dass sie den weißen Arztkittel noch trug, zeigte, wie aufgewühlt sie war.

»Sag mir, dass die Gerüchte falsch sind«, sagte Zoe.

»Leider nicht«, erwiderte der Hacker. »Der Einsatz in Hohenschönhausen war ein Fehlschlag auf ganzer Linie. Es gibt noch immer keine Spur von Escher.«

»Aber das Fluchtauto wurde gefunden.«

Max winkte Zoe in das Zimmer. »Escher hat Voelz' Auto zwar dort abgestellt, aber er muss ein zweites Auto in der Nähe gehabt haben. Mit dem ist er weitergefahren.«

»Das muss doch irgendjemand aufgefallen sein.«

»Wir haben einen Zeugen, dass Escher mit Zara und Marie ausgestiegen ist, wissen aber nicht, wie er von dort weggekommen ist.«

»Überwachungskameras?«

»Fehlanzeige.« Max schüttelte den Kopf. »Ich kann ein paar Geschäfte anzapfen, aber der wahrscheinliche Parkplatz seines zweiten Autos ist zu weit weg.«

»Ein Mann entführt eine verletzte Polizistin und ein Mädchen, und niemand bemerkt es?«

»Es war ein später Dienstagabend. Es war kalt, und es schneite. Kaum jemand war auf den Straßen. Escher trug weder eine Strumpfmaske, noch hat er seinen Opfern irgendetwas übergezogen. Er wird Marie gedroht haben, das Kind zu erschießen, sollte sie irgendwelche krummen Sachen machen, und Zara wird zu verängstigt gewesen sein, um wegzurennen.«

Zoe fluchte und schnippte ihre Zigarette in Max' Ovomaltine-Becher. »Kannst du Escher nicht über die Mail erwischen, die er zur Kontaktaufnahme angegeben hat?«

»Das ist kompliziert.«

»Wie kompliziert?«

»Wie viel Zeit hast du für Erklärungen?«

»Zu viel.«

Max lehnte sich auf seinem Stuhl zurück. »Noch vor dem Unfall mit Cassel habe ich mir Eschers Computer aus seinem Haus vorgenommen. Er war nicht wirklich ergiebig, aber ich habe ein paar Spuren wiederherstellen können. Escher hat sich zwei Tage lang informiert, wie man anonym surfen kann, E-Mails verschlüsselt und seine Online-Spuren verwischt.«

»Wenn du weißt, wie er es machen will, was ist dann das Problem?«

»Die Dienste, die er nutzt, sind sehr gut. Er hat mit Hushmail ein anonymes Konto erstellt, dort eine Weiterleitung zu einer zweiten E-Mail-Adresse eingerichtet, von der aus er es wieder weiterleiten könnte. Selbst wenn ich das Passwort der Folgeadressen hacken könnte, dürfte ich mich nicht einloggen, weil jede Anmeldung registriert wird. Das würde Escher warnen. Weiterhin hat er sich ausgiebig über Anonymizer wie Tor und Jondo informiert, daher kann ich nicht feststellen, wo er sich einloggt.«

»Escher ist ein verdammter Kfz-Mechaniker, kein Computergenie.«

»Zweifelsohne«, sagte Max. »Aber die Bedienung der verschlüsselten Mailserver und der Anonymizer ist so leicht, das würde sogar meine Oma hinbekommen. Für zehn Euro im Monat bekommst du alles, was selbst die NSA in den Wahnsinn treibt.«

»Hast du nicht einmal gesagt, dass alles, was von Menschen programmiert wurde, auch von Menschen gehackt werden kann?«, fragte Zoe.

»Das stimmt. Irgendwann wird mir Escher ins Netz gehen, aber der Zeitfaktor bricht mir das Genick. Vierundzwanzig Stunden reichen nicht.«

»Kannst du ihm nicht einen Virus schicken, der uns seinen Aufenthaltsort verrät?«

»Wenn das so leicht wäre.« Max schüttelte den Kopf. »Und mit vorgeschalteten Anonymizern funktioniert das sowieso nicht.«

»Ich gedenke nicht aufzugeben.« Zoe steckte sich eine neue Zigarette an. »Mit den Proben aus Eschers Wohnung habe ich seine DNA neu bestimmt und ins System eingespielt. Ich prüfe alle Spuren noch mal auf den genetischen Fingerabdruck. Möglicherweise ergibt sich etwas Neues.«

»Ich nehme mir alle Kameras von Hohenschönhausen vor. Vielleicht finde ich Eschers neuen Fluchtwagen. Ein wackeliges Bild genügt, und die Schlinge zieht sich zu.«

»Viel Glück.« Zoe winkte und verließ das kleine Zimmer. Max rief die Kamerabilder auf und startete sein Suchprogramm. Die drei konnten sich nicht in Luft auflösen. Irgendwo musste es eine Spur geben.

Zeit war kostbar, also ließ sich Jan mit Blaulicht zu Cassels Anwesen fahren.

Das Haus war längst durchsucht worden, aber Jan hatte nicht damit gerechnet, dass sich Escher dort verstecken würde. Erhellende Spuren hatten sich keine ergeben, also blieb ihm nur das Gespräch mit Cassels Butler. Er rechnete nicht damit, dass dieser ihm einen entscheidenden Hinweis würde geben können, aber Jan wollte wissen, was in der Zeit seit dem Unfall bis zu Voelz' Tod passiert war und warum keiner der Angestellten bemerkt hatte, dass der Mann Erik Escher gewesen ist.

Jans Blick ging immer wieder zu seiner Uhr. In vier Minuten wäre er am Ziel. Es würde heute seine zweite Befragung sein.

Der Taxifahrer, der Escher zu Voelz' Anwesen gefahren hatte, hatte ihm auch nicht helfen können, obwohl er alles ausführlich erzählt hatte.

Escher hatte pünktlich vor dem Tor vor Cassels Anwesen gewartet, ohne Verband im Gesicht und ohne Gips am Bein. Der Taxifahrer hatte keine Verletzungen gesehen. Im Gegensatz zu Jans erstem Besuch hatte sich Escher die Haare geschnitten gehabt, den zotteligen Bart abrasiert und war in einen Anzug gekleidet gewesen. Einzig seine verfärbten Zähne hatten nicht zu der Erscheinung des gepflegten Businessmanns gepasst. Escher hatte einen kleinen Rollkoffer mit sich geführt, den er auf seinen Schoß gelegt hatte. Erst auf Jans Nachfrage hatte der Taxifahrer von leichtem Benzingeruch berichtet, den er an dem Abend aber auf sein Auto, nicht auf Eschers Gepäck geschoben hatte. Die Fahrt über hatte sein Fahrgast kaum ein Wort geredet. Escher war weder angespannt noch sonderlich aufgeregt gewesen und hatte ein gutes Trinkgeld gegeben. Nichts hatte darauf hingedeutet, dass der Mann auf der Rückbank ein sadistischer Serienmörder war.

Der Polizist schaltete das Blaulicht aus und bog in Cassels Anwesen ein. Das Grundstück wurde noch immer von zwei Polizeistreifen gesichert. Solange die Geiseln nicht befreit waren, würden alle Orte bewacht werden, die mit dem Fall in Zusammenhang standen, auch um allzu eifrige Journalisten von unerwünschten Recherchen abzuhalten.

Jan sprang aus dem Auto, winkte seinen Kollegen im Streifenwagen und ging schnellen Schrittes zum Haus. Cassels Butler erwartete ihn am Eingang. Dieses Mal nicht in Livree, sondern in einem dunklen Anzug. Er führte ihn ins Wohnzimmer und bat Jan, auf der Couch Platz zu nehmen, während er ihm ein Glas Wasser einschenkte.

Max hatte Jan ein paar Informationen zu dem Bediensteten auf sein Handy geschickt. Der Mann hieß Leopold Dahmen, war einundfünfzig Jahre alt und seit sechs Jahren in Cassels Diensten. Er hatte weder einen Eintrag in der Polizeiakte noch in der Verkehrsdatei. Alles an ihm entsprach dem Klischee eines Butlers. Sein Äußeres war gepflegt, ohne eitel zu wirken, seine Bewegungen waren kontrolliert ohne hektische Gesten, und seine Aufmerksamkeit wirkte höflich, nicht untertänig.

Jan bedankte sich mit einem Nicken, als Dahmen ihm das Wasser reichte. »Können Sie mir die Zeit vom Unfall Bastian Cassels bis heute zusammenfassen?« Jan trank einen Schluck, stellte das Glas auf einen Beistelltisch und holte seinen Notizblock aus der Tasche.

Der Mann setzte sich auf die Couch. Seine Haltung war gerade, fast etwas steif. Er faltete die Hände auf dem Schoß. »Ich erfuhr von dem Unfall durch einen Anruf von Dr. Reuter.« Dahmens Stimme war ruhig und verständlich. »Er erzählte mir von Herrn Cassels Unfall und seinen schweren Verletzungen. Es würde zwar keine Lebensgefahr bestehen, aber Herr Cassel dürfte die nächsten beiden Tage nicht gestört werden. Er ersuchte mich, ein paar Sachen zu packen und im Krankenhaus abzugeben, was ich noch in derselben Nacht tat. Ansonsten bat mich Dr. Reuter um Geduld.«

»Wann hat sich Herr Cassel bei Ihnen gemeldet?«

»Den nächsten Anruf erhielt ich drei Tage später wieder von Dr. Reuter, nicht von Herrn Cassel. Er erklärte mir, dass Herr Cassel wegen einer Kieferverletzung nur schwer reden könne, und gab mir ein paar Anweisungen.«

»Welcher Art?«

»Herr Cassel hatte sich einen Beinbruch zugezogen, daher könne er keine Treppen laufen. Er bat mich, das Schlafzimmer und Teile seines Bekleidungszimmers in einen Raum im Erdgeschoss zu verlegen.«

»Warum haben Sie ihn nicht im Krankenhaus besucht?«

»Ich bin kein Angehöriger. Es wäre unangemessen, Herrn Cassel in einer solch unvorteilhaften Situation aufzusuchen. Solange er meine Anwesenheit nicht ausdrücklich gewünscht hat, habe ich mich um das Haus gekümmert.«

»Wann haben Sie Herrn Cassel das erste Mal wiedergesehen?«

»Gar nicht.«

»Gar nicht?«, wunderte sich Jan. »Aber er ist nach seiner Entlassung aus dem Krankenhaus nach Hause gekommen.«

Dahmen nickte. »Im Laufe seines Krankenhausaufenthalts versorgte mich Dr. Reuter mit Anweisungen von Herrn Cassel. Eine davon enthielt die Bitte, ihn nicht zu stören, wenn er nach Hause kommen würde, und in der Bedienstetenwohnung zu verweilen. Solange seine Gesichtsverletzung nicht ausgeheilt sei, wolle er niemanden sehen.«

»Das ist Ihnen nicht komisch vorgekommen?«

»Mir hat es nicht gefallen«, sagte Dahmen zögerlich, »aber Herr Cassel war ein eitler Mensch, daher wirkte dieser Wunsch nicht ungewöhnlich.«

»Aber er hatte ein gebrochenes Bein. Wie sollte er sich versorgen?«

»Dr. Reuter gab mir eine Liste mit Lebensmitteln, die ich besorgen sollte. Durch den gebrochenen Kiefer würde er sowieso keine normalen Speisen zu sich nehmen können, daher habe ich auch unserer Köchin zwei Wochen freigegeben.«

»Wie lief seine Ankunft ab?«

»Ich habe nur den Krankentransporter ankommen sehen. Wie von Herrn Cassel gewünscht, hielt ich mich bei seiner

Ankunft in der Bedienstetenwohnung hinter dem Anwesen auf.«

»Die ganze Zeit, bis zu seinem Besuch bei Zacharias Voelz?«

Dahmen nickte.

»Und Sie waren nicht neugierig und haben mal durch ein Fenster gesehen?«

»Das wäre nicht schicklich gewesen«, sagte der Butler mit einem Hauch Empörung in der Stimme.

»Hatten Sie zu irgendeiner Zeit den Verdacht, dass der Mann nicht Bastian Cassel war?«

Dahmen schüttelte den Kopf. »Das letzte Mal sah ich Herrn Cassel am Tag des Unfalls. Danach habe ich ihn weder gesehen noch mit ihm gesprochen. Es war mir unmöglich, diese List zu durchschauen.«

»Was passiert mit alledem hier?«

»Ich weiß es nicht«, sagte der Butler. »Die Nachricht von Herrn Cassels Tod hat mich ebenso überrascht wie seine Geschäftspartner. Sein Anwalt wird sich um die Testamentsvollstreckung kümmern. Ich hinterlasse das Anwesen in einem tadellosen Zustand. Das bin ich Herrn Cassel schuldig.«

Jan steckte den Notizblock wieder weg. »Was machen Sie jetzt?«

Für einen Augenblick verlor Dahmen seine starre Haltung. Seine Schultern sackten nach unten, und er senkte den Blick. Er wirkte müde und traurig, als er antwortete. »Ich komme bei einem Freund unter, den ich von meiner Ausbildung noch kenne. Dann werde ich mich nach einer neuen Arbeitsstelle umsehen müssen. Ich gebe zu, dass mich die Ereignisse der letzten Tage etwas überfordern. Ich frage mich immer, ob ich es hätte merken müssen.«

»Was passiert ist, ist nicht Ihre Schuld.« Jan stand auf und schüttelte dem Mann die Hand. »Alles Gute.«

Dahmen erhob sich, straffte seine Schultern und führte Jan

zur Tür. Seine Traurigkeit war verschwunden. Der Butler in ihm hatte wieder die Kontrolle übernommen.

Zwei Minuten später war Jan auf dem Weg zur Dienststelle. Trotz Blaulicht würde Jan auf der Fahrt durch die Berliner Nacht genug Zeit für ein Telefonat mit Patrick haben. Sein Kollege war mit den Tatortermittlern in Reuters Wohnung.

Vielleicht fand sich beim Arzt eine Spur, die sie weiterbrachte.

»Er hat hinter sich aufgeräumt«, fasste Patrick die Hausdurchsuchung zusammen, während er mit einem Stock in der Asche des Kamins stocherte. »Wir haben nicht eine Notiz über Wolf oder Voelz gefunden, ebenso wenig wie einen Computer oder Laptop. Nur ein iPad, und das gibt nicht viel her.«

»Er konnte unmöglich wissen, dass ich komme«, sagte Jan durch das Telefon.

»Sie waren am letzten Punkt ihres Plans angekommen«, erklärte Patrick. »Mit Voelz' Ermordung und Zaras Entführung wäre Dr. Reuter aufgeflogen. In seinem Wohnzimmer stehen zwei gepackte Koffer, auf dem Tisch liegen ein großer Stapel Bargeld und sein Reisepass.«

»Reuter wollte abhauen.«

»Es war Riesenglück, dass du ihn noch angetroffen hast. Wahrscheinlich wollte er Eschers Nachricht von Voelz' Tod abwarten. Dann hätte er seine Schicht im Krankenhaus beendet und wäre verschwunden. Unsere Priorität hätte erst einmal der Leiche und der Entführung gegolten. Genug Zeit für Reuter, um aus Berlin zu verschwinden.«

»Wohin?«, fragte Jan. »Liegen auf dem Tisch Flugtickets?«

»Nein, aber wir haben auf seinem iPad einen Reiseführer von Griechenland gefunden mit Fokus auf Bootstouren vom Hafen Piräus.«

»Clever«, sagte Jan. »Dank des Schengener Abkommens wäre er mit dem Auto nach Griechenland gekommen und hätte nicht einmal seinen Reisepass vorzeigen müssen. Von dort aus hätte ihm die ganze Welt offen gestanden.«

»Piräus ist der größte Passagierhafen Europas. Selbst mit einem internationalen Haftbefehl hätten wir ihn nicht gefunden. Aber Reuter ist tot. Er kann uns nicht mehr helfen.« Patrick seufzte. »Wir durchsuchen mit Hochdruck seine Wohnung, aber wir haben noch keinen Hinweis zu Eschers möglichem Unterschlupf. Wenn nicht ein Wunder passiert, gehen wir hier mit leeren Händen raus.«

Jan fluchte. »Ich bin auf dem Weg zur Dienststelle. Dort nehme ich mir noch mal alle Unterlagen vor und konzentriere mich auf einen möglichen Unterschlupf.«

»Was ist mit Haag?«

»Ist in einem sicheren Haus untergebracht. Heute Nacht löse ich seine Bewacher ab. Ich traue niemandem mehr. Noch eine Überraschung können wir uns nicht erlauben.«

»Nach der Hausdurchsuchung gehe ich noch in die Charité und befrage die Krankenschwestern der Nachtschicht. Vielleicht hat Dr. Reuter ihnen gegenüber etwas erwähnt, was uns weiterbringt.«

»Viel Glück«, sagte Jan und legte auf.

»Glück könnten wir gebrauchen«, murmelte Patrick und wandte sich vom Kamin ab. Noch waren sie nicht fertig.

Chandu erhob sich schwer keuchend vom Boden. Blut tropfte aus einem Schnitt an seiner linken Augenbraue. Sein Unterarm schmerzte von dem Schlag mit dem Bierkrug, den er im letzten Moment abgefangen hatte. Er hatte sich mindestens einen Fingerknöchel gebrochen, und sein Oberkörper war von blauen Flecken übersät.

Der Wirt krümmte sich am Boden unter einem zertrümmerten Tisch und hielt sich das gebrochene Bein. Sein Sohn war von Chandus harter Geraden noch immer ohnmächtig und lag in den Resten der Bar. Chandus dritter Angreifer humpelte stöhnend in Richtung Hinterausgang und hielt sich die Seite. Ansonsten war die Kneipe leer. Alle weiteren Gäste waren geflohen.

Die *Stulle* war eine der heruntergekommensten Kneipen von Berlin. Kaum ein Tisch war gerade gewesen, die Stühle hatten gewackelt, und die Fensterscheiben waren gesprungen, aber bei der Schlägerei war auch dieser kärgliche Rest zu Bruch gegangen. Scherben mischten sich in eine Lache ausgelaufenen Biers. Ein vergilbter Spiegel lag zersplittert neben dem Eingang, und auf dem eingeschlagenen Fernseher würde keine Bundesliga mehr laufen. Es stank nach verbranntem Plastik.

Chandu hatte immer versucht, Schlägereien zu vermeiden, aber heute hatte er die Einladung des Wirts angenommen, als der ihn wegen seiner Hautfarbe hatte hinauswerfen wollen. Da er keinen der gesuchten Informanten unter den Gästen gesehen hatte, hatte es keine Rolle mehr gespielt.

Die Prügelei war brutal gewesen. Die Männer hätten ihn totgeschlagen, wenn sie gekonnt hätten. Es war dumm gewesen, sich mit ihnen einzulassen, und doch fühlte es sich gut an, als sich Chandu an die Theke lehnte und die Verwüstung betrachtete. Seit Maries Entführung hatte ihn diese unbändige Wut heimgesucht, wie ein wildes Tier kurz vor dem Ausbruch, das selbst die stärksten Ketten nicht halten könnten. Es war nur eine Frage der Zeit gewesen, bis selbst seine eiserne Disziplin diese Wut nicht mehr unterdrücken könnte, daher war es gut, dass es hier passiert war. Um diese Absteige war es nicht schade und noch weniger um die Männer.

Chandu wischte sich das Blut von der Wange. Die Wut war verflogen. Der Schmerz hatte etwas Befreiendes, als würde er ihn daran erinnern, dass er noch lebte. Er verbannte seine Verzweiflung und drängte die Angst um Marie zurück. Noch war sie am Leben, noch gab es Hoffnung, und mit dem Schlagen seines rasenden Herzens kam seine Entschlossenheit zurück.

Noch war Zeit.

Marie verfluchte ihre Schwäche, die Schmerzen in der Schulter und ihren pochenden Kopf. Auch wenn sie kein Blut mehr verlor, verließ sie Stunde für Stunde die Kraft. Sie würde nicht mehr lange wach bleiben können, also musste sie bald handeln. Wenigstens ihr Tod sollte nicht vergebens sein.

Ihr Blick ging zu der Bombe am Bein. Das Display zeigte 2.57 Uhr. In vier Stunden würde sie detonieren. Escher hatte Marie gewarnt, das Kabel um ihr Bein nicht abzureißen, sonst würde der Zünder sofort aktiviert werden. Sie zweifelte keinen Augenblick daran, denn sie kannte sich mit Sprengstoff aus. Es war genug, um ihr Bein in Fetzen zu reißen, aber wenn Escher in der Nähe war, würde er auch getroffen werden. Mit etwas Glück tödlich, aber auf jeden Fall würde es ihn schwer verletzen.

»Zara«, flüsterte Marie. Das Mädchen hob den Kopf. Sie hatte die Arme um ihre Knie geschlossen und sah aus müden Augen zu ihr herüber. Um diese Uhrzeit hätte sie in einem Bett schlafen müssen, in einem behaglichen Kinderzimmer, beschützt von ihren Eltern.

»Ich werde mich um den bösen Mann kümmern«, begann Marie. »Wenn er verletzt ist, läufst du weg.«

»Was ist mit deinem großen Freund?«, fragte Zara ängstlich.

»Der ist bestimmt schon in der Nähe, aber wenn die Gelegenheit kommt, darfst du nicht zögern.«

»Ich gehe nicht ohne dich.«

»Mach dir um mich keine Sorgen«, sagte Marie. »Versprich mir, dass du alles tust, um hier rauszukommen.«

Das kleine Mädchen nickte.

»Gut.« Marie lächelte. Ihre Hand ging an das Kabel an ihrem Bein. Ein starker Ruck würde genügen. Jetzt musste sich Escher nur noch zwischen die Bombe und Zara stellen.

Marie drehte den Kopf zur Tür und wartete.

KAPITEL 15

Es war ein trister Ort, verfallen, verlassen, darauf wartend, abgerissen zu werden, und doch war er für Erik so gut wie jeder andere Platz. Ein Zuhause hatte er schon lange nicht mehr, nicht, seit Nora gestorben war. Ihre gemeinsame Wohnung war nur noch eine Schlafstatt, ein Lager für seine Kleidung, eine Unterkunft, damit er im Winter nicht frieren musste.

Für sein Vorhaben brauchte er all das nicht mehr. Er war fast am Ziel. Gerold Haag wollte er noch brennen sehen, schreiend, sich am Boden krümmend. Vielleicht konnte er dann wieder ins Leben zurückkehren.

Erik saß auf einem Hocker, vor ihm ein Monitor, mit dem er die beiden Gefangenen beobachten konnte, daneben eine Uhr und ein Empfänger für den Polizeifunk. Die Nacht ging dem Ende zu. Die meisten Kneipen hatten geschlossen, und damit nahm auch die Anzahl der Einsätze ab. Die Betrunkenen gingen nach Hause oder schliefen ihren Rausch in einer Zelle aus. Ein paar Verkehrsdelikte, häusliche Gewalt und zwei Einbrüche. Keine Erwähnung von der Entführung und keine neuen Hinweise, denen die Polizei nachgehen konnte.

Die Frau wälzte sich unruhig auf dem Boden, als würde sie einen Albtraum durchleben. Das kleine Mädchen hatte die

Arme an den Körper gepresst und die Beine angezogen, zitternd in der Kälte.

Als Cassel bei ihrem Telefonat seine Bewacher erwähnt hatte, hatten sich Erik völlig neue Möglichkeiten erschlossen. Eine Geisel wäre für seine Pläne zu wenig gewesen. Die Kripo verhandelte nicht mit Erpressern, Entführern und Terroristen, daher hätte sie ihm Haag nicht ausgehändigt. Hätte er das Mädchen erschossen, hätte er kein Druckmittel mehr gehabt, aber jetzt konnte er beweisen, dass er es ernst meinte. Er würde mit der Kamera danebenstehen, wenn die Bombe um 7.00 Uhr der Polizistin das Bein zerfetzen würde, und das Video an jeden Fernsehsender in Deutschland schicken. Zusammen mit der Aufnahme der weinenden Zara würde der Druck der Öffentlichkeit auf die Kripo unerträglich werden. Die Medien würden den ganzen Tag von nichts anderem reden. Die Dienststelle würde belagert werden, und wütende Bürger würden die Auslieferung von Haag fordern. Im Internet würden Hunderttausende Menschen Petitionen für den Austausch unterschreiben. Noch am selben Tag würde man ihm Haag ausliefern.

Es stellte sich nur die Frage, ob die Polizistin erst sterben musste.

Bald würde er es wissen.

Gerold Haag hatte sich eine Decke über die Schulter gelegt und war auf der Couch eingeschlafen. Es war drei Uhr. In vier Stunden würde Marie einen qualvollen Tod sterben, und sie hatten nicht einmal den Hauch einer Spur zu Eschers Versteck. Stundenlang hatte Jan die Unterlagen nach neuen Erkenntnissen durchsucht, Haag ein weiteres Mal in die Mangel genommen und noch einmal mit Quass telefoniert, doch ohne Erfolg. Fast mantraartig hatte er versucht, seinen Freund mit Durchhalteparolen aufzumuntern, aber schon beim ersten Mal hatten sie hohl und leer geklungen. Um diese Nachtzeit war er es leid. Es gab nichts mehr zu sagen.

Chandu saß auf einem Stuhl, seinen Blick auf Haag gerichtet, im Kampf mit seinen inneren Dämonen. Jan hatte zunächst gezögert, ihm die Adresse der sicheren Wohnung zu nennen, in der sie Haag untergebracht hatten. Jan bewunderte seinen Freund für seine Selbstdisziplin. An seiner Stelle würde er mit dem Gedanken spielen, Haag auszuliefern, wäre nicht Marie, sondern Lan entführt worden.

Es war nicht richtig. Haag war ein Mensch, dessen Tod niemand interessieren würde, ein Trinker, der gelangweilt in den Tag lebte. Er hatte keine Freunde, und seine Familie hatte sich von ihm abgewandt. Marie war um so vieles besser, eine vorbildliche Polizistin, die für Voelz und seine Tochter alles riskiert hatte. Sie war noch so jung, mit noch so viel Leben vor sich. Es wäre ein guter Tausch gewesen, und doch stand dies niemals zur Debatte, nicht für ihn, nicht für Bergman, selbst Marie würde das nicht wollen.

Chandus Handy brummte auf dem Tisch. Der große Mann sah auf das Display und nahm den Anruf an.

»Was gefunden?«, fragte er. Für einen Moment stahl sich Hoffnung in seine Stimme. Er lauschte den Worten des Informanten, der jeden in Berlin zu kennen schien. Dann nickte er kurz. »Trotzdem danke«, sagte er sichtlich ruhiger und beendete das Gespräch.

»Das war Tim«, wandte er sich an Jan. »Er hat alle kleinen Waffendealer befragt, die er kennt, aber niemand hat Escher eine Knarre verkauft.«

Jan lehnte sich seufzend an die Wand. »Die ganze Berliner Polizei sucht nach Escher, und sein Bild ist ständig im Lokalfernsehen zu sehen«, sagte er. »Irgendwo muss es doch eine Spur geben. Irgendjemand muss ihm doch einen Unterschlupf vermietet haben.«

»Vielleicht gibt es noch einen weiteren Verbündeten, von dem wir nichts wissen.«

»Unmöglich«, sagte Jan. »Wir haben alle Verbindungen zu den Unfallopfern aufgedeckt. Verwandte, Freunde, Nachbarn und Kollegen. Wir haben nichts ausgelassen, alle Wohnungen durchsucht, und trotzdem ist er verschwunden.«

»Die konventionellen Methoden funktionieren hier nicht«, sagte Chandu. »Wir werden uns etwas anderes einfallen lassen müssen.«

Ein Klopfen unterbrach ihr Gespräch. Jan legte die Hand an seine Waffe, ging zum Eingang und sah durch den Spion. Dann nahm er die Kette weg und öffnete die Tür.

»Morgen, Mats«, sagte Jan.

»Guten Morgen, Kommissar Tommen.« Der junge Polizist reichte Jan einen Becher mit Kaffee.

»Ohne dich wären wir hier verhungert und verdurstet«, sagte Jan und trank einen großen Schluck.

»Ich erinnere Sie daran, wenn meine jährliche Bewertung ins Haus steht«, sagte Mats lächelnd.

Er nahm seine Mütze ab und fuhr sich durch seine lockigen blonden Haare. Chandu stand auf und ging zu dem Polizisten, der ihm einen Becher reichte. Doch statt nach dem Kaffee zu greifen, verpasste Chandu Jan eine rechte Gerade, die ihn zu Boden gehen ließ. Der Kaffeebecher flog durch die Luft.

Gleichzeitig griff er nach Mats' Arm, hob den jungen Mann hoch und warf ihn auf den Rücken. Chandu nutzte die Benommenheit des Polizisten und fesselte ihn mit seinen Handschellen.

Jan schüttelte sich und versuchte aufzustehen, aber Chandu fegte ihm die Beine weg, drehte ihn auf den Bauch und fesselte ihn mit einem Kabelbinder, die Hände auf den Rücken.

»Tut mir leid, alter Freund«, sagte Chandu. »Aber ich werde nicht Maries Leben und das eines Kindes opfern, um einen korrupten Polizisten zu retten.« Er stopfte Jan und Mats ein Stück Stoff in den Mund und verband ihnen die Augen. Dann zog er Jans Notizbuch aus dessen Tasche und riss das Blatt mit Eschers Kontakt-E-Mail heraus. Nachdem er beiden die Waffen abgenommen hatte, ging er zur Couch, auf der Haag immer noch schlief.

Es würde kein schönes Erwachen werden.

Das Video war von guter Qualität. Jans Freund Chandu saß auf einer Couch, neben ihm der gefesselte Gerold Haag. Der ehemalige Polizist sah noch erbärmlicher aus, als es Escher in Erinnerung hatte.

»Wir machen den Deal«, sprach der große Mann in die Kamera. »Ich bringe dir Gerold Haag, und dafür lässt du Marie und Zara frei.« Chandu packte Haag an den Haaren und zog ihn näher an die Kamera. »Es ist mir egal, was du mit diesem Stück Scheiße machst, aber sorge dafür, dass den Geiseln nichts passiert.« Haag hatte die Augen weit aufgerissen. Er versuchte, etwas zu sagen, aber wegen des Knebels war nur unverständliches Gemurmel zu hören.

»Ich habe dir eine Handynummer von einem nicht registrierten Telefon geschickt, das keiner mit mir in Verbindung bringen kann. Gib mir einen Treffpunkt, und ich liefere dir Haag.« Er zog den Mann auf die Füße. »Aber warte nicht zu lange. Wenn Haags Bewacher gefunden werden, wird die ganze Welt hinter mir her sein.«

Das Video brach ab. Escher lehnte sich auf seinem Stuhl zurück und genehmigte sich ein Grinsen. Die Polizistin zu verschonen und mitzunehmen war eine gute Idee gewesen. Zeit für ein Treffen.

Chandu hatte Haag auf dem Beifahrersitz mit Industrieband gefesselt. Seine Hände waren auf seinem Schoß fixiert, und er trug eine Sonnenbrille, die von innen geschwärzt war. Auf der Konsole hatte Chandu ein Gerät befestigt, mit dem er den Polizeifunk abhören konnte. Er war seit sieben Minuten unterwegs, und noch immer gab es keine Durchsage. Doch bald würde Jans und Mats' Fehlen bemerkt werden. Dann wären alle Zufahrtsstraßen gesperrt. Das sichere Haus war nicht weit vom Checkpoint Charlie entfernt, also war er über die Friedrichstraße auf die Leipziger gefahren, über die Spree und weiter in Richtung Nordosten. Auf seinem Weg gab es zahlreiche Überwachungskameras, aber darum konnte er sich jetzt keine Gedanken machen. Er würde seine Spur später noch verwischen.

Sein Handy piepste. Escher hatte ihm eine SMS geschrieben.

»Ehemaliges Heeresbekleidungsamt in Bernau«, lautete die Nachricht. Dazu GPS-Koordinaten. Chandu unterdrückte den Drang, aufs Gas zu treten. Trotz Maries Verletzungen konnte er es nicht riskieren, von einer Streife angehalten zu werden.

Auf der linken Seite erhob sich der Fernsehturm über die Dächer von Berlin. Nicht weit von der Weltzeituhr hatte er seine erste Wohnung bezogen, doch heute Nacht hatte er keine Zeit für Sentimentalitäten. Er musste noch einen Abstecher zum Volkspark Friedrichshain machen. Dann würde er nach Bernau fahren.

Auch wenn das Abhören des Polizeifunks für Unbefugte verboten war, schien das in der Berliner Pressewelt niemand zu interessieren. Es war halb vier in der Nacht, und die Dienststelle stand wieder unter Belagerung. Die Journalisten schienen direkt aus ihren Betten gesprungen zu sein. Sie hatten ungekämmte Haare, zerknitterte Hemden und unterdrückten mühsam ein Gähnen, aber ihr Jagdtrieb war längst geweckt. Jan hatte für das Geplänkel mit der Presse keine Zeit und drängte sich rücksichtlos durch die Journalisten. Er ignorierte die Flüche und schob sich zur Absperrung. Jan hatte die Dienststelle kaum betreten, als Patrick zu ihm gelaufen kam.

»Die großen Zufahrtsstraßen werden gerade geschlossen«, sagte sein Kollege. »Und die Beschreibung von Chandus Auto ist an alle Streifenwagen raus.«

»Was ist mit Luftüberwachung?«

»Startet jeden Moment.«

Jan rannte in Max' Büro.

»Was gibt's Neues?«, fragte er den jungen Hacker.

»Wie ich es befürchtet habe«, sagte Max. »Escher hat Weiterleitungen eingerichtet. Ich müsste mich Account für Account durchhacken, um an die finale E-Mail-Adresse zu kommen. Dauert zwei bis drei Tage.«

»Dann vergiss es«, sagte Jan. »Hast du Chandu über die Verkehrsüberwachung gefunden?«

»Einmal, wie er auf die Leipziger eingebogen ist, und dann noch mal auf der Grunerstraße, in Höhe des Nikolaiviertels.«

»Dann verschieben wir die Suche auf den Nordosten Berlins«, sagte Jan. »Mitte, Prenzlauer Berg, Weißensee …«

»Und wenn er von der Schnellstraße runterfährt und die Richtung wechselt?«, unterbrach Max.

»Wir haben keine Zeit. Es hat fünfzehn Minuten gedauert, bis ich mich endlich befreit hatte. Das ist ein großer Vorsprung.«

Jan lief aus dem Zimmer. »Veranlass eine Durchsage an alle Einheiten, die Suche nordöstlich der 96a fortzuführen«, sagte er im Hinausgehen. »Ich hole das SEK aus dem Bett.«

Die Schmerzen machten Marie fast wahnsinnig, der Blutverlust schwächte sie zunehmend, und die Kälte ließ ihre Glieder taub werden. Sie brauchte ihre ganze Kraft, um wach zu bleiben, die Augen auf die Tür gerichtet, in der Hoffnung, dass Escher wieder zu ihr kommen würde. Marie hatte den Kopf auf die Brust gesenkt und die Augen nur ein kleines Stück geöffnet. Sie lehnte zusammengesunken an der Wand. Escher könnte glauben, dass sie wieder ohnmächtig geworden war oder zumindest so schwach war, dass sie keine Gefahr darstellen würde. In ihrem Zustand hätte sie keine Chance gegen ihren Entführer, aber sie sammelte sich für den einen Angriff, ihre letzte Tat.

Irgendwo war ein Rohr leck. Wasser tropfte stetig in eine Pfütze, wie der tickende Zeiger einer Uhr, sich dem unvermeidlichen Ende nähernd. Das stetige Platschen war zermürbend, und doch half es Marie, wach zu bleiben, ihre Wut zu nähren und den Schmerz zu verdrängen.

Dann hörte sie Schritte, erst leise, aber mit jeder Sekunde lauter werdend. Ein Schlüssel wurde in das Schloss gesteckt, und die Tür wurde aufgeschoben. Escher kam herein. Wahrscheinlich wollte er nachsehen, ob sie noch lebte, so regungslos, wie sie die letzten Stunden an der Wand gelehnt hatte. Sie durfte sich durch nichts verraten, also schloss sie die Augen und verließ sich auf ihre anderen Sinne. Seine Stiefel knirschten auf dem steinernen Boden, sie roch den muffigen Geruch seiner Jacke.

Marie blieb weiter regungslos. Einzig die Fingerspitzen ihrer rechten Hand fuhren über das Kabel an ihrem Bein. Sanft, kaum merklich, bereit, den Sprengsatz zu zünden.

Escher kam näher. Sie spürte die Wärme seines Atems, ekelhaft nach Schnaps stinkend, aber sie wandte sich nicht ab, zeigte keine Regung und wartete. Dann ging sein Finger an Maries Hals. Er wollte ihren Puls fühlen.

Sie sprang auf, legte den linken Arm um seinen Nacken und hakte ihre Beine bei ihm ein. Sie presste sich an ihn, eng umschlossen, wie zwei Liebende vereint. Seine Augen waren vor

Überraschung aufgerissen, als ahnte er ihren Plan. Sie genehmigte sich ein Lächeln.

»Fahr zur Hölle«, flüsterte sie in sein Ohr. Dann riss sie das Kabel aus der Bombe.

Chandus wild klopfendes Herz beruhigte sich, nachdem er die Grenzen Berlins hinter sich gelassen hatte. Haag hatte sich mit seinem Schicksal abgefunden. Hatte er am Anfang noch gejammert und gefleht, ihn nicht Escher auszuliefern, war sein Blick nur noch starr zu Boden gerichtet.

Es war eine Sache von Minuten gewesen, aber Chandu hatte die Ländergrenze überquert, bevor die Straße dichtgemacht worden war. Die Lichter der Einsatzwagen hatten die A 10 erleuchtet, als die Männer eine Sperre auf der Autobahn errichtet hatten. Er hatte sogar einen Hubschrauber in der Luft bemerkt, aber er war dem engmaschigen Netz entkommen, und seine Spur war verwischt.

Sein Blick ging zum Rucksack auf dem Rücksitz. Er hatte alles dabei, was er brauchte. Jetzt konnte ihn keiner mehr daran hindern, Haag auszuliefern. Bis dahin würde er seine Geisel noch instruieren müssen, damit nichts schiefging. Zu viele Leben standen auf dem Spiel.

»Hör mir genau zu«, begann Chandu.

Als eine Streife den Wagen auf einem Parkplatz am Volkspark Friedrichshain gefunden hatte, war Patrick klar geworden, dass Chandu entkommen war. In seinem Auto hätten sie vielleicht noch eine winzige Chance gehabt, aber der große Mann war in ein anderes Fahrzeug gestiegen und konnte überall sein. Eine Straßensperre würde ihn nicht aufhalten, ebenso wenig würde ihn die Luftüberwachung aufspüren.

Die Zeit des Handelns war vorbei. Jetzt konnten sie nur noch warten, dass sich Chandu meldete. Hoffentlich wusste

Jans Freund, was er tat, denn Escher war ein unberechenbarer Wahnsinniger, der sich nicht mit einem Austausch der Geiseln zufriedengeben würde.

KAPITEL 16

Chandu fühlte sich an einen schlechten Horrorfilm erinnert. Es war eine kalte, windige Nacht. Die dichten Wolken machten die Dunkelheit perfekt. Seine Taschenlampe war die einzige Lichtquelle. Keine zwei Kilometer vom Bernauer S-Bahnhof stand ein riesiges verlassenes Industrieareal. Die Wege waren mit Unkraut überwuchert. Büsche und Bäume hatten die Parkplätze zurückerobert. Die Scheiben des zweistöckigen Gebäudes waren eingeworfen, die roten Backsteinwände mit Graffiti beschmiert. Die Schutzgitter vor den Fenstern und die Türen waren verrostet. Ein perfektes Versteck, fern der Zivilisation.

Chandu ließ Haag zwei Schritte vorgehen. In der Rechten hielt er die Pistole, während er mit der Linken auf sein Handy sah. Eschers GPS-Angaben waren sehr präzise. Noch zwanzig Meter nach Norden, und sie wären am Ziel. Unter einem Tarnnetz stand der BSR-Scout, den die Berliner Polizei verzweifelt gesucht hatte. Eine Stahltür blockierte den Weg nach drinnen, aber nach einer kurzen Kontrolle erkannte Chandu, dass die Tür nur angelehnt war. Mit einem Ruck zog er sie auf. Das Metall kreischte laut, als es über den Beton gezogen wurde. Spätestens jetzt wusste Escher von ihrer Ankunft.

Er betrat einen lang gezogenen Raum, schmutzig, leer, nur von ein paar Säulen getragen. Es stank nach Schimmel und den Exkrementen von Ratten. Die Taschenlampe konnte nicht alles ausleuchten, aber auf der linken Seite, neben einem Aufgang, war eine kleine Lichtquelle. Eine Lampe stand auf dem Boden.

»Kommt doch näher«, hallte eine Stimme durch den Raum.

Chandu gab Haag einen Stoß und ging weiter. Das Licht beleuchtete die Gestalt von hinten, daher konnte er sein Gesicht nicht sehen, aber es musste Escher sein. Von Zara und Marie keine Spur.

»Wo sind das Mädchen und die Frau?«, fragte Chandu.

»Geduld«, antwortete Escher. »Erst kümmern wir uns um meinen Gast.«

»Das war der Deal. Haag für die beiden.«

»Du bist nicht in der Position, um zu verhandeln«, fuhr Escher auf.

Chandu kam näher. Die Pistole hatte er hinten an seinem Rücken in seinen Gürtel gesteckt. Auf diese Entfernung hätte er mit Leichtigkeit Eschers Kopf wegpusten können, aber solange er kein Lebenszeichen von Zara und Marie hatte, würde er kooperieren.

»Das genügt«, sagte Escher, als sie fünf Meter von ihm entfernt waren. In seiner Hand hatte er eine Pistole, die nach unten gerichtet war.

Chandu drückte Haag auf die Knie und stellte sich hinter ihn.

»Eine gute Entscheidung«, sagte Escher. »Ich hätte nicht geglaubt, dass ihr einknickt.«

»Ich bin nicht von der Polizei. Das Leben von diesem korrupten Bastard ist mir egal.«

»Ich habe die letzte halbe Stunde den Polizeifunk gehört. Selbst ein Attentat auf die Bundeskanzlerin hätte nicht für so viel Wirbel gesorgt.« Escher lächelte. »Du bist eine Berühmtheit, auch wenn du an keinem Ort der Welt mehr sicher sein wirst.«

»Lass das meine Sorge sein«, erwiderte Chandu. »Ich habe Haag bekommen, obwohl er unter Polizeischutz stand, und ich bin trotz aller Straßensperren hierhergelangt. Ich finde auch einen Weg, um unterzutauchen, wenn wir den Austausch schnell über die Bühne bringen.«

»Ich würde dich gerne besser kennenlernen, aber ich will bis morgen früh von hier weg sein, also kommen wir zum Geschäft.« Er trat einen Schritt vor. »Wirf zuerst deine Pistole weg.«

Chandu griff nach hinten.

»Aber bitte langsam.«

Die Pistole landete auf dem Boden.

»Und jetzt zu unserem Freund.« Escher deutete auf Haag. »Hast du alles dabei?«

Chandu zog einen Rucksack von der Schulter und holte einen kleinen Kanister hervor. Der Benzingestank überlagerte den muffigen Geruch in der Halle. »Bleifrei. Drei Liter.« Er stellte den Behälter neben Haag. »Viel Spaß.«

»Das ist deine Aufgabe.«

»Niemals«, fuhr Chandu auf. »Das war nicht abgemacht.« Er stellte sich vor Haag.

»Die Regeln haben sich geändert.«

»Fick dich, Arschloch. Ich liefere Haag nur aus, ich töte ihn nicht.«

Escher hob die Pistole. »Solange die Bomben noch nicht entschärft sind, machst du, was ich will.«

»Das ist dein Scheißspiel. Wenn du ihn anzünden willst, mach das gefälligst selbst.«

Escher schoss Chandu vor die Füße. Beton spritzte hoch. »Die nächste Kugel trifft. Übergieß Haag mit Benzin, und steck ihn an«, befahl er.

Chandu ballte die Fäuste. Dann öffnete er den Kanister, wandte Escher den Rücken zu und goss die Flüssigkeit über Haag.

»Nein, bitte«, flehte der Mann. »Knall mich ab, aber bitte verbrenn mich nicht.«

»Tut mir leid.«

Haag sprang auf und versuchte wegzulaufen. Er flüchtete zum Eingang, aber Chandu holte ihn ein und stieß ihn zu Boden. Dann zog er ein Feuerzeug aus der Tasche und hielt die kleine Flamme an Haags Jacke. Die Kleidung fing sofort Feuer. Haag rannte schreiend umher, weg von Chandu und Escher. Er versuchte, zum Eingang zu kommen, aber die Flammen schlugen immer höher. Seine Hose fing Feuer, dann seine Schuhe.

Chandu wandte das Gesicht ab, als sich Haag zu Boden warf und das Feuer zu ersticken versuchte. Die gellenden Schreie schmerzten in seinen Ohren. Schließlich blieb der Mann reglos liegen, während die Flammen erloschen.

Chandu ging zu Escher zurück. »Zufrieden?«

Escher lächelte. »Hier ist deine Belohnung.« Er deutete in den Aufgang links neben ihm. »Die Frau gebe ich dir gerne. Zum Glück bin ich ein schlechter Bombenbauer, sonst hätte sie mich in die Luft gesprengt.«

Chandu hastete an Escher vorbei. Auf der Treppe saßen Zara und Marie, die Hände auf den Rücken gebunden, gefesselt und geknebelt. Die Bomben lagen neben ihnen. Der Timer war gestoppt. Das Mädchen wirkte unversehrt, aber Maries linkes Auge war zugeschwollen. Die Braue darüber war aufgeplatzt. Blut war ihr die Wange hinuntergelaufen und hatte eine braune Kruste auf ihrem Gesicht gebildet. Der Verband an ihrer Schulter war dunkel verfärbt. »Geht es euch gut?«, fragte er, als er beide von den Stricken an ihren Handgelenken befreite und ihnen die Tücher aus dem Mund nahm.

Das Mädchen nickte. Tränen liefen ihr die Wangen herunter, aber sie schien unverletzt.

»Hey«, sagte Marie. Ihre Stimme war schwach und ihre Augen glasig. Sie konnte kaum den Kopf heben. »Ich wusste, dass du kommst.«

Er drückte ihren Kopf an seine Brust. »Alles gut.« Er strich ihr über die Haare. »Jetzt wird alles gut.«

Escher steckte seine Pistole weg und nickte ihnen zu. »Ich wünsche euch viel Glück«, sagte er. »Ihr werdet es brauchen.«

Chandu wandte sich dem Mann zu. »Mit Glück hat das nichts zu tun.«

Laserpointer durchschnitten die Dunkelheit in der Halle und endeten auf Eschers Brust. Lichter gingen an, und eine Durchsage dröhnte ohrenbetäubend durch die Halle.

»Erik Escher. Hier spricht die Polizei von Berlin. Heben Sie die Hände hoch und gehen Sie auf die Knie. Sofort!«

»Was …«, stotterte Escher.

»Hast du wirklich geglaubt, dass du davonkommst?«, fragte Chandu.

Escher drehte sich ungläubig zu dem Licht.

»Auf die Knie!«, dröhnte eine weitere Durchsage.

»Niemals«, sagte Escher. Er zog die Pistole aus dem Halfter und hielt sie sich an den Kopf. »Ihr werdet mich …«

Ein Knall ertönte. Aus Eschers Arm schoss eine Blutfontäne. Die Waffe entglitt seinen Händen, und er sank mit einem Schmerzensschrei zu Boden. Dann waren die Männer vom SEK über ihm, kickten die Waffe weg und fesselten seine Arme.

Escher war noch nicht auf den Beinen, als das Bombenkommando kam. Eine Minute später waren die Sprengsätze in einem Stahlcontainer gesichert.

Chandu atmete hörbar aus. Er wischte sich den Schweiß

von der Stirn und ballte die Fäuste, um seine zitternden Hände unter Kontrolle zu bringen.

Es war vorbei.

Als der Krankenwagen mit Marie abfuhr, sprang Jan auf Chandus Rücken und schlang die Arme um dessen breite Schultern.

»Das war der beschissenste Plan aller Zeiten«, sagte er euphorisch. »Und er hat funktioniert.«

»Ich kann es selbst nicht glauben.« Chandu ließ seinen Freund lächelnd wieder hinunter. »Hast ganz schön was abbekommen«, sagte er mit Blick auf Jans geschwollene Wange.

»Hättest nicht so fest zuhauen müssen.«

»Du wolltest, dass es echt aussieht«, antwortete der große Mann. »Außerdem hatte ich die ganze Arbeit. Da sei mir ein wenig Spaß gegönnt.«

»Ich hätte beinahe einen Herzinfarkt bekommen«, beschwerte sich Zoe. »Der kleine Scheißer hat mich aus dem Bett geholt und mir erst auf der Hinfahrt erklärt, dass Chandus Überfall gespielt war.« Sie deutete auf den breit grinsenden Max.

»Ihr hättet ihr Gesicht sehen sollen«, sagte der junge Hacker. »Das nächste Mal mache ich ein Foto.«

»Wie willst du ein Foto machen, wenn ich dir vorher die Finger breche?«, fragte Zoe. »Und wieso weiß der Nerd vor mir Bescheid?«, wandte sie sich an Jan.

»Wir mussten die Gruppe möglichst klein halten. Chandu, Bergman, Max und ich. Wir wussten, dass Escher den Polizeifunk abhören würde, und außerdem waren wir uns nicht sicher, ob er noch einen Freund bei der Polizei hatte. Ich war praktisch nie alleine, daher konnte ich dich nicht anrufen. Das SEK wurde auf der Fahrt nach Bernau aufgeklärt. Der Rest erst, als wir Escher hatten.«

»Außerdem gehörte ich zu den Eingeweihten, weil ich das Brandgel besorgen musste«, sagte Max.

»Was für ein Gel?«

»Das Zeug, mit dem wir Haag eingeschmiert haben«, erklärte Chandu. »Das Gel verzögert die Wärmewirkung von Feuer. Zusammen mit feuerfester Jacke, Hose und Schuhen konnte ich ihn anzünden und er die menschliche Fackel spielen, ohne dass ihm etwas passiert ist.« Er deutete zu einem Streifenwagen, in dem Haag sichtlich unverletzt saß. Einzig seine Haare waren angesengt. »Nur das Wasser in dem mit Benzin getränkten Kanister war ein Problem, aber ich habe mich so hingestellt, dass Escher nicht sehen konnte, dass ich das meiste auf Haags Kopf gekippt habe.«

»Woher wusstest du, dass Escher Haag verbrennen wollte?«

»Reine Spekulation«, sagte Chandu. »Ich habe vorher mit Frau Dr. Elmas telefoniert, die für die Kripo auch Profile von Kriminellen erstellt. Sie hat vermutet, dass das Eschers bevorzugte Methode sein würde, Haag zu töten.«

»Und wenn er Haag erschossen hätte?«, fragte Zoe.

»Der Scharfschütze vom SEK ist kurz nach Chandu in das Gebäude gegangen«, sagte Jan. »Wenn die Situation eskaliert wäre, hätte er eingegriffen.«

»Warum habt ihr ihn nicht gleich abgeknallt?«, fragte die Rechtsmedizinerin.

»Weil wir nicht wussten, wo Zara und Marie waren«, erklärte Jan. »Sie hätten irgendwo versteckt sein können, noch immer die Bomben am Körper. Escher war es auch zuzutrauen, dass er einen Fernauslöser in der Tasche hatte.«

»Solange sich Escher wie vorhergesehen verhalten hat, gab es keinen Grund zur Planänderung«, ergänzte Chandu.

»Was für eine Woche«, sagte Zoe und steckte sich eine Zigarette an. »Wenn es nicht so spät wäre, würde ich mich betrinken, aber ich werde die nächsten Tage mein Schlafdefizit nachholen.« Sie hob die Hand und ging zurück zu ihrem Auto. »Bis Montag, Mädels.«

»Schlaf hört sich gut an«, sagte Jan. »Ich werde noch einen Vorbericht für Bergman verfassen, dann lege ich mich auch aufs Ohr.« Vielleicht würde er vor dem Schlafengehen noch bei Lan anrufen, dachte Jan. Es wäre schön, ihre Stimme zu hören, auch wenn sie bald wieder von ihrem Seminar zurück wäre.

Chandu schlug seinem Freund auf die Schulter. »Danke für alles, Alter.«

»Jederzeit«, sagte Jan lächelnd. »Und jetzt ab mit dir ins Krankenhaus. Marie wird schon auf dich warten.«

EPILOG

Marie öffnete erst abends die Augen. Sie wirkte erschöpft und schwach, aber als sie Chandu neben ihrem Bett sitzen sah, lächelte sie.

»Hey, großer Mann.«

Chandu erwiderte das Lächeln. »Hallo, meine Schöne.« Er nahm ihre Hand und küsste sie.

»Du siehst müde aus.«

»Hab ein paar aufregende Tage hinter mir.«

Marie sah auf den Katheter in ihrer Hand.

»Ist nur ein leichtes Sedativum«, sagte Chandu. »Das Loch in deiner Schulter ist geflickt. War ein glatter Durchschuss. Du wirst dich noch schwach fühlen, weil du viel Blut verloren hast, aber du bist bald wieder die Alte.«

Marie drehte den Kopf nach rechts. Der Boden stand voller Blumen. Auf einem Beistelltisch lagen neben einem großen Obstkorb ein Stapel Genesungskarten und Pralinen. An einem Stuhl waren genug Ballons angebracht, um einen Kindergarten versorgen zu können.

»Die meisten Sachen sind von deinen Kollegen«, erklärte Chandu. »Aber auch der Bürgermeister und der Polizeipräsident haben dir geschrieben.«

Sie winkte ab. »Wie geht es Zara?«

»Besser als dir«, sagte Chandu. »Die Ärzte wollen sie noch beobachten, aber sie wird morgen entlassen.«

»Tapferes Mädchen«, sagte sie leise.

»Kann ich dir was Gutes tun? Hast du Hunger, oder willst du etwas zu trinken?«

»Geh nach Hause und schlaf etwas.«

»Oh, nein«, sagte Chandu. »Als ich dich das letzte Mal alleine gelassen habe, wurdest du angeschossen und entführt. Das passiert mir nicht wieder.«

»Mein strahlender Ritter.« Sie drückte seine Hand. »Mir geht es gut, und Escher ist gefasst. Ich werde gleich wieder einschlafen, und wenn ich morgen früh aufwache, wäre es schön, wenn du auch etwas Ruhe gefunden hättest. Ringe unter den Augen stehen dir nicht.«

»Ich will noch nicht gehen.«

»Also gut. Fünf Minuten.« Sie drehte sich zur Seite und war binnen zweier Atemzüge eingeschlafen.

Chandu blieb eine Stunde neben ihr sitzen, ohne ihre Hand loszulassen. Es fiel ihm schwer, sich von ihr zu trennen, aber er konnte kaum noch die Augen offen halten. Marie hatte recht. Ein wenig Schlaf würde ihm guttun, und der Stuhl neben ihrem Bett war unbequem. Escher war gefasst, und die Ärzte hatten ihm versichert, dass sie über den Berg war. Er konnte zur Ruhe kommen, die Waffe wieder in ihr Versteck legen und die geballte Faust endlich öffnen.

Chandu beugte sich zu Marie und küsste ihr sanft auf die Stirn. Dann schloss er leise die Tür und ging zu seinem Auto. Es war ein milder Abend. Der Schnee war geschmolzen, und der Himmel war frei von trüben Wolken. Er freute sich auf sein Bett und ein paar Stunden Schlaf ohne schlechte Träume, doch vorher musste er noch seine Mutter besuchen.

Es war Zeit, ihr von Pierre zu erzählen.

DANKSAGUNGEN

Der erste Dank geht an die große Amazon-Familie, speziell Franz Edlmayr und Lena Levin, für die tolle Zusammenarbeit an diesem Buch sowie an Sarah, Dominic, Sarah Jane, Jeff, Lauren, Bryn, Gabi, Malin, Bastian und Christian, ohne deren Mitarbeit es nur halb so viel Spaß machen würde.

Andreas Hartel für seine unendliche Geduld und Akribie in den vielen, vielen Jahren.

Kanut Kirches für die Hilfe mit dem Manuskript und seinen Antrieb, aus jeder Szene das Beste zu machen.

An Martin L. Schäfer, einen großartigen Sprecher und Entertainer, sowie Steve Anderson für seine Arbeit an der Übersetzung und Jeff Cummings für die hervorragend gesprochene Übersetzung von *Grave Intent*.

Einen letzten Dank (nicht minder wichtig) an Ralf Scharpf, Sandra Utt und Chris Rihm, die mir mit ihrer Fachkompetenz zur Seite standen, sowie an Nick Baile für die spannenden Diskussionen.

Made in the USA
Monee, IL
07 May 2020

29151406R00176